プーアール茶で謎解きを

オヴィディア・ユウ　森嶋マリ訳

Aunty Lee's Delights

by Ovidia Yu

コージーブックス

AUNTY LEE'S DELIGHTS
by
Ovidia Yu

Published by arrangement with Avon,
an imprint of HarperCollins Publishers
through Japan UNI Agency,Inc.,Tokyo

挿画／手塚リサ

クリスティナ・サージェント（一九五五～二〇一三年）の愛おしい思い出に。

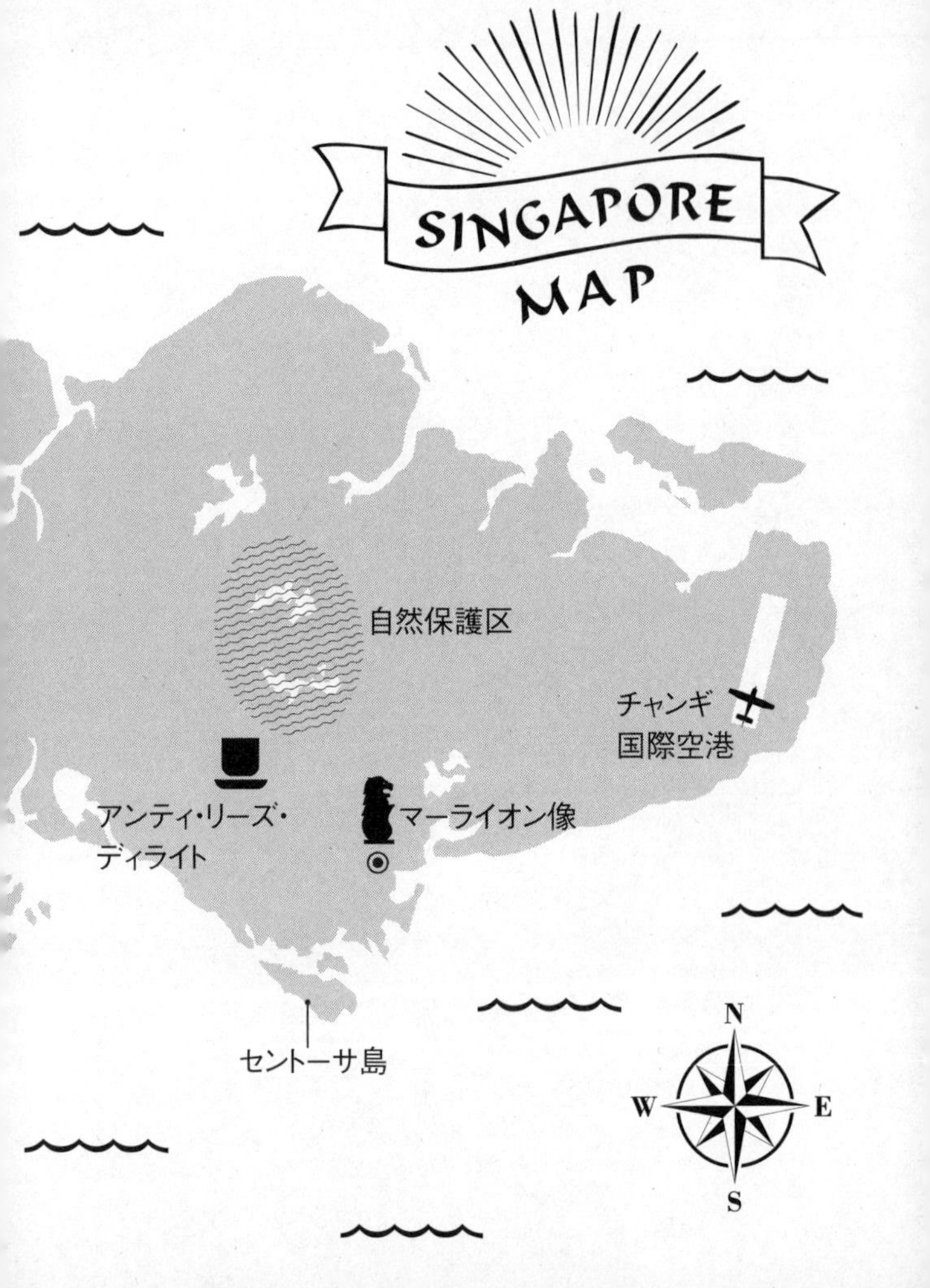
SINGAPORE
MAP
自然保護区
チャンギ
国際空港
アンティ・リーズ・
ディライト
マーライオン像
セントーサ島
N
W
E
S

プーアール茶で謎解きを

謝辞

ウィリアム・モロー社の有能な面々に心からの謝意を表します。アソシエイト編集者であり、マーケティング・ディレクターでもあるジェン・ハート、美しい表紙を製作してくれたクリエイティブ・ディレクターのメアリー・シュク、マーケティング・コーディネーターのアライナ・ワーグナー、プロダクション・エディターのジョイス・ウォン、宣伝部のジョアン・ミニュティッロ、国際セールス・ディレクターのサマンサ・ヘーガーバウマーとクリスティーン・スウィードウスキー、そして、編集者のレイチエル・カハンとアシスタントのトリッシュ・デーリー。また、わたしの応援団でコーチでエージェントでもあるブックス@ジャカランダのジャヤプリヤ・ヴァステヴァン、プリヤ・ドラスワミ、ヘレン・マンガムにもたいへんお世話になりました。

プロ中のプロと仕事ができて、楽しみながら本書を書きあげることができました。もし本書に何かしらの落ち度があるとしたら、それはすべてわたしの責任です。

主要登場人物

アンティ・リー（ロージー・リー）……カフェの店主
マーク・リー……アンティ・リーの亡夫と前妻の息子
セリーナ・カウ・リー……マークの妻
ニーナ・バリナサイ……アンティ・リーのメイド
M・L・リー……アンティ・リーの亡夫
ローラ・クィー……マークとセリーナの友人
マリアン・ピーターズ……ローラの友人
カーラ・サイトウ……マリアンの恋人
チェリル・リム・ピーターズ……元客室乗務員
マイクロフト・ピーターズ……チェリルの夫。任命議員
ハリー・サリヴァン……オーストラリアからの長期滞在観光客
フランク・カニンガム……オーストラリアからの観光客
ルーシー・カニンガム……フランクの妻
ジョセフ（ジョー）・カニンガム……カニンガム夫妻の息子
オットー……ジョセフの恋人
サリム・マワール……シンガポール警察ブキ・ティンギ地区警察署の上級巡査部長
ラジャ……シンガポール警察の長官

第1部　死体と素人探偵

プロローグ

第一の死体

朝日が昇り、雨はやんでいた。ふたりは雨粒で濡れた草地を歩いて、砂浜に出ると、波打ち際へ向かった。ホテルのプライベートビーチではないけれど、夜が明けてまもないせいか、人っ子ひとりいなかった。潮が引いた砂浜にぽつぽつと残る漂流物を、朝日が照らしだしている。まるで、波に打ちあげられた遠い昔の秘密が、白日のもとにさらされようとしているかのようだった。やわらかな海風が潮の香りと、かすかな腐敗臭を運んでくる。薬品や蚊取線香の臭いがほのかに感じられるのも、いかにもシンガポールらしい。

歩きつかれたふたりは、魔法にかかったようにぼんやりと、砂浜に寄せては返す波を見つめた。目のまえに広がる海は、インドネシアや東マレーシアによって大洋から隔てられ、タンカーや巡洋艦がひっきりなしに行きかっている。それでも、海が境界であることに変わりはなかった。ふたりを取りかこむ世界を越えたところにある、あらゆる生命の源の大きな海と地球の鼓動がひしひしと感じられた。大洋と地球。それは大都会とコンピュータにがんじがらめになって生きる現代人には、なじみのないものだ。風と波と大自然に触れることすらないのだから。

ふたりは手をつなぎ、反対の手にサンダルを持って、裸足で波打ち際を歩きだした。歩きながら、これまでの出来事や、これからともに築く未来の話をした。昨日、結婚したばかりのふたりは、結婚という甘い蜜に酔っていた。セントーサ島の砂浜は人工的だが、それゆえにロマンティックに演出されている。砂浜は毎日、隅々まで掃き清められて、干潮時に点々と顔をのぞかせるように配された岩場には、潮だまりができていた。

「見て、ヤドカリだ！」

「短大のときには、もうあなたに気づいてたのよ……」

「それよりまえに、ぼくはきみに気づいてたよ。ぼくの家から目と鼻のさきにあるホワチョン短大に行かずに、なぜわざわざアングロ・チャイニーズ短大に進んだと思う？　両親には呆れられたよ」

「今日みたいに、またここに来られるかしら?」

「きみがそうしたいなら、毎年来よう。結婚記念日のたびに」

「でも、それでもやっぱり、いまとはちがってしまうわ。あなたはゴルフに夢中になってるかもしれない。仕事も忙しくて、それに、もしかしたら子供もいるかもしれないわ……いえ、それはわからないけど……」ことばを濁《にご》したのは、子供の話をするのが気恥ずかしかったからだ。けれど、夫は恥ずかしがるようすもなかった。

「ああ、きっと子供もいるさ。それはもうたくさん。きみの親とぼくの親が競って面倒を見たがるだろうな。とにかく、年に一度はここに来よう。ふたりきりで、いいね?」

「ねえ、あそこに何かあるわ」新妻はそう言いながら、目を細くして砂浜のさきに視線を移した。夫はいつになくロマンティックなことを言ってくれているのだから、雰囲気を壊すようなことは口にしたくなかった。結婚記念日にはめったに行けないような外国を旅したい。たとえばヨーロッパやアメリカを……。「ほら、あそこよ。クラゲかしら? ずいぶん大きいわ」

「いや、クラゲじゃないな。大きなビニール袋かなんかじゃないか?」

「いいえ、クラゲよ。あっちが胴体であそこが脚。見えるでしょ? たぶん死んでるわ。この島には毒クラゲがいるのかしら?」

とたんに悪臭が押しよせて、クラゲではないとわかった。

新妻が悲鳴をあげた。夫が砂の上に吐いた。ふたりは砂まみれのサンダルを大あわてで履くと、警察に通報しようとホテルへ駆けもどった。

1

〈アンティ・リーズ・ディライト〉

「ちょっと、あそこの浜で死体が見つかったんですって。そうなの、あそこは不吉な場所なのよ。だって、昔はプラウ・ブラカン・マティって呼ばれてたんだから。〝死の島〟という意味よ。そりゃね、そう呼ばれてたのは大昔のことだけど、シンガポールの住人なら誰だって知ってるわ。まったく、何を考えてるのかしら？　〝死の島〟なんて呼ばれてたところを、リゾートにするなんて」

「でも、いまはセントーサ島と呼ばれてますよね？　セントーサ島は〝平和な島〟という意味じゃなかったですか？」話しながらも、ニーナは作業にしっかり集中していた。小さく切った鶏のもも肉を手際よく竹串に刺していく。それが済んだら、たれに浸けるのだ。

「そんなのなんの意味もないわ。名前なんて、いくらでも好きなようにつけられるんだから。あそこで死体が見つかったのは事実よ」

「でも、死体なら団地の貯水タンクでも、シンガポール川でも、セラングーン貯水池でも見つかってますよね。そういうところがみんな不吉な場所だったわけじゃないでしょう？」

「死体になった人はみんな不運だったってことだけは、はっきりしてるわ。それはともかく、貯水タンクや川や貯水池で見つかった死体はすぐに身元がわかる、そうよね？　でも、今回の死体は身元不明なんですって」

ビニール袋に入った身元不明の女性の死体が、セントーサ島の砂浜に打ちあげられたという記事は、その朝のシンガポールのすべての新聞に載ったわけではなかった。それでも、インターネットでは大きな話題になり、ラジオでも一日じゅう報道されていた。そんな大事件が起きたとなれば、〈アンティ・リーズ・ディライト・カフェ〉のラジオは朝からつけっぱなしで、新しい情報を求めて、しょっちゅう局が切り替えられることになる。

〈アンティ・リーズ・ディライト〉はビンジャイ・パークにある小ぢんまりしたカフェだ。デュナーン・ロードからなら、歩いて五分もかからない。伝統的なおいしいプラナカン料理の店として有名で、長年にわたって店頭販売しているアンティ・リーお手製の肉や野菜のピクルス《アチャー》、辛味調味料サンバルはいまや名物だ。

店には最新の設備がそろっている。カフェのオーナーシェフであるアンティ・リーは、伝統料理をこよなく愛しているけれど、ときどき、めずらしい料理がひょっこり登場する。それは、アンティ・リーが実験好きで、さらには、地場産の材料で料理したものはすべて、この地の食べものだと考えているからだ。そう、〈アンティ・リーズ・ディライト〉というカフェが、オーナーそのものを表わしていると言ってもいい。

店の経営のほかに、アンティ・リーが熱中しているのは、完成した料理の中身はもちろん、ときに、人の中身まで分析することだ。何でできているのか、何をくわえたらさらにすばらしくなるのか、日々、研究に余念がない。だから、アンティ・リーはカフェの厨房を自前の科学捜査班《CSI》研究室と呼んでいる。厨房にテレビを置いているのは、食とニュースに対する店主のあくなき情熱の証だ。

アンティ・リーは小柄で、いわゆるおばあさん。当然のことながら、腰まわりはそれなりに豊かで、まさにプラナカンの女そのものだ。ふくよかな体をカバヤ（レース地のぴったりしたブラウス）で包み、にっこり笑うアンティ・リーの写真がラベルに印刷された〈アンティ・リーのとっておきアチャー〉や〈アンティ・リーのおいしい！　サンバル〉は、シンガポール人にはもちろん、長期滞在の外国人にも大人気だ。

本日のアンティ・リーのいでたちは、トルコ石色のカバヤに、同色のゆったりしたパンツ。じっとしているとスカートに見まちがえるほど、フレアがたっぷり入ったパンツだ。足元は目にもまぶしい黄色の紐がついた、これまたトルコ石色のスニーカー。伝統を重んじるアンティ・リーではあるけれど、それ以上に快適さを重視している。

島国シンガポールの食品業者で、アンティ・リーを知らない者はいない。そしてまた、そういう人たちにとって、アンティ・リーはちょっとした頭痛の種でもある。シンガポールで売り上げナンバーワンの新聞《ストレーツ・タイムズ》に、いくつもの食品偽装をあばく手紙を送りつけたのは、何を隠そうアンティ・リーその人だ。たとえば、〝オーガニック〟と表示されたカイラン菜に殺虫剤が使われていたとか、〝放し飼い〟が謳《うた》い文句の鶏肉が、鳥籠で飼育された鶏のように締まりのない腿《もも》肉だったなどなど。なにしろ、アンティ・リーは食べものにしろ人生にしろ、粗悪なものを鋭く見抜くたぐいまれな能力を持っているのだ。さらには、些細なことも見逃さないキアスーな気質。キアスー、つまり、〝負けず嫌い〟は典型的なシンガポール人気質で、アンティ・リーそのものだ。

その日、アンティ・リーは朝からラジオとテレビをつけっぱなしにして、あらゆるニュースを見て、聞いて、それだけは飽き足らず、ニーナをコンビニへとひとっ走りさせて、夕刊を買ってこさせた。そこまでしても、砂浜に打ちあげられた死体の新たな情報は得られなかった。朝からDJのおしゃべりと音楽（アンティ・リーがニュース番組を追いかけてラジオ局をひっきりなしに替えなければ、ニーナは音楽を満喫できたはず）漬けだったが、最新ニュースでも新たな情報は流れず、聞かされたのはラジオ局に電話をかけた視聴者の、いかにも素人くさい推理ばかりだった。カジノのギャンブラーの死体かもしれない。不法移民が船から落ちて、海岸までたどりつけずに溺れ死んだのか。あるいは、不運な船員？　事故なのか、自殺なのか？　それ以上に好奇心をくすぐられる殺人事件なのか？

不謹慎ではあるけれど、アンティ・リーは自殺か殺人であればいいと思っていた。事故ではつまらない。事故というのは不注意だったり、そもそもの計画がずさんだったりして起きるもので、そんなものに興味はない。軽はずみで怠惰な人も好きではなかった。そういう人には、常日頃からうんざりさせられているのだから。

「何が起きてるのか、国民には知る権利があるわ」とアンティ・リーは言った。「なぜ、警察や政治家はなんでもかんでも隠したがるの？　いまは、選挙の準備やら何やらで大わらわという時期でもないのに。セントーサ島で死体が見つかるなんて、まちがいなく大事件で、国民にとっても大打撃よ。旅行者が不安になって、一大リゾートのあの島のカジノに行かなくなったらどうするの？　それこそ、多くの人が生活に困るわ」

「ギャンブルならほかのリゾートでもできますよ」とニーナが淡々と応じた。ニーナ・バリナサイはいつでも冷静なのだ。「とにかく、最近はこの国でもあちこちで死体が見つかってますからね」

「ねえ、警察はほかにも死体を見つけたのかしら？　やっぱり、もう一度テレビをつけて。CNNが見たいわ。シンガポールの大事件を、国内のテレビ局よりさきに、CNNが放送することもあるんだから」

「死体がいくつも見つかってるとしたら、それこそ事故じゃないですか？　船が沈んだとか」

「いいえ、大量殺人かもしれないわ」アンティ・リーは自信たっぷりに言った。「連続殺人犯のしわざよ。わざわざ死体を海に投げこんだんですもの。被害者がひとりだけのわけがない、そうでしょ？」

そんな話をしながらも、アンティ・リーは目にも留まらぬ速さでキュウリを刻んで、いつもどおり料理の腕をふるっていた。そういうことを何気なくやってのけるのだ。アンティ・リーにとっての料理は、たとえば車の運転のようなものだ。おしゃべりしながらでも、口紅を塗りながらでも、メールを打ちながらでも、車を運転できる人がいるのと同じこと。長年の経験から身についた感覚で、ほぼ無意識のうちに手を動かしているけれど、不慮の出来事や何かまずいことが起きたら、すぐさま本来の作業に全神経を集中できるのだ。

といっても、アンティ・リーは車を運転しない。それは誰にとってもいいことだった。

「いったい誰の死体なのかしら？　ニュースでは身元不明の女性の死体と言ってたわ。ということは、どこかに行方不明になってる女性がいるのに、誰も捜索願いを出してないの？　娘がいなくなっても警察に届け出ないなんて、いったいどんな家族なの？」

「行方不明だってことに、家族はまだ気づいてないのかもしれませんよ」とニーナが冷静に言った。

ニーナ・バリナサイとアンティ・リーはあらゆる意味で対照的だ。ニーナは痩せていて、肌は小麦色。どんなときでも、自分がすべきことに気持ちをしっかり向けている。フィリピンからシンガポールに出稼ぎにやってきた当時は、料理も車の運転もできなかった。その後、〝情けは人のためならず〟が人生のモットーのアンティ・リーと出会って、料理と運転を身につけて、いまではどちらもかなりの腕前だ。アンテイ・リーが心健やかに暮らせるように気を配るのがメイドとしての役目だから、観察眼も養われた。

雇い主であるアンティ・リーがものすごいスピードで野菜を切っても、言わんとすることを強調しようと包丁を振りまわしても、指を切りおとすこともなければ、包丁の刃が目に触れることもないのを、ニーナはすでに知っていた。なにしろ、あらゆることに順応しなければここでは生きていけないのだ。故郷のフィリピンでは看護師をしていた。だが、シンガポールではその看護師免許は通用しない。それでも、万が一のときには、止血ぐらいはできる。それに、アンティ・リーが何かをする気になったら、それを止めるほうが危険——なおかつ、ほぼ不可能——なのも、ニーナはもう身に染みてわかっていた。

「家族が気づかないなんてことがある？　娘が行方不明なのに気づかないなんて、おかしな家族だわ」

「そうは言っても、アンティ・リー、ご自分のことを考えてみてください。毎日、家族と連絡を取ってますか？」

アンティ・リーは少しのあいだ口をつぐんで考えた。人づきあいは幅広いほうだが、いま生きている家族といえば、ほんの数人しかいない。

「ニーナ、マークに電話して、奥さんがそばにいるかどうか訊いてちょうだい」

マークはアンティ・リーの亡夫と先妻の子だ。亡夫のM・L・リーは先妻とのあいだにふたりの子供がいて、アンティ・リーは長年にわたって、そのふたりといい関係を築いていた。妻を亡くして長いあいだ独り身でいたM・L・リーがアンティ・リーと再婚した当時、息子のマークはオーストラリアに留学中で、娘のマチルダはイギリスで暮らしていた。ふたりとも父がアンティ・リーと結婚したことで、父の家も父の人生も活気を取りもどすと大喜びした。アンティ・リーが作る絶品料理のせいで、再婚して二年ほどでM・L・リーは痛風を患うことになった。それでも、マチルダは〝母が亡くなって十年以上になるのだから、自分も兄も、家族や知人との集まりに父と一緒に出席するようになったふくよかな色白のおばちゃん《アンティ》に反感など微塵も抱かなかった〟と言った。そのことばどおり、父がアンティ・リーことロージー・ガン――結婚するまえから、本名ではなく〝アンティ・リー〟と呼ばれていたのだ――と結婚すると、マークもマチルダも心から祝福した。父に食事を作ってくれる奥さんができたから、子供たちは自分のことだけを考えていればよくなったのだ。「シンガポールでひとり暮らしをしてるパパの面倒を見てあげられないのを、気に病む必要がなくなったわ」とマチルダは言ったのだった。

父が再婚して、何くれとなく世話をしてくれる妻ができると、マチルダはイギリス人と結婚して、イングランド中部のウォリックに居をかまえた。

けれど、その後、事情がやや変わった。マークが結婚して、M・L・リーが心臓発作でこの世を去ったのだ。それは、M・L・リーとアンティ・リーが結婚して約五年後のある日の出来事だった。マークの妻のセリーナは、新婚旅行さきのイタリアで義父の悲報を知らされたのを、いまだに恨んでいた。モンテヴァルキのプラダ・カフェに行って、プラダのアウトレットショップに入ろうと列に並んでいると、義父が急逝したという知らせが飛びこんできたのだった。さらに、M・L・リーが財産すべてを、二番目の妻のアンティ・リーに相続させたことも、一生の恨みになった。

マークがセリーナではなくべつの女性と結婚していたら、M・L・リーも多額の遺産を息子に譲ったかもしれない。アンティ・リーはそう思えてならなかった。なにしろ、M・L・リーは甲高い大きな声で話す女性が大嫌いで、息子の嫁のセリーナは、まさにそんな女性だった。セリーナにしてみれば、理不尽な言いがかりだったのかもしれない。M・L・リーに向かって、セリーナはわざと大きくて甲高い声で話すようにしていたのだ。声をかけても応えようとしない義父を、耳が遠いのだろうと年寄り扱いしたのだった。さらに、セリーナは夫が受け継ぐのが当然の財産を、アンティ・

リーに盗まれたと感じている。遺言書の無効を訴えようと、弁護士を探して、二軒の法律事務所に相談したのは、アンティ・リーも知っていた。だから、アンティ・リーはマークに、相続した財産を譲るつもりでいるのを伝えようと考えたこともあった。そうすれば、すべてが丸くおさまる。けれど、結局、そうしなかった。代わりに、マークに頼まれて、大金を貸すことにした。セリーナはその借金を〝プレゼント〟と言っている。マークはといえば、手がけていたビジネスに大金をすべて注ぎこんで、あっけなく使い果たした。それで懲りることもなく、いま、ワインの輸入という新たなビジネスに乗り出していた。

「セリーナさんに何を言うつもりですか?」ニーナは携帯電話を取りにいこうともせず、料理を続けていた。

「お馬鹿のセリーナに言うことなんてないわ。無事に生きてるかどうか確かめたいだけよ。〝家族が行方不明になってるかどうか知らないくせに〟なんて言ったのは、あなたでしょ」

「わたしはそんなこと言ってませんよ。いずれにしても、おふたりとももうすぐいらっしゃいます。それに、もしセリーナさんが行方不明になったら、マークさんが警察に連絡するはずですよ」

「さあ、それはどうかしら」アンティ・リーは不満げだった。「セリーナから受話器のはずし方とか、ダイヤルボタンの押し方なんかをいちいち教えてもらえなくても、マークは電話をかけられるのかしら？」

皮肉を言いながらも、アンティ・リーはその話題を切りあげた。とはいえ、もしもセントーサ島の浜に打ちあげられた死体がセリーナのものなら、義理の息子を気遣って、どんなことでもするつもりだった。万が一、そんなことが起きたら、非業の死を遂げたセリーナを思って、嘆き悲しむかもしれない。なにしろ、人生をより複雑で、より味わい深いものにしてくれているのは、セリーナなのだから。激辛の唐辛子《チリ・パディ》が料理の味を引き締めてくれるのと同じこと。とはいえ、そんな悲劇が起きると、本気で思っているわけではなかった。セリーナはいまもぴんぴんしていて、いつもどおりの上から目線で、今夜の〈ワインと料理の会〉のために、まもなくマークと一緒にやってくるはずだった。

アンティ・リーとニーナが準備しているのは、その会のための料理だ。普段、〈アンティ・リーズ・ディライト〉は夕食の営業はしていない。ランチと軽食とお茶だけだ。遅めの朝食と午後のお茶や軽食を出して、午後六時には閉店する。その後、アンティ・リーは家に帰って夕食を食べる。夫が生きていた頃は、昼間の空き時間に店で夕食を作っていた。M・L・リーは亡くなるその日まで、仕事をしていて、仕事帰りにはいつも店に迎えにきた。だから、作っておいた夕食を夫の車に乗せて持ち帰り、家で一緒に食べられた。ふたりが暮らすビンジャイ・パークの一軒家は、広大な敷地の奥まったところに建っていて、店から歩いて五分もかからない。けれど、たとえ五分でも、シンガポールの蒸し暑い夜に外を歩く気にはなれない。ましてや、豪勢な料理を歩いて持ち帰るなど問題外だった。

当時の食事がどれほど意味深いものだったか——アンティ・リーがそれに気づいたのは、〈ワインと料理の会〉を開くようになってからだ。マークが選んだ上質なワインに合わせて、アンティ・リー特製のプラナカン料理を出そうと言いだしたのはセリーナだ。誰の発案かはともかく、アンティ・リーはその会を心から楽しんでいた。夫を亡くしてからは、人と会う機会を減らしていた。誰かと他愛ない世間話をするより、料理を作っているほうが気が休まるからだ。けれど、今夜の会はとくに楽しみだった。身元不明の死体が発見されたからには、テーブルを囲みながらのおしゃべりは、他愛ない世間話以上のものになるにちがいない。

「もしかして、外交官が酒を飲んで車を運転して、人を轢《ひ》き殺して、死体を海に投げこんだのかもしれないわ」アンティ・リーの推理は止まらなかった。「ルーマニア大使館の新しい職員はまだ赴任していなかったかしら?」

「新聞では〝身元不明〟となっていても、警察はもう身元を突き止めていて、公表してないだけかもしれませんよ」ニーナはあくまで冷静だ。「まずは家族に知らせてから、公表するんでしょう」

「そうかもしれないけど」その程度でおとなしく引きさがるアンティ・リーではなく、またもや新たな説が飛びだした。「そうだ、いまは旧正月よ。麻薬がらみってことも考えられる。いえ、もしかしたら休暇で……なるほど、だから行方不明になってるのを誰も届け出ないんだわ。ねえ、ニーナ、死んだ女性の国籍について、ニュースで何か言ってなかった?　いい考えが浮かんだわ。ちょっと警察に電話してちょうだい。亡くなった女性が知りあいかもしれないと話すの。友だちの行方がわからなくなってる、って。そうすれば、遺体で発見された女性が、中国人なのか、インド人なのか、白人《アンモー》なのか教えてくれるかもしれない。慌てふためいてるふりをしてね。さもないと、逆にあれこれ尋ねられるでしょうから。さあ、早く。電話してちょうだい。今夜の会のお客さまが来るまえに」

「でも、料理中で、手がべとべとなんですよ。それに、お客さまが来るまえに、料理を仕上げてしまわないと」

「もしかしたら、亡くなった女性はセントーサ島のカジノに行って、有り金をすって、高利貸しから逃げだしたのかも。それで、海に飛びこんで……」

「まあ、そうかもしれませんね。それで、豚肉も串に刺したほうがいいですか？」

「そうしてちょうだい。串は足りるかしら？　よかった、足りそうね。高利貸しというのは、極悪非道らしいから。でも、誰彼かまわず殺してたら、貸したお金が返ってこないわ。そのことに気づいてるのかしら？　でも、借金をしてるほかの人たちへの見せしめってこともあるわね。だけど、わたしが高利貸しなら、お金を貸してる人を殺したりしないで、たとえば……わたしに借金してない人を殺しておいて、その人にお金を貸してたと言いふらすでしょうね。それだけで充分に脅しになるわ。そう考えると、殺された女性は高利貸しとはなんの関係もなかったのかも……そう、やっぱり高利貸しのしわざじゃない。外国人の貿易商とか、そういう人のしわざよ。ほら、酔っぱらって、タクシーの運転手を殴りつけるような連中。そうだわ、タクシーの女性ドライバーが、そういう連中から逃げようとして海に飛びこんだのよ」

アンティ・リーは楽しそうだ、とニーナは思った。もちろん、料理をしているアンティ・リーはいつでも楽しそうにしている。今日は死体について新たな情報が得られずにやきもきしていながら、いつも以上に楽しそうだった。それを考えると、普段のアンティ・リーは退屈しているのかもしれない。なにしろ、夫に先立たれてからというもの、カフェを切り盛りすることだけに打ちこんできたのだ。料理を出して、売店コーナーの棚を〝アンティ・リー・スペシャル〟で埋めつくすことで、ここ数年は気をまぎらわせていた。けれど、そういった日々の作業にもいまはすっかり慣れて、いくらか手持ちぶさたになっているのだろう。すべてが順調であれば、手持ちぶさただろうとかまわないはず。誰にでもそういうときはあるものだ。けれど、アンティ・リーはいつでもあれこれと考えずにはいられないタイプ。そういう人が手持ちぶさただと感じたら、即座に行動して、変化を起こさずにはいられない。

ニーナは小さくため息をついた。変化なんていらない。アンティ・リーのところで働けるのが、何よりも幸せなのだから。アンティ・リーとはまるでちがう冷酷な雇い主は、この世にごまんといる。それはいやというほど知っていた。そういう雇い主のもとで働いたことがあるからだ。そこへアンティ・リーが救いの手を差しのべてくれたのだった。「もちろん、これまでの雇い主を訴えようと思えば、できないこともないわ、ニーナ。でも、裁判に持ちこむまでに時間ばかりかかって、そのあいだは働けもしなければ、国にも帰れない。だったら、わたしのところで働いたほうがいいんじゃない？」アンティ・リーにとっても、ニーナにとっても、それは願ってもないこと

ニョニャ・クエ

Nyonya kueh
自然の植物から抽出されるカラフルな色合いと、素朴な味が特徴のプラナカン菓子のこと。「プラナカン」は15世紀以降、マレー半島に移りすんできた中国系の子孫のことで、マレー文化に中国、欧米の文化がミックスし、独自の華やかな文化を生み出した。プラナカン料理（ニョニャ料理ともいう）が有名。

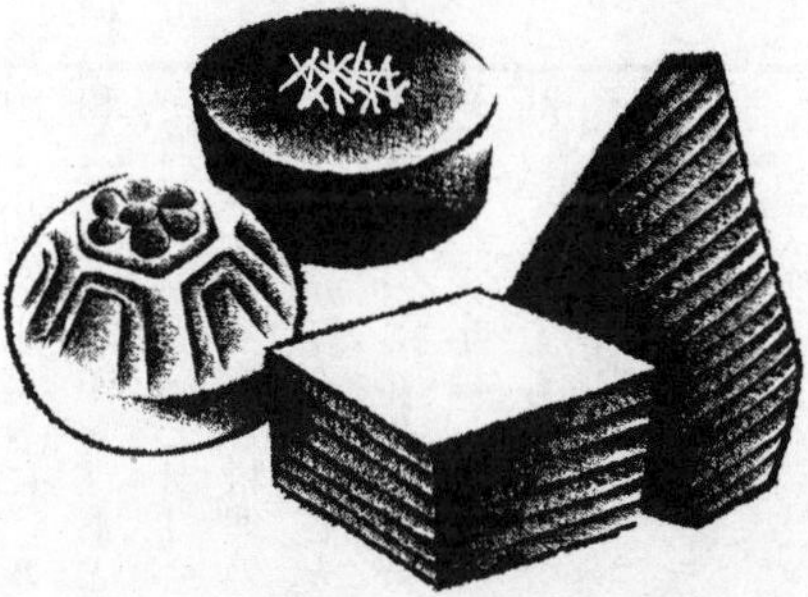

だった。それまでの雇い主にとってもいいことずくめだった。罰金を免れて、メイド斡旋業者のブラックリストにも載らずに済むのだから。

その夜の〈ワインと料理の会〉のメニューは、鶏肉と豚肉の串焼き《サテ》に、ルアック・チャイ——カラシナは前日に酢とショウガと砂糖で和えておいたから、あとは、食べる直前にカラシ粉をくわえて混ぜればできあがり。それに、ヒー・ピオー、すなわち、エビと魚とミートボールが入った魚の浮き袋のスープだ。〈ワインと料理の会〉のいちばんの目的は、シンガポールの料理に合うワインをマークが紹介することだけれど、アンティ・リーにとっては大好きなレシピにさらに磨きをかける絶好のチャンスでもある。〈アンティ・リーズ・ディライト〉にやってくる客の大半は、アンティ・リー特製の甘くかぐわしいお菓子《クエ》と、揚げものが目当てだ。それに、もちろん、瓶詰めの〈アンティ・リーのおいしい！ サンバル〉や〈アンティ・リーのとっておきアチャー〉、〈サクサクのエビせんべい《クロポッ》〉を買っていく。手作りの保存食は、アンティ・リーとニーナが作るそばから売れていくのだった。

カウンターの上でアンティ・リーの携帯電話が鳴りだした。

「わたしの代わりに出てちょうだい。音量を大きくしてね」とアンティ・リーが言うが早いか、ニーナが着信ボタンを押して、スピーカーフォンに切り替えた。

「ロージーなのね、えっと……お店にいるの？　忙しいのかしら？　でも……」かすれた声を聞いただけで、ニーナにも誰がかけてきたのかすぐにわかった。アンティ・リーの古くからの友人ミセス・オウ・ヨンだ。

「あら、ジン、元気？　いま、料理してるところよ。どうしたの？」

「ロージー、あなたの言うとおりだったわ。腕時計が見つかったの。イヤリングやネックレスやブレスレットもね。なくしたことにも気づいてなかったものが出てきたのよ」

「ほらね、言ったでしょ、わたしの言うことにまちがいはないって」アンティ・リーは得意げだった。

ニーナは微笑まずにいられなかった。アンティ・リーはいつだって自分が正しいと自信満々だけれど、それを誰かから褒められればそれこそ素直に喜ぶのだ。

〝頭の体操〟などと冗談めかして、友だちからちょっとしたトラブルを解決してほしいと頼まれるたびに、アンティ・リーはぶつぶつと文句を言う。といっても、それはうわべだけ。ほんとうはその手の頭の体操が大好きなのだ。ちょっとした問題を解くことに、アンティ・リーがたぐいまれな才能を発揮するのは、〝キアスー・ケーポー・エム・ザイ・セ〟だからだと、亡きM・L・リーはよく言っていた。ケーポーとは、負けず嫌《キアスー》いな人が、自分のことのように他人のことにも首を突っこむという意味。〝エム・ザイ・セ〟とは〝命知らず〟ということで、誰も気にもしないような些細なことをとことん追求して、周囲の人をはらはらさせるアンティ・リーそのものだ。

M・L・リーが小柄な妻をあれほど愛していたのは幸いだった。ほかの男性ならば苛立つような妻の行動を、M・L・リーは楽しんでいた。そして、人を見抜くコツを心得たアンティ・リー——食べ方を見れば、その人のことがわかるらしい——は、誰よりも夫のことを知っていた。だからこそ、M・L・リーには妻が必要だと見抜いたのだろう。それもまた、アンティ・リーがはるか年上の男性と結婚した理由のひとつにちがいないとニーナは思っていた。

噂話やセリーナが何かにつけてわざとらしく口にすることばは的外れで、妻に先立たれた老人と結婚したアンティ・リーは、そのときすでに自力で財産をたっぷり築いていた。といっても、もちろん、M・L・リーほどの大金持ちだったわけではない。あれほどの富豪は、シンガポールでもほんの一握りだけだ。いずれにしても、特別なイベントのために料理を用意するケータリング業を長年続けてきたアンティ・リーの経済力にも、厨房での料理の腕にも、疑問の余地はなかった。

それなのになぜ、アンティ・リーは満足しないのだろう？　とニーナは思った。いま、アンティ・リーをあらためて見つめていると、その理由を知りたくなった。

「何もかも茂みの中にあったのよ！」さも嬉しそうな甲高い声が、スピーカーフォンから響いた。「腕時計はメイドが盗んだとばかり思ってたのよ。それでメイドを怒鳴りつけたんだけどね。それが、何もかもあのお馬鹿なワンちゃんのせいだったとはね。あの子ったらわたしのものを片っ端から持っていって、かじってたのよ。全部泥まみれで、犬臭くなっちゃったわ。ところで、ねえ、セントーサ島で女の人の死体が見つかったって言うじゃない？　あれはきっと、主人がメイドを殺して、死体を隠そうとしたのよ。だから、捜索願が出てないんだわ」

「ジン、馬鹿なことを言わないでちょうだい。まさか、あの死体はあなたのところのメイドじゃないでしょうね」

まもなく電話は終わった。主人をよく知るニーナには、アンティ・リーがミセス・オウ・ヨンの話をじっくり考えているのがわかった。ミセス・オウ・ヨンが言ったことぐらいは、自分がさきに思いついているべきだった、と悔しがっているのだ。

「まったく、ジンはいつだって、すぐにメイドのせいにするんだから。何かをなくすたびに、メイドが盗ったって大騒ぎするの。身元不明の死体は、もしかしたらオウ・ヨン家のメイドかもしれないわね」

アンティ・リーの口調は〝ミセス・オウ・ヨンには申し訳ないけれど〟と言いたげだった。とはいえ、ニーナはこれまでの経験からよく知っていた。シンガポールで住みこみのメイドを雇っている人の多くは、ことあるごとにメイドを疑うのだ。だからこそ、アンティ・リーのもとで働けるのは幸せ以外の何ものでもない。

「サテのソースはもう味見しましたか？」とニーナは尋ねた。いまや大半の料理の下ごしらえを任されるようになっていたが、それでも、最後の味見はアンティ・リーと決まっていた。

アンティ・リーはピーナッツソースに歩みよると、最後の味見をした。料理の決め手はソースと調味料、というのがアンティ・リーの口癖だ。それならばと、調味料の分量を尋ねたところで、明確な答えは得られない。数値で表わせる分量など存在しないからだ。完璧な量がわかるのは肥えた舌だけ。材料をすべて合わせて美しいハーモニーを奏でさせるには、自分の舌を頼るしかないのだ。ポンドやオンス、それ以上に悲惨なグラムやリッターで表示されたレシピでは、極上の料理は作れない。材料の良し悪しや、調味料が作られてからどれぐらいの時間が経っているのかで、使う量が変わってくるのだから。

ニーナが見つめていると、アンティ・リーはピーナッツソースにコリアンダーをひ

サテ

Satay

串焼き料理。具は鶏肉や豚肉、牛肉、えびなどで、甘いピーナッツソースにつけて食べる。シンガポールにはサテの屋台が多く立ち並ぶ。

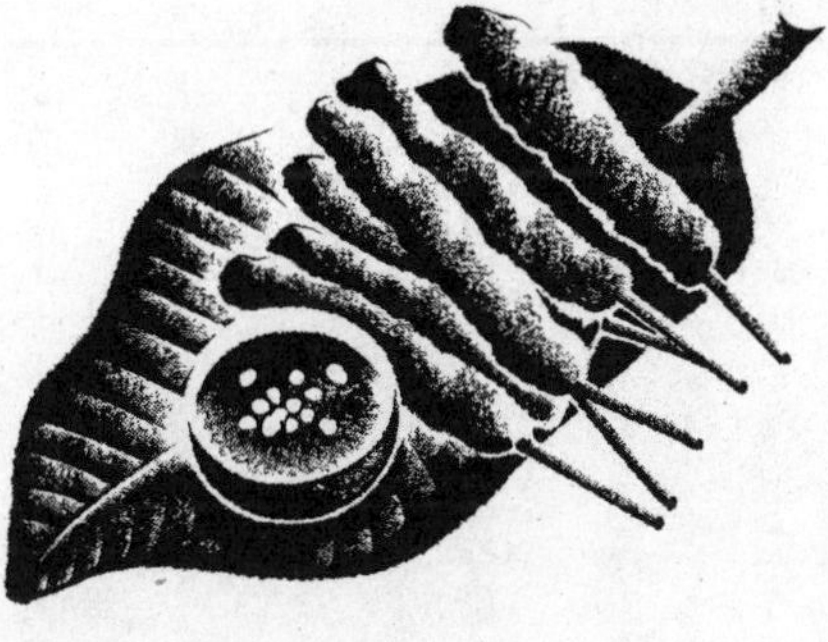

と振りして、スプーン一杯のタマリンドの汁を入れてから、しっかりかき混ぜた。以前、セリーナはもっと淡泊な料理を出すように、アンティ・リーを説得しようとした。なんといっても会の主役はワインなのだから、ワインがかすんでしまうような刺激的な味の料理は控えてほしいと言った。けれど、アンティ・リーはスパイスを利かせていない料理など、真のプラナカン料理とは言えないと切り捨てた。さらには、自分にできることはなんでもしてあげたいというおばあさんのやさしさがこもっていてこそ、真のプラナカン料理。そういう料理がいやなら、電話でピザでも注文したら？　と言ったのだった。

「もうすぐお客さまが来ますね」とニーナは言った。「さきにテーブルの準備をしましょうか？　それとも、マークさんが来てからにしますか？」

「お皿を並べておいてちょうだい。グラスはあとでいいわ。グラスをどんなふうに並べるかは、いつものようにマークがあれこれ考えてるでしょうからね。マークはまだ来てないの？　どうしたのかしら？　ワインを落ち着かせて呼吸させるとかなんとか、わけのわからないことをしないと気が済まないのにね」そう言ってから、ふいに声が明るくなった。「マークが遅れてるのは、お馬鹿のセリーナが行方不明だからかしら？」

アンティ・リーの最後の発言には答えずに、ニーナはずしりとした白い皿を並べはじめた。遺体で見つかった女性の身元がはっきりすれば、アンティ・リーも興味をなくすはず。きっと、明日の朝刊には身元が判明したという記事が載るだろう。それがわかっているからこそ、アンティ・リーはさきに謎を解明しようと躍起になっているのかもしれない。そんなことをするのは、やはり退屈なのだろう。

「そうだ、麻雀でもなさったらどうですか？」とニーナは言った。「さもなければ、船旅に出るとか」

「それだわ！　死んだ女性は船旅をしてたのかもしれない」アンティ・リーはますます張りきった。「それで船から落ちた。だからって、殺人事件じゃないと決まったわけじゃないわ。今夜の会に申し込んだ女性客が、全員姿を現わすかどうか、目を光らせておかなくちゃ……」

前回の〈ワインと料理の会〉での出来事を考えれば、今夜の会に姿を現わさない客がひとりぐらいいても、ニーナとしては意外でもなんでもなかった。といっても、料理がまずかったわけではない。おいしいものばかりだった。セリーナだけが相も変わらず、スパイスが利きすぎてはいないかとやきもきしていたけれど、マークはそんなことを気にするそぶりもなかった。それに、会費を払って参加した客も、料理に舌鼓を打っていた。そんな会の雰囲気が妙な流れになったのは、食事が終わってからだ。アンティ・リーに言わせると、そういうことになる。その会でマークとセリーナは友人のローラ・クィーに手伝いを頼んだ。ところが、酔っぱらったせいなのか、ローラのおしゃべりが止まらなくなった。そのせいでいたたまれないほど気まずくなった。そんなことがあったのに、アンティ・リーは今夜の会を心から楽しみにしているらしい。そのようすはまるで、ひとりぼっちの長く退屈な夏休みがようやく終わって、学校に行けるとわくわくしている子供のようだった。

だが、それもいたしかたないかもしれない。ニーナはそんなことを考えながらも、サテの下ごしらえがきちんと終わっているのを確かめて、店の奥の食料庫にある大きな冷蔵庫にサテをしまった。焼くまでは、冷蔵庫に入れておくのだ。前回の会では、どういうわけかアンティ・リーはローラに対してやたらと親切で、店の食料庫に荷物を置いていくことまで許可した。考えてみれば、それもしかたがない、なにしろあのときのローラは、荷物はおろか、何も持たなくても家まで無事に帰りつけるかどうかわからないような状態だったのだ。そのときの荷物はいまでも食料庫に置きっぱなしだ。それを考えると、今夜の会にローラが現われなくても不思議はなかった。

「会のあいだも、テレビをつけておきましょう」とアンティ・リーは言った。「どんな番組でもかまわないわ。途中で臨時ニュースが流れるかもしれないから」

「でも、マークさんがいやがるんじゃないですか?」

マークが今夜のために選んだワインに合う音楽をかけるつもりでいるのは、ニーナも知っていた。しかもただの音楽ではない。アンティ・リーが自分の作った料理をどんなふうに客に出そうか緻密に計画を立てるのと同じぐらい、考え抜かれた音楽だ。

「でも、ここはわたしの店ですからね」アンティ・リーはきっぱり言った。「それに、この国でどんなことが起きてるのか、わたしたちが目を配ってなくて、どうするの?」


マークの妻セリーナ・カウ-リーは、身元不明の死体がセントーサ島で見つかったというニュースを知らなかった。たとえ知っていたとしても、それを認めるつもりはなかった。なにしろ、SNSやエクササイズやボランティア活動に誘われても、かならず「そんな暇はないの」と見下して応じるのだから。〝そんな暇がない〟のは、理想の母親になるために、ずいぶんまえから準備をしているからだ。子供の父親が決まるはるかまえから、いずれ生まれてくる子供の名前を決めていた。それに、子供たちのために、夫となる男性の職業や、将来の有望度を重視した。リー家は先祖代々の資産家だ。シンガポールのような若い国での先祖代々の資産家とは、二十年以上にわたって富裕層の地位にある一家のことだ。

セリーナはいわゆる中の中に位置する中流家庭の生まれだった。両親はどちらも教師で、家族が何不自由なく暮らせるだけの給料をもらっていたが、セリーナは子供の頃から富裕層の暮らしに憧れていた。デザイナーズ・ブランドの服を身にまとい、ネイルサロンに通い、休暇は海外で過ごす——そんなセレブな奥さま《タイタイ》になるのを夢見てきたのだ。そんなセリーナが選んだ夫マーク・リーは、セレブな暮らしがあたりまえだった。裕福な家庭で育った子供らしく、お金に対しては無頓着。父の財産が二番目の妻にごっそり持っていかれても、気にするそぶりもない。いっぽう、セリーナは大いに気にしていた。

「今夜はローラ・クィーに一滴でもワインを飲ませちゃだめよ。ローラはお酒の飲み方を知らないんだから」

「おいおい、今夜はワインのテイスティングの会だよ」マーク・リーは穏やかに応じた。マークはいつでもそんな調子で、セリーナから見ると、穏やかすぎるのだ。「それより、ローラは今夜も手伝いに来てくれるんだろうね？」

「来ないとは言ってなかったわ。来る気がないなら断わりやすいように、メールしておいたのよ。ドタキャンだけはやめてほしいから。そしたら、〝お店で会いましょう〟なんてのんきな返事を寄こしたわ。謝罪のことばはひとつもなし。前回は、ぐでんぐでんに酔っぱらってアルコール依存症まがいなことをしたくせに」

「そのことなら、ローラはもう謝っただろう？」

マークは車のスピードを落とすと、ブキ・ティマ運河を渡る車列にくわわった。マークとセリーナが住んでいるのは、ビンジャイ・パークとは運河をはさんだ反対側にあるマンションだ。〈アンティ・リーズ・ディライト〉にほど近く、木立にさえぎられていなければ、マンションの九階にあるふたりの部屋からカフェが見える。とはいえ、マンションとカフェのあいだには、大きな運河と二本の大通りがあって、そこを歩いて渡るのはメイドなどの使用人だけだった。「ローラはワインに慣れてないんだよ、それだけのことさ。ほんとうのアルコール依存症なら、何杯かワインを飲んだぐらいじゃ酔っぱらわないからね」

マークは妻にめったに反論しなかった。それに、妻がいま、会に備えて、まえもって感情を吐きだしているだけなのもわかっていた。なにしろ、今夜は気合を入れて、人当たりのいい妻を演じなければならないのだ。セリーナは人からどう見られるかをかなり気にするタイプで、そのせいで、人前に出ると緊張してしまう。いっぽう、マークは今夜の会を楽しみにしながらも、車列が動きだすのをじっと待っていた。運転手としても我慢強いほうなのだ。

けれど、セリーナは何に対しても我慢とは無縁の性格だった。

「ちょっと、なんでそんなふうに車を入れてあげるのよ？　まったく図々しい車だわ。あの運転手がどんなことをしたか、わかってるの？　もしあなたがブレーキを踏まなかったら、事故になってたのよ」そう言われても、マークは黙っていた。「ワインは昨日のうちに店に運んだんじゃなかったの？」

「そうだよ、アルバリーニョ以外は全部。最初はサテにキャンティを合わせるつもりだったんだ。でも、ゆうべ、もう一度考えて、届いたばかりの二〇〇九年のラ・カーニャにすることにした。そうすれば、スペインのワインの話もできる。これまでは、フランスとオーストラリアのワインだけだったからね」

「届いたばかりのワインを開けてみたいだけでしょ」とセリーナが皮肉たっぷりに言った。「高いワインなのよね？　今夜の会の参加者に高級ワインを飲ませるなんて、お金をどぶに捨てるようなものよ。いままでだって、何度もそう言ってきたのに。毎度のことだけど、アンティ・リーの料理を食べたら、ワインの味なんてわからなくなるわ。何を飲ませたって、わかりゃしないのよ」

マークは何も言わなかった。

「高価なワインを無駄にするなんて、何を考えてるの？」セリーナの口調がますます厳しくなった。「アンティ・リーはワインのことなんて知りもしない。スーパーで買った古いワインを飲ませたって、気づきやしないわ」

「アンティ・リーはぼくが持っていく極上のワインが好きなんだよ。それに、ぼくとアンティ・リーは仕事の相棒でもあるんだからね」

セリーナはふんと鼻を鳴らした。「お土産は古いワインで充分よ。アンティ・リーは気づきもしないんだから。わざわざ注文して取りよせたワインなら、もっと高い値で売れるはずよ。そうよ、高価なワインを無駄にしないで」

無駄じゃない、とマークは思った。アンティ・リーには薄茶の包装紙とか、アルミ箔が張ってある紙とか、そんなもので包んであるワインで充分だとセリーナは考えているらしい。でも、上等なワインを出しても無駄にはならない。今日の会にあのワインを出して、この舌で味を確かめるのだから。

「お客さんはワインがわからなくてもいいんだよ。料理がわからなくてもいいんだ。自分がどれほど心地いいかってことにも、気づかなくてかまわない。だからこそ、ぼくたちがワインと料理をきちんと結びつけるんだ」

以前のビジネスと同じようにワインの輸入に失敗したとしても、マークは料理評論家になれるかもしれない、とセリーナは思った。さもなければ、詩人に。そして、わたしは有能な先物取引のトレーダーや不動産業者になれそう、そんなことが頭に浮かんできたのは、これがはじめてではなかった。自力で巨万の富を築けるなら、ワインの輸入業が成功するように夫に発破をかけなくても済む。いいえ、だめよ、マークにはなんとしてもいまのビジネスを続けてもらわなければ。たとえ、そのビジネスが儲からなかったとしても、リー家の財産はすぐ手の届くところにある。そして、〈ワインと料理の会〉という斬新なアイディアのおかげで、〈アンティ・リーズ・ディライト〉をしっかり見張っていられる。アンティ・リーは趣味で店をやっているようなことを言うけれど、そうとう儲けているのはまちがいない。儲かるカフェを持てたのは、M・L・リーが資金を出したからに決まっている。そのお金は本来ならマークが受け継ぐもの。だから、カフェの売り上げからマークが利益を得るのはあたりまえなのだ。

マークの妹マチルダのことは、セリーナの頭から都合よく抜けおちていた。いずれにしても、シンガポールでの出来事に、マチルダが首を突っこんでくることはなかった。

「とにかく、今夜はローラにしっかりしてもらわなくちゃ」セリーナは目下の最大の問題に話題を戻した。「前回の会では、酔っぱらうまえから、グラスを取りちがえてたわ」

「でも、今夜は来ないかもしれないな」マークはハンドルを切ってビンジャイ・パークに入った。左手の脇道にはピザレストランやアンティークショップが並んでいる。〈アンティ・リーズ・ディライト〉もその道沿いにある。そのあたりの道路と歩道を隔てる芝生の植え込みには、この国でよく見かける街路樹や低木が植わっていて、先祖のためにお金に見たてた紙を燃やす缶が置いてあった。「ところで、今夜は何人ぐらい来るんだっけ？」

「どういう意味なの？」セリーナは夫の質問を無視して、尋ねた。「どうしてローラは来ないと思うの？　会を手伝うという約束なのよ。だから、料金だって割り引いてあげてるのに。もしかして、ローラから何か言われたの？」

「いや、何も。ただ、手伝ってもらわなくても、ぼくひとりで全部できると思ってね」

マークは車を停めようと、気持ちを集中した。そのためにカーステレオのCDプレイヤーを止めると、自動的にラジオに切り替わった。

〝殺人事件かどうかはわかりませんけどね。それでも、浜辺で死体が見つかったのに、あのリゾートでいままでも大勢の人が遊んでるなんてぞっとしますよ、そう思いませんか？　もしかしたら、あのリゾートの策略なんじゃないですかね。次は殺人の謎解きコンテストを開くとか。セントーサ島の浜に打ちあげられた死体は、殺されたイルカの亡霊のしわざだとかなんとか〞

「どうしようもないコメンテーターね。馬鹿丸出しだわ」とセリーナは言った。「マーク、何をぼんやりしてるの？」

マークは車のエンジンをかけたままだった。ラジオのコメンテーターがさらにどんなことを言うのか聞きたかったが、その話題はそれで終わりだった。

毎度のことながら、その夜、誰よりも早くアンティ・リーの店にやってきたのは、ハリー・サリヴァンだった。ハリーは時間どおりに行動する主義なのだ。約束の時間より三十分遅れの〝シンガポール時間〞は、この国で何よりも苛立つ風習で、地元の人たちが約束の時間に来ないとわかっていても、絶対に遅れないようにしていた。とはいえ、以前は時間にさほど厳しいほうではなかった。だが、シンガポールにいるかぎり、自分はあくまで外国人だ。白人《アンモー》ゆえに、何につけても目につく存在なのはよくわかっていた。

故郷のオーストラリアでは、弱気な政府が呼びよせたやたらと強欲で節操のない新たな移民に踏みつけられて、押しのけられた。それがシンガポールに来てみると、立場が逆転した。ミスター・ハリー・サリヴァンに対する人々の見方がまるでちがうのだ。それをひしひしと感じて、いつのまにか自分自身も変わった。シンガポールでの自分を気に入っていた。新しいアイディアが次々に浮かび、生き生きと話して、われながら印象に残る男。白人男性とつきあいたくてうずうずしている女性から引っぱりだこだ。そんなわけで、南国ならではの蒸し暑さを差し引いても、いまの暮らしに大いに満足していた。

今夜のいでたちは白いTシャツにバミューダ・パンツ。腰にはバティックを巻いている。バティックは熱帯の国での正装だ。〈ワインと料理の会〉に出るのは、これが三度目だった。ビールよりワインが好きとは言わないが、この国では周囲の人から一定の水準に達していることを期待されている。だから、その水準に見合った生活を心がけていた。年かさの白人の夫婦が店と道路のあいだにある屋根つきの歩道《ファイブ・フット・ウェイ》をぶらぶらと歩きながら、立ち並ぶ店のショーウインドウを覗いては、番地を確かめていた。〈ワインと料理の会〉の参加者だろう。ひと目で旅行者だとわかる夫婦だった。定年して、世界をめぐる旅に出て、最初の滞在地として、清潔で安全で英語が通じるシンガポールを選んだにちがいない。夫婦そろって白髪交じりのショウガ色の縮れた髪で、マーライオンがプリントされたおそろいのTシャツを着ていた。どこからどう見ても、シンガポールはもちろん、東南アジアははじめてと言わんばかりの旅行者だ。シンガポールに来てすでに半年になるハリーは、新参者にやさしくするだけの心の余裕があった。

「こんにちは。〈ワインと料理の会〉はこの店ですよ」

フランク・カニンガムと妻のルーシーは、ハリーを見てほっとした。早く着きすぎたみたいで、と言ったのはルーシーだった。迷うのを見越して早目に来たのだが、結局、迷うことなくたどりついたのだ、と。話をするのは、もっぱらルーシー。ということは、今夜の会も、いや、もしかしたら旅行そのものも、ルーシーが言いだしたことなのだろう。

「今夜は何人ぐらい来るのかな?」とフランク・カニンガムが尋ねた。

「一回目は十人でした。二回目は六人。今夜は何人来るのか知りませんけど、料理がおいしいのはまちがいない。ほかでは絶対に食べられませんよ」

「それを聞いてほっとしたわ」ルーシーはそう言うと、カフェを覗きこんだ。店の中でふたりの女性が歩きまわっていたが、どちらも出迎えにこなかった。

「準備ができるまで、もう少しかかりそうね。このあたりをちょっと見てくるわ。アンティーク・ショップがあるようだから」
いかにもな旅行者だ、とハリーは思った。

「それで、今夜の参加者は?」マークがもう一度訊いてきた。セリーナとしては、最初に訊かれたときに答えなかったのが、その話はしたくないという意思表示だった。けれど、一瞬、妻の気持ちを逆なでしようと、二度も訊いてきたのだろうかと思った。夫を見て、そんな疑念を頭から振りはらった。マークは継母のアンティ・リーと同じで、どこまでも能天気なのだ。いずれにしても、訊かれて困るわけでもなかった。なにしろ、今夜の会の参加者については何も知らされていないのだから。参加者をリストにして、会費を集めるのはローラの役目。これまでの二回の会では、参加の問い合わせがあるたびに、ローラは電話やメールで知らせてきた。今回はそういうことはしなくていいと、きっぱり言っておいた。「いちいち訊いてくるなら、最初からわたしがやるのと変わりないじゃないの」と。以降、ローラからの連絡はいっさいなかった。
セリーナはぶるりと身震いした。いやな予感がしたのだ。そんな予感を頭の奥に押しこめた。もしかしたら、ローラに必要以上にきついことを言ってしまったのかもしれない。怒らせてしまったの？　といっても、ローラはある意味でかなり鈍感だ。身震いしたのは、そんな思いが頭をかすめたせいだけではなかった。トイレに行きたくなったからだ。でも、マークはアンティ・リーの家まで車で連れていってくれるだろうか？　そんな時間があるの？　性格上、公衆トイレは使えなかった。毎日清掃員が入って、最後にニーナが掃除の出来をきちんとチェックしているカフェのトイレもだめだった。問題は清潔かどうかだけでなく、プライバシーが保てるかどうかなのだ。自分が使ったトイレを、見ず知らずの他人が使うと考えただけで堪えられない。隅々まで掃除しても、何かしら痕跡のようなものが残っているはずだ。その痕跡が人の目に触れるのが、堪えがたいプライバシーの侵害に思えてならなかった。そう考えてセリーナはもう一度車に乗りこもうとしたが、同時に、マークが大切なワインが入ったスーツケースを台車にのせて、車をロックした。

「マーク、トイレに行きたいわ」

「もう少し我慢できるだろ？　あとでトイレに行くぐらいの時間はいくらでもあるよ」

「マーク、お願いよ！」

マークはカフェへと歩きだした。妻を待とうともせず、腕を取ろうともしなかった。婚約中や新婚の頃には、かならず腕を組んでくれたのに……。身勝手と言われようが、夫から訊かれて苛立った質問に、妻がようやく答える気になったのに、それを待ってくれないマークに無性に腹が立った。

「知らないわ」セリーナはマークの背中に向かって大声で言った。「今夜、どんなお客さんが来るのかまるでわからない。何人来るのかも知らないわ。お客さんが来るのかどうかもわからない！」

夫に微塵も感謝されていないのに、必死に手伝っている自分が馬鹿らしくなった。いえ、まったく感謝されていないわけではない。マークはいつでも口癖のように「ありがとう」と言う。空気のように存在感のないウエイターや使用人にも、「ありがとう」を連発する。それなのに、いつでも夫に尽くしている妻のことは、まるで目に入らないらしい。いつか、そのことをマークに教えてやらなくては。そうよ、決して忘れられないやり方で。マークの鼻を明かしたら、さぞかし気が晴れるにちがいない。夫のことはすべてお見通しなのを、すぐにでも気づかせて、二度と妻をないがしろにしないようにさせなければ。でも、その思いはとりあえず自分の胸だけにしまって、秘密の楽しみにしておこう。世の中には命にかかわる秘密でさえ守れない人がいる。でも、わたしはちがう。秘密の大切さを知っていて、それゆえに得をしたことがある。秘密がいつの日か与えてくれる力を重視しているから、そう簡単に人に話したりしないのだ。すっかりいい気分になって、セリーナは夫のあとを歩きだした。

アンティ・リーがマークとセリーナを迎えいれようと、カフェの裏口のドアを押さえていた。

「今夜は何人来るのかわからないんです」とセリーナはアンティ・リーに言った。「予約を受けたのはローラなのに、連絡を寄こさないんですもの。そうよ、わたしのせいじゃないんです」

「お馬鹿のセリ……いえ、セリーナ！」アンティ・リーは言った。「よかった、無事に来られたのね。今夜の会の詳しいことが入ってるフラッシュメモリを、先週、ローラから受けとったわ。参加者は八人で、参加費はまだもらってないんですって。あら、もちろん、あなたとマークは払わなくていいのよ。ところで、セントーサ島で死体が見つかったのは知ってるでしょ？　もしかして、殺されたのがローラだなんてことがあるかしら？」

「いけねっ」マークがそう言って、急に足を止めた。

「どうかした？」

「大したことじゃ……いや、その……考えてたのとはちがうグラスを持ってきたって気づいたんだ。それと、コースターに丸だけ書いて、番号はまだふってなかった」

「そんなのはローラにやらせればいいわ」セリーナが心はずむ夢想を頭から追いはらって、突き放すように言った。「ローラもまもなく来るでしょうからね。もう少ししたら電話してみるわ」

「いや、もしかしたら来ないかも」とマークは言った。「だから、きみにちょっと頼んでも——」

「来るわよ！　来ると言ってたんだから」

セリーナは語気を荒らげて言うと、マークを残して、その場を離れた。カフェの中では携帯電話がうまくつながらない。アンティ・リーが店に取りつけている装置が、電波を妨害するのだ。

ドアまで歩いたところで、メールの着信音が鳴った。会の邪魔をしてマークの機嫌を損ねないように、サイレントモードにしておかなければ。そんなことを考えながら、セリーナは携帯電話を取りだした。メールの差出人を見ただけで、どんな用件なのかほぼ見当がついた。

「さきに準備をしてて。大事なメールが来たから」マークとアンティ・リーに向かって言ったが、ふたりは早くもニーナをまじえて、ワイングラスのことやら、サインペンで数字を書くことやら何やらを話しあっていた。

携帯電話に届いたメールは、ローラからだった。

〝ごめんなさい、今夜は体調が悪くて、行けません。マリアンも欠席です〟メールの最後には、いつもどおりスマイルマークがついていた。

やっぱりローラは怒っているのだ。そう考えて、セリーナは口元を引き締めた。ローラのくだらないゲームに、つきあっている暇はなかった。

2

〈ワインと料理の会〉

「ということは、今夜はローラ・クィーのライブ・ショーが見られないのね」ローラは来ないと聞かされて、アンティ・リーはくすりと笑いながら言った。

「マリアン・ピーターズも来られないそうです。メールにそう書いてありましたから」セリーナはにこりともせずに言った。

「そうよ、いま、マリアンはシンガポールにいないもの」ちょうど店に入ってきたチエリル・リム－ピーターズが応じた。「マイクロフトも来られないわ。申し訳ないと謝ってたわ」

「どうして来られないの？」驚いたセリーナはすかさず尋ねた。マイクロフト・ピーターズがワインの会の常連だと、吹聴してまわったのだ。マイクロフトは有名な弁護士で、大統領による任命議員《NMP》だ。それに比べて、妻のチェリルはなんとも野暮ったい。まともな英語も話せないのだから。

「用事ができたと言ってたわ」

「でも、ピーターズ家のために三人分の席を取ってあるのよ。ふたりも来られないんじゃ、席順がめちゃくちゃになってしまうわ」こうなったら、せめて誠意を見せてもらって、欠席する家族の分の会費も払ってもらわなければ。ピーターズ家は大金持ちなのだから、それぐらいは当然だ。

「ほんとうにごめんなさいね。マイクロフトは忙しいのよ」

チェリルが自分の分の会費としてぴったり七十ドルを差しだした。セリーナは人前でお金のやりとりをするのがいやで、この会も社交的な集まり、つまり、友人を招いての食事会のような雰囲気をかもしだそうとしていた。そのためにも、ローラに手伝いを頼んだのだ。けれど、いまここにローラはいない。そして、お金はお金だ。そう考えて、差しだされた七十ドルを受けとった。

「会費は八十ドルなのよ」とおずおずと言うのも忘れなかった。

「あら、マイクロフトはあなたから七十ドルと言われたそうよ。わたしはマイクロフトと一緒に申し込んだのよ」

実のところ、チェリルは両親とゆったり食事をしている夫を家に残して、この会にやってきたのだった。

チェリル・リム－ピーターズは現実を直視していた。結婚するまで客室乗務員として働いていたせいで、中流階級出身のセリーナをはじめ、多くの人から見下されていた。それでも、チェリルは社交の場でのたしなみを身につけようと努力しているところで、〈ワインと料理の会〉はそのためにうってつけの集まりだった。これまでの会で、料理とワインの知識を得て、それ以外にもさまざまなことを学べた。だから、夫がいなくても参加したかったのだ。夫からは好きなようにしていいと言われていた。

ピーターズ一家は、アンティ・リーとM・L・リーの長年の友人だった。一家が暮らしているのはビンジャイ・ライズにある豪邸だ。結婚を機に、マイクロフトとチェリルは家の中でもある程度のプライバシーが得られるように、二階の一部を建て増しして、小さなキッチンを作り、メイドもひとり増やした。それでも、夕食は家族そろって食べるのが決まりだった。結婚するまで、飛行機のキッチンで立ったままカップ麺をすするか、テレビやパソコンのまえで食事をするかのどちらかだったチェリルは、家族そろっての食事にいまだに慣れなかった。とはいえ、マイクロフトの妹のマリアンが休暇でシンガポールを離れてからは、家族の食事もさほど苦ではなくなっていた。

マイクロフトもマリアンもいない今夜の〈ワインと料理の会〉は、これまで以上に楽しめそうだと期待していた。今夜の〈ワインと料理の会〉の参加者が八人足らずなのは、ほぼまちがいなかった。

歩道の縁に置かれた背の高い観葉植物の陰が、喫煙所になっていた。妙に落ち着けるその場所から、ハリー・サリヴァンは店の中に集まった人を眺めた。時間には正確でいたいが、店に入って、することがないまま、料理が出るのをひたすら待つのはいやだった。そんなことをしたら、いかにも腹をすかせながら、愛想を振りまいているように見えてしまう。

〈アンティ・リーズ・ディライト〉の窓に映る自分の姿にちらりと目をやった。店の明かりはついていたが、窓に映る姿がはっきり見えるぐらいには外もまだ明るかった。自分もまんざらじゃない。髪はまだ地毛で、パスポート写真とほぼ同じこげ茶色。身長は百七十センチちょっとで、オーストラリアでは小柄だが、シンガポールでは平均的だ。少しまえに人から言われたことを思えば、それ以外の部分は平均以上だった。褒めことばを思いだして、にやりとした。

目下準備中の料理をべつにしても、ハリーは今夜の会をほんとうに楽しみにしていた。店の中の暗い人影が手を振ってきた。手を振りかえして、反射的に笑顔を作る。この国の人たちは、オーストラリア人のハリー・サリヴァンはこういうときには笑うものと思いこんでいる。この国の住人は、オーストラリア人といえば牛肉しか食べず、ビールしか飲まないと、本気で思っているのだろうか？　そう、誰もが懇切丁寧に、アジアの料理やヨーロッパのビールを勧めてくる。たしかに、中華料理やしゃれたワインをあまり口にしないようにしてきたが、実際には、気取ったこの小さな街にあるものはすべてオーストラリアにもある。いや、いや、自分はこの国の人たちにわざと誤った印象を植えつけなくてはならない。ハリーはいま一度それを胸に刻みつけた。そうすることを楽しんでいた。この国では白人の紳士なのだ。すべての準備が整ったら、ああ、金ができて、一本立ちしたら、そのときこそ、真実を教えてやるつもりだった。そうすれば、この国の人たちも、ハリー・サリヴァンのほうがはるかにものを知っていると気づくだろう。

「ハリー！　外にいたのね。いつも早いわね。もしかして、待ちきれないとか？」セリーナがドアから顔を出して、少女のように首をかしげた。「入ってちょうだい。みんないるわよ。今夜はあなたの国の人も来るわ」そう言って、セリーナは笑った。

セリーナは自分に気があるらしい、とハリーは思った。夫が店にいるのに、色目を使ってくるのだからまちがいない。夫のマークはいまごろ、高級な布でグラスについた指紋を拭きとっているのだろう。そこですぐさま、「きみに会うのが待ちきれなくてね」と応じた。セリーナに調子を合わせて、恥ずかしげもなくそう言うと、煙草を消して、吸殻を店の入口のわきにある竹製のごみ箱に投げこんだ。

いつものわたしなら、カフェの外で煙草を吸わないように注意するはず、とセリーナは思った。なんといっても法律違反なのだから。けれど、ハリーを気に入っていて、不愉快なことをわざわざ言う気になれなかった。〝禁煙〟の看板を出すようにニーナに言っておかなければ、と頭の中にメモした。本来なら、そういうことにはアンティ・リーがさきに気づくべきだ。煙草の煙のせいで台無しになるのは、アンティ・リーが作る料理なのだから。

「《アイランド・ハイ・ライフ》の最新号はもう見たかな？　この店の口コミが載ってるよ。ほら……」ハリーがウインクしながら、雑誌を差しだした。「この店はきみが経営したほうがよさそうだな」

「あら、いやだ。そんなこと言っちゃだめよ」セリーナは笑いながら反論した。「さあ、中に入って。といっても、まだ準備中だけど。座って、何か飲んでてちょうだい」それから、いかにも秘密めかして声をひそめた「いま、この店はセントーサ島で見つかった死体の話で持ちきりなの。アンティ・リーは謎めいたことが大好きだから。そのせいで、今夜は何もかもが遅れてるのよ」

「ならば、もう一本吸ってくよ」ハリーのそのことばと同時に、マークが店から出てきた。青と赤のペーズリー柄の蝶ネクタイに、淡い青色のスーツといういでたちだった。服装に人一倍目ざといハリーは、マークの姿をひと目見て、女のような男だと思った。といっても、マーク自身はそのことに気づいていないはずだった。

「セリーナ、ぼくの万年筆を見なかったかな？　ちょっと目を離した隙に、なくなってしまったんだ。ニーナにも訊いてもらえるかな？」

セリーナは夫のことばを無視して、ねこなで声でハリーに注意した。

「煙草を吸いすぎちゃだめよ。一本吸ったら、入ってきてね」

セリーナとマークが店の中に引っこむと、ハリーは半分空になったメンソールの煙草――シンガポールで煙草はとんでもなく高価だ――の箱を取りだした。セリーナの声が聞こえた。

「ねえ、聞いたでしょ？　ハリーがわたしになんて言ったか。早めに来たのは、わたしに会うのが待ちきれなかったからなんですって」

女性の機嫌を取るのがこれほど簡単だとは、とハリーは思った。どうして、多くの男がそういうことに気づかずに、それを武器にできずにいるのだろう？ハリーはウエストバッグにライターをしまった。フォーマルな服装には不釣り合いなバッグだが、ポケットをいびつにふくらませることなく、安全にものを持ちはこべるから便利なのだ。それに、南国に滞在している白人男性のイメージ作りにも一役買ってくれる。

マークが顔をしかめるのを見るのは愉快だった。おしゃれだと思っているらしいが、どんな服に身を包もうと、しょせん成り上がりの中国系だ。シンガポールにいる独身の白人男性には太刀打ちできない。料理を引きたてるワインだって、結局は脇役でしかないのと同じだ。セリーナとローラにはじめて話しかけられたときにも、〝あなたは常連客《パトロン》のようなものだ〟とはっきり言われた。〝後援者《パトロン》〟と言われて、レストランではなく、大学や病院の出資者になった気分だった。おまけに、セリーナもローラもうっとりした顔をして、会費もかなり割り引いてくれた。もちろん、特別な申し出をしてくる不審者には、つねに警戒しているけれど。その後まもなく、〈ワインと料理の会〉の会費が八十ドルという法外な値段なのを知った。それは、自分が払った額の二倍だった。だからなおさら、この会が楽しくなったのだ。それに、セリーナとローラの対決も見ものだった。女が怒って、八つ当たりし合うのを眺めていることほど、愉快なことはない。しかも、そのふたりの女が多少なりとも自分をめぐって張りあっているとしたら、なおさらだった。

まもなく七時になろうとしていたが、店ではまだテーブルの準備も終わっていなかった。

「ローラが早めに来て、マークを手伝って、グラスを並べることになってたんです。でも、ローラは来ないみたいで」店の中でセリーナの大きな声が響いた。

ワインは料理に合わせたものを出す。ほんもののワイン・テイスティングの会ではまずそういうことはしない。それでも、マークはひとつのワインにつきひとつのグラスを用意するというルールだけは頑なに守っていた。つまり、今夜は各席に四つずつグラスを置いて、客がワインに口をつける十五分まえまでに、グラスにワインをたっぷり注いでおかなければならない。一回目の〈ワインと料理の会〉でかなり混乱したことから、二回目からは、コースターに番号をふるようにした。そうすれば、説明しているのがどのワインなのか、はっきりするからだ。

「ニーナ、お皿なんてどうでもいいわ。コースターの準備ができないとはじめられないのよ。マークのところへ行って、番号を書くのを手伝ってちょうだい」

「マークさん、このコースターは何番ですか?」

「大丈夫だよ、ニーナ。番号はぼくが書くから。それより、テーブルに置きっぱなしになってるグラスを回収してくれないか。洗って、乾かして、コースターの上に置いて」

セリーナは学生時代はほぼつねに学級委員で、ものごとを規則どおりに進めるのはお手の物だった。それなのに、いまは自分の意見は無視されるか、反論されるか、軽視されるかのいずれかだった。これこそがPAPが感じていることなのだろう。シンガポールの完全無欠な人民行動党《ピープルズ・アクション・パーティ》、略してPAPにくわわろうかと考えたのは、これがはじめてではなかった。政界にいるマイクロフト・ピーターズは自身の名をもっと前面に押しだすべきだ。とはいえ、いまはそんなことを考えている場合ではなかった。たとえ、この会を成功させるためにやっていることを、マークとアンティ・リーに邪魔されても、どうにかして計画どおりに会を進めなければならなかった。

マークが時間を無駄にしているあいだに、セリーナは窓越しにハリー・サリヴァンを眺めた。ハリーが竹製のごみ箱を見て、周囲に目をやってから、道の端に置かれたお金に見たてた紙を燃やすための缶に吸殻を投げこんだ。まだ鬼月《ゴーストマンス》（旧暦の七月。中華圏ではその月に、地獄の門が開いて鬼がこの世に戻ってくると言われている）ではなかったが、多くの人がその缶を使っていた。といっても、使っているのは外国からの出稼ぎ労働者やメイドだろう。果物や花――どう見ても公園から盗んできた花――や、線香が缶の横のにわか作りの供物台に供えられていた。そこへちょうどやってきたカニンガム夫妻が、会に遅刻しているのも気にせずに、立ち止まって、缶と供物台の写真を撮った。セリーナは腹立たしくてならなかったが、ぐっとこらえた。マークからいつも言われているように、人が何をしようと自分には関係ないのだから。

「この国はなんでもかんでも高すぎるわ」とルーシー・カニンガムが言った。「でも、とても清潔で、とても効率的で、みんなが英語を話すのね。オーストラリアにいるみたいだわ」

ルーシーはぽっちゃりした年配の女性で、自分の歳に納得しているようだった。整形手術の痕跡はなく、髪を染めてもいなかった。夫のフランク・カニンガムは無愛想だが、ルーシーは明るくおしゃべりだ。とはいえ、ルーシーのような年配の女性はたいていそうだ。人とちょっとちがうのは、暗い表情を隠そうとしているように見えること。一瞬、顔を曇らせても、すぐに嬉しそうな表情や好奇心が顔に浮かび、またふと何かを考えたり、思いだしたりして、顔を曇らせるのだった。

アンティ・リーはそんな表情の裏に何があるのか知りたかった。不安そうな表情をちらりと浮かべても、ルーシーからは幸福感がひしひしと伝わってくる。さらに、体型も幸せな女性そのもので、不安そうにしていないときには、穏やかで、見るものすべてに純粋な興味を抱いているのがわかる。ルーシーは食中毒を心配しているの？それとも、実は夫婦喧嘩をしているとか？

「ぎりぎりで申し込んだのに、受けつけてもらえてほんとうによかったわ。遅れてしまってごめんなさいね。このあたりをちょっとぶらぶらしていたら、アンティーク・ショップがあったものだから。フランクがその店で木彫りのものを見つけて、出てこられなくなっちゃったの。フランクは木製のものが大好きなのよ」

ということは、夫婦喧嘩ではなさそうだ、とアンティ・リーは思った。

カニンガム夫妻が差しだした会費を、セリーナ笑顔で受けとった。

「シンガポールの代表的な料理が食べられるなんて、めったにないチャンスだわ」

今夜食べる料理が、シンガポールの代表的な料理だと勘ちがいされては困る――それがセリーナの正直な気持ちだった。この会の目的は、シンガポールの代表的な食べものよりはるかに上質なワインと料理を味わってもらうことだ。そのためにアンティ・リーの料理を利用しているのだ。まあ、たしかにニョニャ料理がシンガポールの代表的な食べものではないと誰にも言えないけれど。それでもやはり、セリーナはマークがこの店を譲りうける日が待ち遠しかった。そのときが来たら、いまよりはるかに高級なカフェにしよう。おしゃれなスティック・パン《グリッシーニ》を出すのもいいかもしれない。それとも、雑誌に載っているようなチーズやブドウを出そうか……。セリーナは胸躍る空想から、はたと現実に戻って、顔を上げた。その場にいたはずのアンティ・リーの姿は、もうなかった。

セリーナは店の奥へ向かった。裏口の外に置かれた炭火のコンロで、ニーナがサテを焼いていた。

「アンティ・リーは《アイランド・ハイ・ライフ》の最新号を、もう見たのかしら？」とセリーナはニーナに尋ねた。

ニーナがぽかんとして見つめてきた。「はい？」

ニーナはわざと愚鈍なふりをしているの？ ときどきそんなふうに思えてならなかった。これほど頭の回転が鈍い者がいるはずがない。セリーナはあえて何も言わなかった。するとニーナは炭火であぶっているサテに視線を戻した。

アンティ・リーのもとで働くようになって、ニーナは少し肥ったようだ。はじめて会ったときのニーナは、どことなく怯えているようで、やせっぽちで、「専用のコップを用意してくれ」というマークのことばが理解できずに、声をあげて泣いたのだった。アンティ・リーの家では割れないプラスティック製のコップを使っているが、マークとセリーナはそんなコップを使う気になれなかった。それで、専用のガラスのコップをアンティ・リーの家に置かせてもらっていたが、ニーナはそれをまったく理解できなかったのだ。

さらに、あろうことか、アンティ・リーは旧正月にプレゼントされたブランズ社のチキン・エッセンスを、ニーナに飲ませたこともあった。「わたしには強すぎるから。でも、ニーナにはもっと体力をつけて、もっと肥ってもらわないと困る」というのがアンティ・リーの言い分だった。それもまた、癪《しゃく》にさわった。いったいぜんたいどこの誰が、高級な栄養ドリンクをメイドに飲ませたりするのだろう？　あれは新しいものだった。処分するしかない消費期限切れのものではなかった。アンティ・リーはメイドにはそんなことをするくせに、由緒正しいリー家の息子の妻には、体を気遣うこともなければ、高価な栄養ドリンクを飲ませることもなかった。

その一件でむしゃくしゃしたセリーナは、仕事が忙しくて、市場調査もしなければならないから、時間がないと言って、二週間のあいだ一度もアンティ・リーに会いにいかなかった。もちろん、マークも会いにいかせなかった。高級なサプリメントを使用人に与えるような非常識なことをしたのだから、それぐらいの罰はあたりまえだ。その種の作戦はセリーナの両親にはつねに功を奏した。だが、悔しいことに、アンティ・リーには効かなかった。アンティ・リーは息子夫婦が会いにこないのを気に病むそぶりもなく、結局、セリーナが折れるしかなかった。

ニーナのせいで不愉快な思いをしたのは一度きりではなかった。ニーナを雇うと聞かされたときには、M・L・リーのような高齢の男性がいる家に、若い女の使用人を入れるのがどれほど危ういことか、アンティ・リーに言って聞かせたのだ。「どれだけ歳を取ろうが、男は男ですからね。若くて可愛い顔に目がくらんで、ついほだされるものなんですよ。それで、いつのまにか若い女にいいように扱われるんです」と注意した。アンティ・リーはアドバイスに礼を言い、ニーナから目を離さないようにすると約束したものの、特に何もしなかった。それどころか、「身なりを整えれば、仕事もきちんとこなす」などと言って新しい服を買いあたえ、車の免許を取らせて、パソコン教室にまで通わせた。「わたしたちみたいに年寄りだけで暮らしてると、浮世離れしがちなの。だから、新しいことを教えてくれる若い人が必要なのよ」とうそぶいた。いまのニーナは肥ってはいないものの、がりがりに痩せてもいなかった。身に着けているゆったりした茶色のズボンと、クリーム色の長めのチュニックは、外国人のメイドにはふさわしくなかった。

「あなた、まさか妊娠してるんじゃないでしょうね？」セリーナは鋭い口調で尋ねた。アンティ・リーならニーナを自由に外出させかねない。メイドに関するけがらわしい噂なら、しょっちゅう耳にしていた。恋人との密会や、隙あらば食べものや宝石をくすねること、ふしだらな行為などを。

「はあ？」ニーナは相変わらずぽかんとした顔で、バナナの葉を敷いた皿に、焼いたサテを並べはじめた。

「ねえ、ちょっと、訊いてるのよ。料理はあとにして、わたしの質問に答えなさい！」

「どうかしたの？」アンティ・リーが戸口に現われた。「ニーナ、サテから目を離さないでね。焦がしたら、たいへんなことになるわ」セリーナの相手は主人に任せたとばかりに、ニーナはサテに視線を据えた。

「えっと、いま、ちょっとニーナに訊いてたんです。お義母《かあ》さまが《アイランド・ハイ・ライフ》の最新号を読んだかどうか。まだ読んでないなら、直接訊いて、驚かせてはいけないと思ったので」セリーナはそう言いながらも、間の抜けた言い訳なのはわかっていた。「そうなんです、びっくりさせたくなかったんです。まだ読んでないなら、読まないようにしてほしいと、ニーナに頼むつもりだったんです」

「どんな雑誌なの？　雑誌は読まないのよ。ニーナ、ピーナッツソースにはタマリンドの汁を入れたわね？」

「はい、入れました」

「ほんとうに驚かせたくなかったんです」とセリーナはほとんどやけになって言った。「実は、この店のことが載ってたんですけど、あまりいいことが書いてなかったので」

「そうなの？　よかったわ、わたしはそういうものは読まないから。ニーナ、サテは焼けたかしら？　気をつけて。落とさないようにしてね。中に運んで、テーブルに置いてちょうだい。マークの大事なグラスにはさわらないようにね」

店の中では、フランク・カニンガムが紙ナプキンをいじっていた。マークが大事にしているグラスもすべて準備が整っているのを見て、セリーナは少しほっとした。セリーナ自身はワインについてはずぶの素人で、夫を手伝おうとしては、しょっちゅうボトルを取りちがえていた。

「はい、これをどうぞ」

フランクが子供のように得意げに、紙ナプキンで作ったシドニーのオペラハウスを、チェリルに差しだした。チェリルが歓声をあげてはしゃいだ。セリーナはくるりとうしろを向くと、紙ナプキンを取りにいった。補充用の紙ナプキンまで折り紙にされてはたまらない。だから、フランクには見つからないようにしておきたかったが、同時に、すぐに取りだせる場所に置いておきたかった。すでに遅れている食事がテーブルに運ばれたら、咎《とが》めるような目つきでフランク・カニンガムに渡すのだ。

「すごいわ！　信じられない！」チェリルが携帯電話を取りだして、紙ナプキンのオペラハウスを写真に撮った。「マイクロフトにも見せてあげなくちゃ」

セリーナはチェリルが嫌いだった。元客室乗務員で、話す英語（流暢だが、粗だらけ）から低い階級の出だとわかる。そんなチェリルが出席したら、ワインの会の格が下がってしまいそうだった。けれど、マークは相変わらず、そんなことには気づいてもいないふりをしていた。

「この国に階級はないよ。ぼくのひいおじいさんだって、人力車にゴムのタイヤをつけて、財を築いただけなんだから。それに、チェリルは会の参加者の中で誰よりもワインをよく知ってるよ」とマークは言うのだ。マークとチェリルが知りあったのはワインの試飲会だった。チェリルは世界中を飛びまわり、ワインにも興味があって、ユニークなワイン製造業者やディーラーを知っていた。それで、そういう人たちをマークに紹介したのだ。そんなこともあって、いや、それだからこそ、セリーナはチェリルが気に食わなかった。

「わたしたちはシドニーから来たんですよ」ルーシー・カニンガムが穏やかだが、知性を感じさせる口調で言った。「フランクはどこに行っても、それを作りたがるんです。それに、ここはシドニーに少し似てますしね」

「あら、ハリーもシドニー出身ですよ」セリーナは会の主催者という立場を思いだして言った。「もう、お会いになったかしら？　カニンガムさん、こちらがミスター・ハリー・サリヴァンです」

「シドニーといえば大きな街ですからね」とハリーは言った。

「ハリー・サリヴァン……？」フランクが首をかしげた。「どこかで聞いた名前だな。それに、顔にもなんとなく見覚えがある。といっても、きみは若いから、わたしたちみたいな年寄りの知りあいのはずがない。もしかして、お父さんの名前を受け継いでるのかな？　あるいは、伯父さんの名前を？」

「ちがいますよ。シドニーにはいくらでも人がいますからね、サリヴァンなんて、どこにでもある苗字です。ところで、シンガポールへは何をしに？」

大半の旅行者にとってそれは定番の質問で、たいてい、訊いたほうもどうしても答えが知りたいわけではなかった。たとえば、「定年退職したから、世界を見てまわろうと思ってね」などという答えで充分なのだ。それなのに、ルーシーがうしろめたそうな視線を夫に送った。夫はといえば、頭をひょいと下げて言った。「いや、べつに、大した理由はないんだ」

「以前にもシンガポールに来たことがあるの？」謎に関してはネズミにも負けない嗅覚を発揮するアンティ・リーが即座に尋ねた。

「いや、まあ、そういうわけじゃ。この国に来たのははじめてですよ。それが、まあ、たまたまでね。今夜のこの会もたまたま知って、参加しただけです」

そのとき、マークが紙ナプキンをくしゃっと丸めて、フランクがチェリルにあげたオペラハウスの隣に置いた。

「エスプラネード・シアターズ・オン・ザ・ベイ！　この国のランドマークだ」とマークは言って、さも愉快そうに笑った。みんなもつられて大笑いした。あとで考えてみれば、セリーナもウィットに富んだ夫に感激した。けれど、そのときは早く会をはじめたくてやきもきしていて、おまけに、紙ナプキンがまた無駄になって苛立った。ずる賢いチェリルがそのことに気づいているように見えるのも腹立たしかった。

「みなさん、どうぞお座りください。そろそろはじめましょう。もうだいぶ遅れてますから」

こういう会では、客はどれほどお腹がすいていようと、早く料理を食べたいという気持ちを表に出さない。テーブルにつくまでは、お腹がすいているという話題は禁物なのだ。いっぽうで、主催者もどれほど気がせいていようが、食前酒を飲みながらおしゃべりしている客をせかしてはならないという暗黙の了解があった。たとえ、料理が煮詰まろうが、冷めようが、せかしてはならないのだ。

いつもならワインのことしか頭にないマークが、チェリルと真剣に話しこんでいた。チェリルはフランスのロワール渓谷で会ったワイン業者の話をしていた。セリーナは冷ややかな笑みを浮かべて、話に割りこんだ。

「失礼。予定よりずいぶん遅れてるのよ」

「信頼できる業者を何人か知ってはいるんだけど」とマークがチェリルに言った。「でも、取引するとなったら、実際に会って話をするつもりだよ。そのほうがお互いのためだからね」

「マイクロフトの会議につきそってパリに行くとなると、一週間しか滞在できないわ。でも……」チェリルがにやりとしながら言った。「ワインのためだけにフランスに行くのもいいかもね」

「ねえ、マーク。話があるの！」セリーナは夫の腕をぎゅっとつかむと、夫を引っぱって、その場から離れた。チェリルのことはほんとうに虫が好かない。といっても、ローラやマリアン、ニーナやアンティ・リーを嫌う理由とは、ちょっとちがっていた。女性を嫌うのにはさまざまな理由があって、もちろん、男性を大嫌いになるのにも山ほどの理由があるのだ。

全員がテーブルについたときには、予定を二十分ほど過ぎていたが、そのことに誰も驚いていなかった。当然、セリーナはテレビとラジオを消そうとした。

「ちょっと待って、セリーナ。セントーサ島で見つかった死体の身元が判明したら、すぐに知りたいのよ」

どうやら、アンティ・リーは亡くなった女性の話題をなんとしても持ちだすつもりでいるようだった。その話をすれば、ラジオや新聞で報道されていないことまでわかるとでも思っているの？　セリーナはアンティ・リーを無視した。

カニンガム夫妻はセントーサ島の砂浜のひとつで見つかった身元不明の女性の死体より、島そのものに興味があるようだった。

「知ってるわ、その島にカジノがあるのよね。わたしは行ってもいいかなと思ってるのよ。でも、フランクはユニバーサル・スタジオに写真を撮りにいきたいと言うの」

「野性のクジャクもいるわ」チェリルが何気なく言った。「わたしはクジャクが大好きなの」

妻につつかれて、マークはテーブルの端の自分の席から立ちあがった。手を伸ばして、近くにある氷が入った銀のバケツを取りあげると、話しだした。

「慣習にしたがって、こういうものを用意しました。ぼくが選んだワインにこれは必要ないけれど、これを料理には使わないようにお願いしますよ」前回の会もこの話からはじめた。そのときは全員が大笑いしたのだ。何かがうまくいったら、マークはそれを変えない主義だった。

チェリルはくすりと笑ってから、セリーナが困った顔をしているのに気づいて、そのバケツがなんのために置かれているのか説明しようとした。けれど、アンティ・リーの声にさえぎられた。

「最初の料理をお願い」とアンティ・リーが言うが早いか、ニーナがサテの載った二枚の皿を持って、厨房から現われた。サテのまわりには、薄くスライスしたキュウリやトマト、湯気の上がるかぐわしいパンダンの餅が並べられていた。

マークはデザートが供されるまでに白ワインを一本、ロゼを一本、赤ワインを三本紹介した。ワインに興味津々で、何かにつけて質問したのはチェリルだけだったが、それでもマークは満足げだった。チェリルから絶対に目を離さないと心に決めていたセリーナにとっても、それで充分だった。セリーナの頭の中には、ワインにそこまで興味を抱く人がいるはずがなく、ゆえに、チェリルはマークに気がある、という図式ができあがっていた。チェリルにはりっぱな夫がいるが、そんなことは関係ない。いや、むしろ、そんな男性と結婚できたのは、チェリルが魔性の女だという動かぬ証拠だ。

アンティ・リーもチェリルから目を離さなかった。料理を食べては口を水ですすぎ、ワインを飲んではやはり口を水ですすいでいるのに気づいて、目が釘付けになっていた。

「どうして、口をすすぐの？　ワインがまずいからじゃないわよね？　もしかして、わたしのソースが口に合わない？」

「まさか、とんでもない！　すごくおいしいわ」とチェリルが真剣に言った。「でも、口をすすげば、ひとつひとつの料理やワインを味わえる。味が混ざったりしないわ。ソースは絶品よ。どの料理もすごくおいしいわ。料理もワインも、わたしはひとつずつ楽しみたいの」

「新鮮に楽しみたいってわけだな？」とハリーが話に割りこんだ。「結婚にまつわる話と似てるような気がするな。最初の三年は夢のようだが、そのつけを一生かけて払わされる、ってね」そう言って、ハリーは大笑いした。「だから、結婚しない男がいるんだよ。最初の三年間だけを何度もくり返すために」

この場にいる夫婦に向けて言っているの？　セリーナはそんなことを考えて、ひそかにマークを見た。もしもマークが笑ったら、あとでとっちめなければならない。セリーナは男性ならではの冗談が大嫌いで、そういう冗談を黙って聞いているマークに苛立った。

ルーシーがにっこり笑って、夫のフランクを見た。

フランクは大きな声で笑いながら、言った。「似たようなことを、わたしも言ってるよ。だから、何度でもスタートラインに立つんだ。いつだって、何度だってスタートラインに立つのを、みんなが心がけるべきだ。毎日でも、季節が変わるたびにでも。こんなふうに旅をするのもいい。新鮮な気持ちになれるから。しかも、この世で誰よりも愛する人と、もう一度旅立てるんだから」フランクは紙ナプキンを折って、長く撚《よ》った茎がついたバラの花を作ると、芝居がかったしぐさで妻に差しだした。

チェリルが甲高い声で褒め称えた。「なんてロマンティックなの」

わざとらしい！　とセリーナは思った。カニンガム夫妻も腹立たしければ、大げさに感激してみせるチェリルも腹立たしかった。フランク・カニンガムの話はどう考えても馬鹿げている。誰かと旅をするのは、それでなくてもたいへんで、長年連れ添った夫婦となればなおさらだ。相手が口にしたことばひとつひとつに、さらには、口にしなかったことばひとつひとつに、苛立たなければならないのだから。なぜ、マークは無駄話を止めようとしないの？

アンティ・リーはテーブルを囲む人たちを興味津々で眺めてから、言った。

「いつまでもロマンティックでいられる夫婦を見ると、心が和むわ。長年寄りそった夫婦だからこそ、相手の好みがよくわかる。どうすればうまくいくか、どうすればうまくいかないかってこともね」

ボボ・チャ・チャ（ココナッツミルクにイモやタピオカなどを入れたデザート）をよそったオレンジと白の小さなボウル――アンティ・リーは料理の見た目にも気を遣うのだ――を運んで、厨房から出てきたニーナは、いまの話はアンティ・リーと亡夫のことだと思った。M・L・リーが生きていた頃のアンティ・リーは、ほんとうに幸せそうだった。それはまちがいない。でも、愛しあっていた夫を亡くすのは、好きでもなんでもない夫を失うよりもはるかに辛いはず……。

そんなことを考えていると、ハリーがセリーナに顔を近づけて、ひそひそと囁くのが見えた。セリーナが見るからに楽しそうに笑った。どうやら、あのふたりはユーモアのセンスが一緒らしい。ニーナはセリーナを警戒していた。すぐにかっとなるセリーナを怒らせないようにしていたが、かといって、怖いわけではなかった。アンティ・リーのもとで働きつづけられるかどうかは、誰でもないアンティ・リーの気持ち次第だ。アンティ・リーもそう言っている。誰に何を言われようと関係ない、と。

「デザートが出たので、五番のグラスをお取りください」とマークは言った。それぞれの席には丸の中に番号が書かれたコースターが置いてあった。ローラに手伝ってもらわなくても、マークひとりで手際よく準備したのだ。「デザートワインは甘いと思われている方が多いようです。もちろん、デザートとしてワインだけを飲むなら、甘いほうがいいかもしれません。でも、今夜お出ししたようなとりわけ甘いデザート……えっと、アンティ・リー、これはボボ・チャ・チャだよね？　こういうものを食べるときには、アルコール度数がいくらか高めのもののほうがしっくりきます。どうぞ、ご自分の舌で確かめてください。このワインはデザートに合うと、自信を持ってお勧めします。スペイン産のやや辛口のシェリー酒アモンティリャードの芳香にかなり近いものです」

客がいっせいにワインに口をつけると、アンティ・リーは大きな声で言わずにはいられなかった。

「わたしのボボ・チャ・チャはそんなに甘くないわ。ものすごく甘いボボ・チャ・チャを作る人もいるけど、わたしのは甘さ控えめよ。サツマイモとヤムイモと甘い汁の対比がはっきりするように――」

「アンティ・リー、この会は料理について話す会じゃないんですから」セリーナはそう言うと、テーブルを囲んでいる客に向かって申し訳なさそうに微笑んだ。ほぼ同時に、フランクが質問した。

「そのボボ・チャ・チャというものには、何が入ってるのかな?」

これこそセリーナがもっとも怖れていた展開だった。ワインのことも、マークの解説もそっちのけで、アンティ・リーがおいしいボボ・チャ・チャの秘訣を話しはじめた。タピオカ・パールをもちもちの食感に仕上げることや、色ちがいの数種類のサツマイモ――紫、オレンジ、黄色――を使っていることを。見た目だけを意識して色とりどりのサツマイモを使っているわけではなく、ココナッツミルクの甘さを抑えているぶん、ヤムイモはもちろん、舌が肥えた人には数種類のイモの味や食感の差がはっきりわかるようにするためだ。「もちろん、ココナッツミルクには秘伝の材料もくわえてるわ――」

そのとき、店の入口のベルが鳴りひびいた。セリーナは立ちあがった。ニーナもボボ・チャ・チャを配るのをやめて、ようすを見ようと入口へ向かった。会が開かれているのは店の奥のほうだが、入口付近の明かりはつけっぱなしだった。だから、誰かが瓶入りのアチャーを買いにきたのかもしれない、とニーナは思ったのだ。あるいは、軽い夕食をとろうと入ってきたのか。

いっぽう、セリーナはローラが来たのだと思った。間の抜けた理由で遅れてきたのだろう、と。けれど、そうではなかった。

店のドアを勢いよく開けて入ってきた女性は、どこの国の人なのか、ニーナにはよくわからなかった。身のこなしを見るかぎりでは、アメリカ人のようにも思えた。といっても、容姿は完全にアジア人。髪は漆黒。不自然なほど真っ黒だ。赤味がかった白い肌。白人と同じように、不慣れなシンガポールの陽光と湿度にさらされて、赤くなっていた。

「すみません、今日は貸切です」

きっぱりと言ったのはセリーナだった。ひと目見ただけで、いきなり店に入ってきた女性が客ではないとわかったからだ。迷って、道を尋ねるついでに、水を一杯飲ませてほしいと言いだすか、さもなければ、図々しくトイレを貸してほしいとでも言うつもりなのだろう。

女性はセリーナのことばを無視した。

「ローラ・クィーを探してるんです。今夜、ここで働いてると聞いたもので」そう言うと、ちらりとセリーナを見たものの、あとは見向きもせず、店の中を見まわして、奥のテーブルを囲んでいる客に気づいた。「話があるんです。どうしても、いま話さなくてはならないんです。ローラ・クィーはどこですか？」

ずいぶん切羽詰まったようすだが、それでいて、探しているというローラのことを知らないようだった。見るからに動揺していて、必死に冷静になろうとしていたが、不安でたまらず手が震えていた。好奇心で目をらんらんと輝かせたアンティ・リーが歩みよっても、その姿を見ようともしなかった。

「どちらさまかしら？」とアンティ・リーは尋ねた。「なぜ、ローラを探しているの？ ローラはこの店で働いてるわけじゃないのよ。今夜は来ることになってたけれど、まだ来てないわ。さあ、入って、座って待ってるといいわ」

「ローラは来ません」とセリーナはきっぱり言った。今夜は予約制の〈ワインと料理の会〉で、特別な夜なのだ。それをはっきりさせておかなければならなかった。ふらりと店に入ってきた人を、勝手に参加させるようなまねをしてもらっては困る。そんなことをしたら、何もかも台無しだ。「ローラは来られないと連絡してきたんです。

マリアン・ピーターズも来られなくなったそうです」

　女性が息を呑んで、セリーナをまっすぐに見た。

「マリアンがそう言ったんですか？　いつ？　いつ、そんなことを言ったんですか？」

「まずは、あなたのお名前を教えてもらえるかしら？」とアンティ・リーは言った。いつのまにか、女性の隣に立っていた。牙を剝《む》く獰猛《どうもう》な犬を易々と手なずける猛獣使いにも似た静かな威厳を漂わせていた。「わたしはアンティ・リー。ここはわたしの店よ。あなたのお名前は？」

「カーラ・サイトウ」

　一瞬、店の中がしんと静まりかえって、ニーナの耳にルーシーの囁き声が届いた。

「来る気もないのに、なぜローラ・クィーはわたしたちに、今夜ここで会いましょうなんて言ったのかしら？」

3

ローラ・クィーはどこに？

「どうぞ、お座りなさい」

アンティ・リーはカーラ・サイトウに言った。いつのまにかニーナが席を用意して、ボボ・チャ・チャの皿を置いた。アンティ・リーは細身で長身のカーラの腕を取って、席に案内すると、椅子に座らせた。

「カーラ・サイトウ……日本の名前かしら？　どちらからいらっしゃったの？　なぜ、ローラ・クィーを探しているの？　マリアン・ピーターズともお知りあい？」

カーラは目のまえに置かれた皿を見た。

「これはなんですか？　わたし、肉は食べないんです」

アンティ・リーがかすかにうなずいただけで、それに応じたニーナが菊花茶の入った小さなポットを持ってきて、飛び入りの客のまえに、ポットとそろいのコップを置いた。菊花茶は気持ちを落ち着かせて、疲労回復にも効果がある。

「肉は入ってないわ」とアンティ・リーは言った。

お茶が功を奏したのか、カーラが質問に答えた。日本人の父の苗字を名乗っているが、アメリカで生まれ育った。友だちのマリアン・ピーターズと会う約束で、シンガポールに来たが、マリアンの行方がわからない、とのことだった。

「おとなしく待ってるつもりだったんです。予定より何日か早くシンガポールに着いてしまって、マリアンは忙しくて時間が取れないんじゃないか、と。それか、旅行にでも行っているのかもしれない、と。だから、待ってるつもりだったんです。いずれ連絡して来るはずですから。でも、待ってても、連絡がなかった。それで、マリアンの家族に訊いてみたら、海外に行っていると言われたんです。でも、今日の午後、女性の死体が発見されたというニュースを聞いて――」

アンティ・リーは大きくうなずいた。「そのニュースならわたしも聞いたわ。セントーサ島で女性の死体が見つかったのよね」

「それで、すごく不安になったんです、そう、ニュースのせいです。悪いことばかりが頭に浮かんで……馬鹿みたいですよね、わかってるんですけど、それでも……」

「どうしてマリアンに会いに、わざわざシンガポールまで来たの？」そう尋ねるアンティ・リーの顔には、相手を気遣うやさしい表情が浮かんでいた。アンティ・リーの顔は血色がよくて、艶もある。もちろん、小さなしわはあるけれど、それは歳のせいというより、思いやりにあふれた温かい笑みをいつも浮かべているせいだ。ところが、ふいにアンティ・リーは鼻をひくつかせて、不思議そうな顔をした。菊花茶を飲んでいるカーラをまじまじと見てから、身を寄せて、また鼻をひくつかせる。その姿は料理人というより、捜索犬のようだった。

「どうしたんですか？」とカーラが尋ねた。

尋ねられて、アンティ・リーはさも嬉しそうな顔をした。「あなたは健康ね、匂いでわかるわ」

カーラは首を振った。「いいえ、健康じゃありません。時差ぼけもありますけど、それより不安でたまらなくて、よく眠れないんです。ストレスのせいで不眠になってなかったとしても、ベッドには南京虫がいて――」

「いいえ、あなたの血は健康よ」アンティ・リーはカーラの話をさえぎった。「肉は食べないと言ったわね？　ということは、菜食主義者《ベジタリアン》なのね？」

カーラは驚いて、束の間、最大の心配事が頭から抜けおちた。

「ええ、そうです。正確には完全菜食主義者《ビーガン》ですけど。でも、この国に来てからはちょっと……。えっと、お店で売ってる食べものには、原材料が表示されてないから。いいえ、英語の表示はないし、誰かに尋ねたくても、どんなふうに訊けばいいのかわからなくて。しかたなく、リンゴとバナナだけ食べてました――」

「近くのお寺に行けばいいのよ。お寺のまわりには、ベジタリアン用の屋台村《ホーカーセンター》やフードコートがあるわ。タマネギとニンニクは食べられる？」

「タマネギですか？　はい、それはもちろん」

カーラはテーブルを囲んでいる客にちらりと目をやった。この状況に驚いている人はひとりもいなかった。アンティ・リーを止めるようにニーナに合図を出していたセリーナは、あきらめて天をあおいだ。ハリーはわれ関せずという態度を取りながらも、聞き耳を立てていて、自らワインのおかわりをグラスに注いだ。

カーラはその気になればワインでも、もっと強いお酒でも飲めるが、出されたお茶をおとなしく飲んだ。意外にも、お茶のおかげで体が温まっていた。いままで体が冷えきっていたことに気づかずにいたのだ。ろくな食事をしていないせいで、血糖値が下がって、血のめぐりが悪くなっていたらしい。

「ショウガが入ってるのよ」アンティ・リーはカーラの心を読んだかのように、得意げに言った。「ショウガは体を温めるわ。お茶を飲んだら、野菜の料理をお食べなさい」

「でも、野菜ならなんでもいいわけじゃないんです」カーラの口調には、隠しきれない警戒心と疑念が表われていた。「鶏肉や豚肉さえ入ってなければ、菜食料理になるわけじゃないんです」

意外にも、そのことばに応じたのはルーシーだった。「敬虔な仏教徒は朔望月《さくぼうげつ》（月の満ち欠けを基準にした暦の月）の一日から十五日までは野菜しか食べないの。それに、そういう人たちはたいてい、つい先週の旧正月の元日も野菜しか口にしない。だから、この国では、たとえばヨーロッパなんかより、いろいろな菜食料理が食べられるわ」

「そうよ。そうなの。そのとおり！」とアンティ・リーが賢い子供を褒めるように言った。

「ルーシーはそういう本を読みあさってて、わたしにも教えてくれるんだ」と言ったのはフランクだった。「信じられないかもしれないが、ときどきうんざりするほどね」

フランクは見るからに嬉しそうだった。ルーシーは品よく微笑んだが、心ここにあらずという感じだ。何かがおかしい、とアンティ・リーは思った。いつもなら、そんなふうに感じたが最後、とことん追求しているはずだった。けれど、いまはそれ以上に知りたいことがあった。

「やっぱりきみの顔には見覚えがある」とフランクがハリーに言った。「もしかしたら、きみの家族を知ってるのかもしれない」

「いや、残念ながら、ぼくには兄弟もいとこもいませんよ」

「はるか太古の昔までさかのぼれば、わたしたちのご先祖さまはみな同じだよ」とフランクは言った。「サルかアダムのどちらかだ、そうだろう?」

「人類が生殖活動を続けるかぎり、みな親戚!」とハリーは言った。「いや、そうとも言い切れないか。革新派の同性愛推進家がこぞって、男は男と、女は女と結婚するべきで、赤ん坊は中絶するべきだと声高に叫んでいるのに、誰も反論しないとなると……」

ハリーはそう言いながらカーラを見つめたが、返事をしたのはフランクだった。

「それを聞いて思いだしたよ」

ルーシーは首を振ったが、夫を止めはしなかった。

「歳を取ったカウボーイがバーのカウンターに座って、酒を注文した。酒をちびりちびりと飲んでると、若い女が隣に腰を下ろした。女はカウボーイを見て、〝あなたはほんもののカウボーイなの?〟と尋ねた。男は〝そうさな、これまでの人生でやったことと言えば、荒馬をならすこと、ウシの世話、ロディオ、柵の修理、子牛を引っぱりだすこと、干し草を束ねること、子牛の去勢手術、納屋の掃除、屋根の修理、トラクターでの農作業、犬の餌やりだ。だから、そう、たぶんおれはカウボーイだ〟と答えた。すると、女は〝わたしはレズビアンよ。わたしは毎日、女のことばかり考えてるから。朝起きたとたんに、女のことを考える。シャワーを浴びながらも考える。テレビを観ていても、女のことを考える。食事中だってもちろんそう。何をしてても思い浮かぶのは女のことだけ〟と言った。しばらくして、老いたカウボーイの反対隣にひとりの男が腰を下ろして、尋ねた。〝あんたはほんもののカウボーイかい？〟と。カウボーイは答えた。〝長いこと自分をカウボーイだと思ってたが、やっと気づいたよ、おれはレズビアンだ〟」

フランクがおちを言いながら、わっはっはっと笑った。マークとハリーも大笑いした。セリーナとルーシーは聞こえなかったふりをした。すると、チェリルが言った。

「どういうこと？　どうして男の人がレズビアンなの？」

アンティ・リーはカーラからさらに話を聞きだそうとしても無駄だと思った。少なくとも、何かしら身になるものを食べてからでなければ、話は聞けない。しばらくろくな食事をしていないというカーラの話は嘘ではない。なにしろ、体は疲れきり、神経がこれほどぴりぴりしているのだから。

ニーナが酸味のある熱々のスープを鍋ごと運んできた。何かあったときのために冷凍しておいたスープを、電子レンジで温めたのだ。スープの鍋がアンティ・リーの目のまえに置かれた。

「食べてみて。気に入るはずよ。食べ終えたら、なぜローラを探してたのか、なぜろくなものも食べずに、こんな夜更けにシンガポールの街を走りまわってたのか、教えてちょうだい」アンティ・リーは皿にスープをなみなみと注ぐと、さあ、どうぞとカーラのまえに置いた。

「これはなんですか?」カーラは尋ねたものの、どんな答えが返ってこようと、結局は食べることになるとわかっていた。こうして腰を下ろして、不安がほんの少し和らぐと、どうしようもなくお腹がすいていることにようやく気づいたのだった。

「キノコのスープよ。キノコで出汁《だし》を取ったの。使ったのはシイタケとキクラゲ。具はタケノコとシログワイと油揚げ。タマネギとニンニクは食べるんだったわね? 風味づけにタマネギとニンニク、自家製の酢とラー油、それに胡椒とホットソースも入ってるわ。辛すぎるかしら? だったら、ご飯と一緒に食べるといいわ……ニーナ」

ニーナがちょうどご飯を運んできた。

「それと、セリーナ、ローラに電話してちょうだい」

「さっきも言いましたけど、今夜は来られないと連絡があったんですよ」

「来なくたっていいのよ、電話で話せれば」

セリーナはいったんその場を離れて、ローラの携帯に電話をかけた。やはりローラは出なかった。

奥の部屋のテーブルでワインの話を続けているのは、マークとチェリルだけだった。いや、マークがワインの話をして、それをチェリルが聞いて、何かを尋ねては、マークから話を聞きだしていた。ニーナは早くもテーブルを片づけはじめていた。まだデザートに手をつけていないのに！　メイドをもっとしっかり躾《しつ》けるように、アンティ・リーに言っておかなければ、とセリーナは頭の中にメモした。といっても、アンティ・リーが作ったデザートは普段から食べないようにしていた。肥らないように気をつけているせいでもあるが、それ以上に、ココナッツミルクは体に悪いからだ。だとしても、ニーナは手つかずのデザートを下げるまえに、わたしにひと言断わるべきだ。

カニンガム夫妻はデザートを食べながら、店の中を歩きまわって、飾られている絵や、売られている保存食を眺めていた。ハリーはデザートには手をつけず、ワインのボトルとグラスを持って、アンティ・リーとカーラがいるテーブルに歩みよると、ふたりの隣に腰を下ろした。

「そんなに心配しなくても大丈夫」とハリーは言った。「海から死体が上がるのはめずらしいことじゃない。友だちが電話に出ないからって、死んだと決めつけるのは早計じゃないかな。だって、ほら、セリーナが言ってたじゃないか。セリーナ、さっきローラから連絡があったんだよね？　で、ローラはマリアンから連絡があったと言ってたんだろう？　セリーナ、心配してるこのお嬢さんに言ってやったらどうだい？　マリアンは無事だって」

セリーナはうなずいた。「ええ、そうよ。一時間ぐらいまえに、ローラが連絡してきたわ。マリアンがどこにいるのかはわからないけど、きっと元気にしてるわ」

セリーナはもう一度電話してみようと、外に出た。ローラにふた言三言言ってやらなければ気が済まなかった。

けれど、やっぱりローラは電話に出なかった。そんなことだろうと、なんとなく思っていたけれど、はっきり見越していなかった自分に腹が立った。といっても、常日頃から、自分が人の悪い面ばかりを見ているのはわかっていた。ローラに名誉挽回のチャンスを与えたのは、人の失敗を根に持たず、水に流せるところをみんなに——いいえ、ほんとうはマークに——見せたかったからだ。マークからは、何ごとも大目に見られない性格だと言われていた。いつまでも恨んでいる、と。もちろん、そのときはマークをやりこめて、とんでもない言いがかりを撤回させたけれど、それでもやはり、そのことばが胸に突き刺さっていた。そんなことがあってからは、妻をどれほど誤解しているかはもちろん、マークがおどけて降参するように両手を上げて、謝って、話を切りあげることに、どれほど自分が傷ついているかを、マークにわからせようとしていた。そう、あれは謝れば済むような問題ではない。そう思うと、いままた怒りがふつふつと湧いてきた。マークは妻を完全に誤解していることに気づいていない。ただ、夫婦喧嘩がいやで、さっさと話を終わらせただけなのだ。

「どうかしたかな？」ハリーが店から出てきた。ハリーはもう帰るつもりなのだろうか。帰るまえに、会費を払ったかどうか確認しにきたの？

「いえ、大したことじゃないんだけど、やっぱりローラが電話に出ないのよ。しかたがないから、折り返し電話をくれるようにメッセージを残しておいたわ」

「電話に出ないんじゃ、すぐにかけ直してくるとは思えないな」

「たしかにね。でも、まだローラの居場所を訊かれたときに、電話してもわからなかったと答えられるでしょ」

ハリーが煙草に火をつけた。「ワインの試飲会ってのは、儀式みたいなものだな、そう思わないか？　なんていうか、日本のお茶会に似てる気がするよ。ワインと料理がマッチするようにがんばってるマークを見てるのは、すごくおもしろいよ。簡単にはいかないようだからね」

「ええ、簡単じゃないわ」セリーナはほんの少し気が休まった。「それに、きみの友だちのローラは……」

「ローラがどうかした？」

「ローラはあまり飲めないみたいだしな」

よからぬことを企んでいるかのようにハリーが声をひそめて言うと、セリーナは笑わずにいられなかった。それだけで、ずいぶん気持ちが明るくなった。自分はありとあらゆることを疑ってかかって、ある意味で悪だくみを嗅ぎつけようとアンテナを張っている。けれど、悪だくみに加担する側ではなかった。たしかにハリーの言うとおりだ。ローラは以前の会でとんでもなく馬鹿な真似をして、それが気まずくて来られないのかもしれない。あんなことがあって体面を傷つけられたのは、会の主催者ではなくローラだ。常識のある客ならみな、そう思うはずだった。ああ、ハリーと一緒にいると気が晴れる。いちゃついているわけではない。そんなことは決してしない。それでも、ハリーと一緒だと、国際的な大きな世界で生きている気分になれた。

「このあいだの会でローラが言ったことを、あなたが気にしてないといいんだけど」とセリーナは言った。「あれはローラの本心じゃないわ」

「いや、本心だよ」とハリーはきっぱり言った。「本心だからこそ、酔っぱらってつい口に出たんだ。胸の中にずっと抑えこんでたことが出たってわけだ。たまには思ってることを吐きだすのも、ローラのためになるよ。でも、今日はばつが悪くて来られなかったみたいだな」

たしかにそのとおりだった。それがあの出来事に対する大人の解釈なのだろう。セリーナもハリーのように考えることにした。それでもやはり、怒っているのをローラに知らせなければ気が済まない。ローラが来ようが来まいが誰も気にしないけれど、来ると約束したのだ。早めに来て、手伝う、と。あらためてそのことを思いだして、セリーナはふと不安になった。どう考えてもローラらしくない。なにしろ、あらゆるイベントに顔を出したがるタイプなのだ。荷物を運んで、並べて、自分がいかに行動的で働き者で、頼りになるかをひけらかしたがっている。それなのに来ないなんて、ローラらしくなかった。

いいえ、ハリーの言うようにローラはばつが悪いのだ。あんな醜態をさらしたのだから当然だ。とりわけハリーに対して。第一回目の会でも、ラクサ（米粉の麵料理）に合わせたやや辛口の木の香りのワインについてマークが説明しようとすると、ローラは冗談めかして、「あら、あなたの話が終わるまで、待ってなきゃいけなかったの？　でも、わたしは自分のワインを全部飲んじゃった」と言った。そのことばにみんなが笑ったのだった。

そのとき、マークは小さく首を横に振っただけだった。マークにしてみれば、ローラは世間知らずの若い娘で、根はいい子なのだ。ゆえに、相手にせずに、聞き流すのがいちばんと考えた。世間知らずな相手と言い争ったところで、自分まで未熟に思われるだけ。いずれにしても、その後、ローラは泣きながら何度も謝った。それで、マークはもちろん、セリーナもローラを許したのだった。

テーブルのまわりで繰り広げられている会話やざわめきから逃れて外にいるのは気持ちがいい、とセリーナは思った。ハリーの煙草の煙のにおいも、さほど気にならなかった。

「中のようすを見てみたほうがよさそうだ」とハリーが言った。

店の中ではワインのレッスンが終わり、早くも雑談がはじまっていた。マークとチエリルだけは、テーブルの端の席についたまま、ワインの輸入について静かに話しあっていた。

カーラはようやくいくらか落ち着いて、見ず知らずの親切な人たちに、筋の通った話ができるようになっていた。スープは絶品で、久しぶりにたっぷり栄養をとって、肩から力が抜けていた。

「シンガポールへは、友だちのマリアン・ピーターズに会いにきたんです」とカーラが言うと、何人かが大きくうなずいた。

「マリアンが外国に旅行に行くのを聞かされてなかったんだろう？　ということは、さほど親しいわけじゃない？」とハリーが言った。

カーラはハリーの質問にあえて反論しなかった。「どうしても断われない用事か何かができたんだろうと思ってました。だから、待つつもりだったんです。わたしがどこに泊まってるのか、マリアンは知ってますから、待っていれば、いずれ連絡が来ると思ったんです。でも、今朝、タクシーに乗ったら、ラジオから――」

アンティ・リーがここぞとばかりに平手でテーブルをパンと叩いた。「女性の死体が発見されたというニュースが流れてきたのね？　わたしも聞いたわ」アンティ・リーは嬉しくてたまらなかった。「警察はまだ身元を突き止めてないそうよ。だから、どんな小さな情報でも助かるはずよ。さあ、さあ、みんなで警察に電話しましょう。

ローラ・クィーが行方不明だと伝えるの。ローラ・クィーもマリアン・ピーターズも行方がわからないって」

「やめてください、ふたりとも行方不明なんかじゃないですよ」とセリーナは大きな声で言った。「大騒ぎしないでください。ローラからメールがあったと言ったじゃないですか。今夜は来られないと連絡してきたんです。〝海に放りこまれました〟なんてひと言も書いてなかったわ。マリアンも来られなくなったってことは、書いてありましたけどね。だから、くだらないことを言って、みんなを巻きこまないでください。そんなに心配なら、ご自分で警察に電話すればいいじゃないですか。さてと、マーク、話は終わったのね？　もう片づけましょう」

「警察には電話しました」とカーラがおずおずと言った。「でも、何も教えてもらえませんでした。警察に訊けば、砂浜で見つかった死体について何かわかるんじゃないかと……何かわかれば、不安も消えると思ったんですけど」カーラはセリーナを見た。セリーナはニーナから渡された持ち帰り用の料理が入った袋の中身を確かめていた。

「マリアンが今夜ここに来られないことを、いつローラに伝えたかわかりますか？」

「さあ、今日なんじゃないかしら」とセリーナは言った。「とにかく、お会いできて嬉しかったわ。じゃあ、さようなら」

「それじゃあ、そろそろ帰るかな」ハリー・サリヴァンが立ちあがって、大きな伸びをした。「誰か大通りまで乗せていってくれないかな?」応じる者はいなかった。

「マリアンは一回目の〈ワインと料理の会〉に来たわ」そう言ったのはアンティ・リーだった。「セリーナ、今回も家族の分まで予約してたのよね? マリアンと兄のマイクロフトとその奥さんのチェリルの三人分。でも、実際に来たのはチェリルだけ。あとのふたりが参加したのは一回目だけよ」

「忙しいのよ」とチェリルがすかさず言い訳した。「マイクロフトは、という意味よ。いつも何かしら用事が入るの。マイクロフトってそういう人なのよ。休むことを知らないの」

「あなたがいつシンガポールに来るか、マリアンは知ってたの?」アンティ・リーはカーラに尋ねた。「マリアンは旅行に行ってるんだったわよね、チェリル?」

「友だちとダイビングに行ってるらしいわ。行き先はたしか、サバ……いえ、シパダン島のシーベンチャーとかなんとか。でも、携帯電話がなかなか通じないみたい。おまけに、携帯電話の充電器も忘れたみたいで、連絡がつかないの。帰ってくるときには知らせると言ってたらしいわ」

「旅行は何日間の予定なの? それぐらいはマリアンも言ってたんでしょ?」

「旧正月に長めの休みを取る人は大勢いますからね。マリアンも今週末まで帰ってこないんじゃないですか」とセリーナ。

「マリアンと連絡がつかなくて、ご両親は心配してるでしょうね」アンティ・リーはチェリルに言った。

「いつだって、なんだって心配してばかりよ。お義父《とう》さまはマリアンの携帯電話が通じないから、友だちに電話しようとしたけど、マイクロフトが止めたの。騒ぎたてないほうがいいって。マリアンを縛ろうとすればするほど、反発するだけだから、好きなようにさせておこう。もしまずいことが起きれば、電話してくるはずだから、ってね」

「あなたはなぜ、ローラを探してたの?」とアンティ・リーはカーラに訊いた。

「ローラはマリアンを手助けしてたんです。いえ、正確には、手助けするために、友だちを紹介したというか……。わたしがほんとうに連絡を取りたかったのは、その友だちのほうなんです」

夫の付添いなしで夜間の外出ができて上機嫌だったチェリルも、そろそろ帰る気になった。そこで、挨拶しようとマークを探した。マークはと言えば、チェリルのことをすっかり忘れて、継母のアンティ・リーをじっと見つめていた。マークはこれまでの経験から、アンティ・リーのことをよくわかっていた。いまのアンティ・リーは名づけて〝アンティ・リーのスペシャル・フード・フェイス〟という表情を浮かべている。その表情で誰かと話しているからには、真実を聞きだそうとしているのだ。まさにそのスペシャル・フード・フェイスと、パプリカとコリアンダーとカルダモンで味つけした特製ヒツジ肉のカバブのおかげで、マークはアンティ・リーに、金銭問題を話せたのだった。困窮していることは、アンティ・リーには絶対に話さないというセリーナとの約束を破ってでも、話さずにはいられなかった。その結果、援助してもらえて、問題はきれいに解決した。だが、セリーナはそのときのことを根に持っていて、妻との約束を夫に破らせたアンティ・リーを、一生許さないつもりでいた。そんなわけで、マークはいま、温かいスープをまえに話をしているのが自分ではないことにほっとしていた。

　いずれにしても、マークも事情を知りたかった。アンティ・リーの知りたがり病《ケーポー》がうつったのかもしれない。いや、誰かがこれほど必死にローラ・クィーを探している理由が、知りたいだけなのか。

　チェリルが店を出ていった。カニンガム夫妻はホテルまでのタクシーを呼んでほしいと言った。夫妻が泊まっているのがラッフルズ・ホテルだとわかって、セリーナは驚いた。超高級ホテルに泊まるようには見えなかったからだ。カニンガム夫妻を見誤っていた自分が情けなくて、胸がずきんと痛んだ。それこそが、オーストラリアの旅行者の問題点なのだ。旅をするオーストラリア人は動きやすさを優先して、いつでもカジュアルな服装だ。だから、どの程度裕福なのかまるで見当がつかない。とはいえ、ハリーはちがった。少なくとも〈ワインと料理の会〉には、会の主催者に敬意を表して、きちんとした身なりでやってきた。

そんなことを考えながら、セリーナはふとハリーに目をやった。ハリーはカーラをじっと見つめている。もしかしたら、ハリーもわたしと同じことを感じているの？カーラとマリアンがどういう関係なのかは、誰の目にも明らかだった。それなのに、アンティ・リーは気づいていないらしい。そう思うと、妙にうきうきした。カーラは店の客として丁重に接しなければならないような相手ではないが、そのことをアンティ・リーに注意するのは、自分の役目ではなかった。といっても、マリアンがアメリカで親しくなって、一緒に何かを企んでいたのがどんな女性なのかを、マイクロフト・ピーターズに教えるのは、まちがいなく自分の役目だ。マイクロフトは客室乗務員と結婚したくせに、マークとわたしを見下している。でも、少なくともマークにはおかしな趣味の妹はいない。

みんながカーラに注目しているあいだに、ニーナはテーブルを片づけて、皿を洗い、明日のお菓子の下ごしらえして、大きな冷蔵庫にしまった。それが済んでもまだ、アンティ・リーはだんまりのカーラに質問しつづけていた。

4
浜辺のローラ・クィー

翌朝、セントーサ島で見つかった女性の死体――相変わらず身元不明――の記事が、《ストレーツ・タイムズ》の一面を飾った。内容は前日報道されたことだけで、新たな展開はなかった。そうと知りながらも、アンティ・リーはニーナに記事を三回も読ませた。それが済むと、コンビニに行かせて、《トゥデイ》紙を買ってこさせ、さらに、「インターネットを開いて、ＳＴＯＭＰにどんなことが書いてあるか教えてちょうだい」と言った。《ス《S》トレーツ・タ《T》イムズ・オ《O》ンライン・モ《M》バイル・プ《P》リント》とは、高速道路でのショッキングな交通事故の写真から、無礼な店員まで、ありとあらゆるニュースを配信しているインターネット・サイトだ。つねに最新ニュースが見られるものの、正確性という点ではやや問題がある。

ニーナがリー家で働くようなって数カ月が過ぎた頃、M・L・リーとアンティ・リーはニーナをパソコンの基礎講座に通わせた。人はつねに何かを学んでこそ職分をしっかり果たせる、というのがM・L・リーの信念だった。いっぽう、アンティ・リーはインターネットで数々の噂話が飛び交っているのを知っていたことから、未知のその世界を自分の代わりに覗きこんで、重要な部分だけをかいつまんで教えてくれる人がほしかった。料理は昔ながらの作り方にこだわるけれど、新しいものや科学技術はどんどん取りいれる主義なのだ。店の裏に昔ながらの七輪を置いて、洗剤で洗ってはならない古い石のすり鉢とすりこ木を使っているが、ケータリング用の料理に使う最新式のフードプロセッサーも持っている。極めつけは、特別に注文してドイツから取りよせた最高品質の大きな冷蔵庫。内部にはいくつもの仕切りがあり、それぞれ異なる温度に設定できて、なおかつ、かなり省エネでもある。また、パソコンも自宅のものだけでは飽き足らず、つねにｉＰａｄ２を手元に置いて、ニーナの視力とパソコン操作能力をフルに活用している。それを考えれば、食べものとそれを食べる人たちからなる世の中にアンティ・リーが後れを取っていないのは、さほど驚くことではないのだ。

そしてまた、そのせいでセリーナが苛立つのを、アンティ・リーは密かに楽しんでいた。セリーナはことあるごとに、「インターネットを見たいなら、マークに頼めばいいじゃないですか。マークは四六時中パソコンをいじってるんですから」と言う。さらに、「ニーナをｉＰａｄで遊ばせてる時間があるなら、わたしたちの家に寄こして、掃除をさせてもらいたいわ」とも言っていた。掃除に関する発言は冗談ではなく、耳にタコができるほど聞かされていた。アンティ・リーが住むビンジャイ・パークの家は掃除やメンテナンスが行き届き、つねにすっきりと片づいている。そればかりか、ニーナは庭に菜園を作り、家で食べる野菜と、店で使うパンダンやコブミカン《リマウ・プルッ》やトウガラシも育てていた。

セリーナは自らニーナにアドバイスしたこともあった。「アンティ・リーはこのさきずっと住みこみのメイドが必要なわけではない。だから、長期で働ける新たな雇い主を探したほうが身のためよ」と。いかにもセリーナらしく、「アンティ・リー以外の人のもとで働いたら、いまのように自由にはさせてもらえないのを肝に銘じておくのね」とつけくわえるのも忘れなかった。それをニーナから聞かされたアンティ・リーは、セリーナの言うことにも一理あると言った。ゆえに、ニーナはセリーナのことばを、忘れないようにしていた。それでもやはり、アンティ・リーに頼まれて何かを調べるのは楽しかった。セリーナがそばにいるとなおさらだった。

「さあ、警察が新たな情報をつかんだかどうか、インターネットで調べてちょうだい」とアンティ・リーは言った。

「でも、進展があったら、警察は発表するんじゃないですか？　いまは憶測が乱れ飛んでるだけです」とニーナは応じた。セリーナの見解とは裏腹に、アンティ・リーのもとで仕事は山ほどある。その朝も、庭木の水やりや刈りこみを済ませて、朝食を作り、あと片づけをして、庭で摘んだレモングラスとショウガのお茶を淹れ、いまは、もやし《タウゲ》の下処理に取りかかっていた。もやしはリョクトウを発芽させた自家製のものでなければならない——アンティ・リーがこだわりを捨てないせいで、下処理にかなり手間がかかるのだ。スーパーマーケットや市場で売っているまっすぐなもやしに比べて、自家製もやしは曲がったり、ねじれたりしている。とはいえ、太くて、風味が強く、みずみずしいのはまちがいない。「女性と同じよ。やせっぽちは味気ない」とアンティ・リーは言う。いま、ここにいるのがアンティ・リーとわたしだけでよかった、とニーナは思った。そう、いまのところはふたりきりだ。アンティ・リーのこの発言をハリー・サリヴァンが聞いたら、即座に下品な冗談のネタにされそうだった。

「憶測が役に立たないと決まったものでもないでしょう。たまには正しいってことだってあるわ」アンティ・リーはテーブルをまわると、ｉＰａｄをついた。「いまごろ警察は殺人犯を逮捕してるかもしれないわね」

「濡れた手でさわったらだめですよ。ショートしたらどうするんですか」

そんなことを言いながらも、ニーナはこんなふうにアンティ・リーと朝のひとときを過ごせるのが幸せだった。M・L・リーが亡くなってからの数週間、いや、数カ月間、アンティ・リーはほんとうに静かだった。人の手をわずらわせるでもなく、ほとんど口もきかず、ほとんど何も食べず、ほとんど眠らなかった。ニーナも眠りが浅いほうだから、アンティ・リーが眠っていないことに気づいたのだ。当時は、家の中をとぼとぼと歩きまわるアンティ・リーの小さな足音が、一晩じゅう響いていた。階段を下りて、居間を歩き、M・L・リーがよく新聞を読んでいた書斎のドアのまえでいったん立ち止まり、やがて階段を上がる。それが幾度となくくり返された。身も世もなく泣き崩れてくれたほうが、まだましだった。それなら、あれこれ手を尽くして、慰められるのだから。

いまでもときどき、遺影のまえで立ち尽くしているアンティ・リーを目にすることがある。M・L・リーの写真は、どの部屋にも少なくとも一枚は飾ってある。いま、料理の下ごしらえをしているリビング・ダイニングルームにも、椅子に深く腰かけたM・L・リーと、そのうしろに立ってふっくらした手を夫の肩に置いているアンテイ・リーの写真が飾られていた。結婚十周年の記念写真だ。その写真を撮った数年後に、夫は妻を残してこの世を去った。リビング・ダイニングルームの写真はそれだけではない。M・L・リーが最初の妻ディンプルズ・コウと一緒に写っているものも、飾ってある。マークとマチルダの母の写真だから、そのままにしているのだ。とはいえ、マークはその写真に目もくれず、マチルダはシンガポールにいないから写真を眺められるはずもない。その写真のまえで物思いにふけるアンティ・リーの姿は、ニーナも見たことがなかった。

門のインターホンが鳴って、ニーナは驚いた。今朝は配達の予定はなかった。

「何か注文したんですか？」

シンガポールは治安がいいとはいえ、用心するに越したことはない。この国にだって、非力なメイドとふたりだけで暮らしている裕福なおばあさんを騙そうとする輩《やから》がいないともかぎらない。

「いいえ、何も注文してないわ」アンティ・リーがいそいそと玄関に向かおうとした。誰が来たのか確かめるつもりなのだ。

「待ってください。わたしが出ます。まずはどんな用件なのか尋ねないと……」

そう言いながらも、門のところに立っているふたりの制服警官が見えた。うしろにはパトカーが停まっている。となると、これから何かを尋ねるのは自分のほうではないらしい。

「お邪魔してすみません」と警察官は言った。「わたしは上級巡査部長のサリム。こっちはパン巡査です。ミセス・ロージー・リーはいらっしゃいますか?」

戸惑うニーナを尻目に、アンティ・リーは大喜びだった。「さあさあ、どうぞ、入って座ってください」と強引に勧めた。警察官がためらっていると、さらに言った。「わたしはおばあさんですからね、長いあいだ立ってるのは辛いんですよ。わたしに何か訊きにいらしたんでしょう? だったら、入って、座らなくちゃ」

サリム上級巡査部長はブキ・ティンギ地区警察署に配属されたばかりで、その警察署の管轄の一部がビンジャイ・パークだった。ビンジャイ・パークの大半は閑静な高級住宅街で、事件はほとんど起こらない。それでも地区警察署が置かれているのは、スイス大使館やインターナショナル・スクール、カナダ人学校、ドイツ人学校があって、さらに、シンガポールでも有数の大金持ちが住んでいるからだ。

そんな警察署への配属は、出世の道が閉ざされることもあれば、大抜擢のチャンスになることもある。だから、配属された警官の中には、のんびりやろうと考える者もいるにはいるが、大半は将来のために役立つ縁故を作ろうと必死になる。だが、サリム・マワール上級巡査部長は、そんなことより、新しい環境に慣れるだけで手いっぱいだった。サリムはシンガポール国立大学を優秀な成績で卒業して、法学士を取得すると、シンガポール警察海外留学奨学金を得て、ケンブリッジ大学に進み、犯罪学と法学で修士号を得た。そうして、シンガポールに戻って最初に配属されたのがその警察署だった。人種はちがえど、マレー人のように扱われてきたのをはっきり自覚していて、さらには、何人かから面と向かってそのことを指摘されていた。また、母国シンガポールにいても、イギリスで教育を受けた中流階級の中国系の人々から、イギリスにいるとき以上によそ者扱いされているのも、はっきり感じていた。

シンガポールにいながらよそ者のように感じることもあるが、それでも、故国と思えるのはシンガポール以外にはなく、それならば、やはりここが自分の国なのだろう。それに、この国にいれば、少なくとも見た目で目立つことはない。それは天職だと感じている捜査官としては、実に好都合だった。助手のパン巡査は中国系で、英語、北京語、広東語はもちろん、片言ながらマレー語と福建語も話す。だが、サリムのような資質には恵まれていなかった。なにしろ、ティモシー・パン巡査はあまりにもハンサムなのだ。パン巡査が行く先々で、年配の女性は自分の歳を忘れ、若い女性はわれを忘れ、男性でさえ平常心を失う。もちろん、それはパン巡査の落ち度ではない。サリムとしては、そのおかげでパン巡査と一緒にいるのはかなり都合がいいと感じていた。なぜなら、パン巡査をひと目見ただけで、たいていの人は冷静でいられなくなるからだ。

案内されて入ったリビングルームがあまりにもきれいに片づいていて、サリムは驚いた。勧められた椅子に腰を下ろすと、小さなコーヒーテーブルの向かい側にアンティ・リーが座った。パン巡査はドアのわきで立っていた。

「あなたのお仲間は座らないの？」

「ええ、立っていますから、お気遣いなく。ミセス・リー、ある女性が行方不明だと警察に通報しましたね？　ローラ・クィーという女性がいなくなった、と」

アンティ・リーはきまりが悪そうにニーナのほうを見た。その視線のさきをサリムも見たが、ニーナは顔色ひとつ変えなかった。メイドには主人の行動を止められるはずもなく、ゆえに、自分にはなんの責任もないと、ニーナは警察官に思わせようとしていた。

「いえね、ローラかもしれないと言っただけよ。砂浜で見つかった死体の身元を、警察がまだ突き止めてないならね。でも、いまはべつの可能性も浮上したわ。マリアン・ピーターズも行方がわからないの」

一瞬、ふたりの警察官の目が合った。次にアンティ・リーのことばに応じたのは、パン巡査だった。

「マリアン・ピーターズについては、何度か通報がありました。友人が心配してかけてきたんです」

「それで？」

「家族と話をしましたが、心配ないとのことでした。任命議員でもあるお兄さんが、妹は友だちと海外旅行をしていると言っていましたから」パン巡査の口調には、国会議員の話に疑問を抱くのは許されず、しつこく尋ねるわけにもいかないという思いがにじみでていた。選挙で選ばれたのではなく、大統領から任命された議員であっても、それは変わりないというわけだ。

「ええ、そうでしょうとも。マリアンは家族にはそう話したんでしょうね。でも、家族はほんとうに居場所を知ってるのかしら？　マリアンと電話で話したと言っていた？　一緒に旅行している友だちについて、家族に訊いてみたらどうかしら？」

サリム上級巡査部長は何気なく手を振って、アンティ・リーのことばに応じた。そのしぐさは、ここでの話が終わったらすぐにその線を追ってみるという意味にも、そんなことはどうでもいいという意味にも取れた。ものごとをわざとあいまいにしておく能力は、大学時代にも大いに役立った。もちろん、警察の仕事にも効果を発揮しつつあった。

「いまはローラ・クィーについて調べています。ローラとはどういうお知りあいですか？　どうして、行方不明だと思ったんですか？」

アンティ・リーはまじまじとサリムを見た。答えるつもりがないのではなく、ただ見つめた。サリムは心を読まれていると感じているらしい。けれど実際には、アンティ・リーは自宅のまえにパトカーがやってきたことや、これまでの出来事をつなぎあわせること、ドアのわきで背筋をぴんと伸ばして立っているパン巡査を眺めることで手いっぱいだった。

「わたしが電話をかけたから、わざわざ訪ねてきたわけじゃないでしょう？」アンティ・リーは短い沈黙のあとで、口を開いた。「ローラ・クィーが亡くなったのを伝えにきたのね」

一瞬、ハンサムな警官が驚いた顔をした。それこそが、アンティ・リーのことばが図星だという証拠だった。

「いえ、どんな通報もきちんと調べるんですよ」とサリムが説明した。「といっても、たいてい無駄足になりますが」

「でも、今回は無駄足にはならないわ」たったいま知らされたことはそれはもうおぞましい事実なのに、アンティ・リーはすっかり心を奪われていた。ニーナに手を振って合図して、熱いお茶——ショックを和らげて、元気になるチョウセンニンジンと冬虫夏草のお茶——と、自家製のピーナッツバター・クッキーを持ってこさせた。

「お訊きしたいのは……」サリム上級巡査部長はそう言いながら、パン巡査に向かってうなずいた。パン巡査が小さなボイスレコーダーを取りだして、コーヒーテーブルに置いた。正式な事情聴取のはじまりだ。「ローラ・クィーの行方がわからないと考えたそもそもの理由はなんですか？」

「でも、ローラは殺されたんでしょう？　それとも、まだ身元がはっきりしないの？　ローラの写真はないけど……そうだ、ニーナ、ローラのフェイスブックをおふたりにお見せして。それとも、ニーナを死体安置所に行かせて、確認させましょうか？　わたしが行ってもいいけど、このところ目の調子がよくなくてね」

「ローラ・クィーなのはまちがいありません」

ニーナがアンティ・リーの指示に応じる間もなく、サリムは即答した。いつものように冷静で、いつものように警官ならではの忍耐力を発揮していたが、徐々に困惑して、苛立ってきた。アンティ・リーのペースにはじめて乗せられた人は、みんなそんなふうに感じるのだ。

「つまり、身元の確認は済んだという意味です。だから、確認していただかなくてけっこうです。知りたいのは、なぜあなたがローラ・クィーは行方不明だと考えたのかということです」

「今朝の新聞で、海岸で見つかった死体の身元を警察が調べてるという記事を読んだわ。いえ、正確にはニーナに読んでもらったんだけどね。でも、そのことは昨日のラジオのニュースでも聴いてた。だから、できるだけ協力しなくちゃと思ったのよ」

「いつ警察に電話したんですか？」とニーナが口をはさんだ。いつもなら、アンティ・リーの代わりに電話をかけるのはニーナの役目だった。

「会がはじまるまえよ。あなたが店の裏で焼きものの準備をしてるとき」とアンティ・リーは正直に言った。「いえね、わざわざ人の手をわずらわせるまでもないから。九九九なら番号を押すのも簡単だわ。誰かに頼まなくても、自分でできると思ったのよ」

「ミス・ローラ・クィーの家族からも、職場の人からも、行方不明だという連絡はありませんでした」サリムは脱線しそうな話をもとに戻した。「家族や職場の人に訊いてみると、旧正月の休みを利用して、少し長めの旅行にでも行ってるのだろうと思っていたとのことでした。調べてみると、たしかにミス・クィーは旅行をしていた。それなのに、なぜあなたは行方不明だと思ったんですか?」

ニーナはじれったくなった。警察はアンティ・リーに通報した理由を根掘り葉掘り訊いている場合ではないはずだ。それより、ローラを殺して、海に投げこんだ犯人を見つけるべきだ。

「ローラが行方不明だなんて、みんなは思っていませんでした」とニーナは言った。「むしろ、行方不明ではないと思ってましたよ。だって、ゆうべの会の直前に、ローラからセリーナ奥さまに今夜は行けないという連絡が入ったんですから」

ふたりの警察官はその話に食いついた。

「つまり、誰かがセリーナという人に連絡してきたんですね。セリーナという人はローラ・クィーから連絡が来たと言っているんですね?」サリムはレコーダーにきちんと録音されるように、ニーナに確認した。パン巡査は腕時計を見て、重要な情報が得られた時刻をしっかりメモした。「連絡が入ったのが、何時頃かわかりますか? それから、セリーナという人の連絡先を教えてください。苗字は?」

「セリーナ・リー。マークの……いえ、わたしの亡夫の息子の奥さんよ。これで死亡推定時刻が狭まるわね。セリーナがローラから連絡があったと言ったのは、午後七時頃だったわ。だとすると、ローラはそれより早い時間に連絡してきたことになる。となると、殺されたのはたぶん……」アンティ・リーのことばが途切れた。

「死体が発見されたのは昨日の朝」とアンティ・リーは言った。「その死体はローラ・クィーのものだと警察は言っている。それなのに、ローラは昨日の夕方にはまだ生きていた？」

「それだけじゃありません、死体は少なくとも三日以上は海に浸っていたようです。だからこそ、セリーナから直接話を聞きたいんですよ」とサリムは言った。

「セリーナ奥さまはお怒りになるでしょうね」新情報を入手した警察官が家を出ていくと、ニーナは言った。セリーナがなんにでも腹を立てるのを思えば、言うまでもないことだった。

「そうなるかどうかは、すぐにわかるわ」とアンティ・リーは言った。「今夜、マークとセリーナを食事に呼びましょう。警官と話すのは疲れるものだから、夕食をごちそうすると、ふたりに伝えてちょうだい。それから、カーラ・サイトウにも電話して。砂浜で見つかったのはマリアンではなかったと教えてあげて。カーラにもここに来るように言っててね。話がしたいわ。カーラがわたしと話すためにここに来る気も、明日、店に来る気もないようなら、わたしがカーラの泊まってるホテルに行って、話をするわ。さあさあ、すぐに電話してちょうだい」

5 カーラ・サイトウの話

カーラ・サイトウは店でアンティ・リーに会うことにした。

「マリアンは友だちとダイビング旅行には行ってません」とカーラはアンティ・リーに言った。「家族を心配させないように、両親も知ってる友だちと一緒に行くと嘘をついたんです。マリアンが長めの休暇を取ったのは、わたしと過ごすためなんです。わたしたちには話しあわなくちゃならないことがたくさんあるので」

マリアンとカーラが知りあったのは、昨年、ITの会議のためにマリアンがワシントンに行ったときだった。生まれも育ちもまるでちがうふたりだったが、すぐに意気投合した。カーラはマリアンにワシントンを案内した。カーラはワシントン出身ではないが、アメリカにはじめてやってきたマリアンに比べれば、はるかにその街を知っていた。

「それに、まあ、なんと言われるかはだいたい見当がつきますけど、休みの日だけじゃなかったんです。ワシントンではずっと一緒に過ごして、マリアンは最後の会議を休んで、ふたりで山のほうにも旅しました。マリアンがシンガポールに行ったあとも、いえ、えっと、こっちに戻ってからも、毎日、スカイプで話をして……」

「会ってすぐに親しくなったのね」とアンティ・リーは穏やかに言った。

カーラはアンティ・リーの顔をまじまじと見た。そこに浮かんでいるのは純粋な好奇心だけだった。

「ええ、そうなんです」穏やかな口調で答えた。「それで、ずいぶんまえから今回の計画を立ててたんです。マリアンの住むこの国にわたしが来るという計画を。だから、アパートも引き払って……」

「あなたは何をしてるの？　いえ、仕事は、という意味よ」

「コンピュータ関係です。ＩＴのセキュリティの仕事をしてます」

「これからもずっとフランジパニ・インに泊まるわけにはいかないでしょう。あそこは女性がひとりで泊まるようなところじゃないわ。ねえ、わたしの家にいらっしゃいよ。部屋ならたくさん空いてるわ。ニーナ、予備の寝室を寝泊まりできるように整えてちょうだい。部屋にバスルームもついてるし、マリアンの家族と話がしたければ、明日にでも歩いていけるわよ。ピーターズ家はうちから目と鼻のさき。家のまえの道をまっすぐ行って、坂を少しのぼったところよ。さほど暑くなければ、歩いていける。道を教えるわ。いえ、一緒に行ってもかまわない。マリアンの両親とは旧知の仲だから」

「それは、ちょっと……」

「気が進まないならいいのよ」警戒しているカーラに、アンティ・リーは言った。「フランジパニ・インの居心地がいいなら、無理にとは言わないわ」

「ええ、まあ、あそこはそれほどひどくないですから。でも、いちばんの問題は、あのホテルを予約してくれたのがマリアンだってことです。マリアンが予約金を払ってくれたから、わたしはシンガポールに着いてすぐにチェックインできたんです。マリアンとはあのホテルで会って、話しあう約束だったんです。それに安いですからね。あそこはバックパッカー用のホテルで、あのあたりはマリアンの家族の知りあいが行くような場所でもないから、安心なんです」

「マリアンが無事だとわかって、ほっとしてるんでしょう？　セントーサ島の死体がマリアンではなかったとわかって」

「もちろんです。でも、わからないのは、無事でいるなら、なぜ連絡してこないのかってこと。ほかの人には連絡したのに」

気持ちはよくわかると言いたげにアンティ・リーはうなずいた。無視されるより、悲惨な出来事が起きたほうが、まだ納得できることもある。

「生きてるんだから、希望はあるわ。ところで、なぜ、この店にローラを探しにきたの？　マリアンが〈ワインと料理の会〉を欠席するとローラに伝えたのが、どうしてわかったの？」

「いえ、それは知りませんでした。でも、マリアンが言ってたんです。お兄さんがローラに誘われて、会に出ることになって、それで、奥さんとマリアンを誘ったって。でも、以前の会でちょっとした騒動があったそうですね。ローラはマリアンと誰かを引きあわせようとしてたとか。でも、その後、ローラがマリアンに電話をかけて、話しあって、きちんと事情を説明して、それで、わたしたちに協力してくれる人を紹介してくれるという話になったみたいなんです」

「協力？　何に協力するの？」

カーラは肩をすくめた。「わかりません。マリアンはわたしを驚かせようとしてたみたいで。はっきりしてるのは、マリアンがそれをすごく楽しみにしてたことだけです。うまくいったら、シンガポールにいても、しばらくふたりきりで静かに過ごせるとか、なんとか。すみませんけど、わたしはもう帰ります。ずいぶん遅くなってしまいましたから。ありがとうございました。食事をごちそうになって、話まで聞いてもらって」

「マリアンの家に一緒に行きましょうよ。お母さんにマリアンの居場所を訊いてみたら？」

「だめです！　いえ、そんなことをしても無駄です。マリアンのお母さんの返事ならもうわかってます。だって、娘は友だちと一緒に旅行してると思いこんでるんですから。マリアン本人が両親にそう言ったんです。なぜって、わたしと一緒に過ごすつもりだったから。マリアンが嘘をついたのを、家族に教えるわけにはいきません。そんなことをしたら、マリアンが戻ってきたときに、ものすごく怒るに決まってます」

「そういうことなら、なぜどこかべつの場所で会うことにしなかったの？　なぜ、シンガポールで会うことにしたの？」

「うまくいく方法を思いついたら、マリアンとわたしは一緒に家族に話しにいくつもりだったからです。そうしたほうがいいと、わたしがマリアンを説得できたらの話ですけど」カーラは自信がなさそうに言った。「わたしは最初から隠したりせずに、何もかもはっきりさせて、オープンにしたかったんです。そのせいでマリアンの家族の機嫌を損ねたとしても、わたしたちがどう感じてるのか、何をしたいのかが家族にも伝わって、じっくり考えてくれるんじゃないかと思ってました。嘘をついてたら、家族に考えさせることもできませんからね。でも、もちろん、そういうわけにはいきませんでした。マリアンに言われたんです。アジアの堅物の親がどんなものかわかってない、って」

「でも、ご両親に話したほうがいいわ。マリアンが友だちと一緒じゃないのを教えてあげなくちゃ」

「だめです。いえ……もう少し時間をください。お願いです、そうさせてください。もしかしたらマリアンは気持ちを整理するために、身を隠してるだけかもしれません。それなのに、わたしが両親に会って、話してしまったら……」

「ご両親が無理なら、せめてお兄さんに話してみたら？　マイクロフトはすばらしい人よ。悪いようにはしないわ」

カーラは首を横に振った。「だめです。マイクロフト・ピーターズがどんな人かはわかってますから。家族の中で、誰よりも話すわけにいかないのはマイクロフトです」

6
家族の夕食

アンティ・リーは納得したわけではなかったけれど、マリアンの家族には何も言わないことにした。少なくともいましばらくは。セントーサ島で見つかった死体がマリアンではないとはっきりして、カーラは安心していたが、アンティ・リーはますます気になってしかたがなかった。誰も気に留めていないらしいが、携帯電話の件は大問題だ。セリーナに連絡が入ったときには、ローラはすでに死んでいた。となると、マリアンがローラに伝言を頼んだというのも不可解だ。いや、それ以上に、セリーナにメールを送ったのがローラでないとしたら、なぜマリアンのことにまで触れているのだろう？　もしかしたら……。

そんな不吉なことは、何かがはっきりするまでは考えたくもなかった。幸いにも、夕食を食べにくるセリーナとマークとおかげで、それ以上余計なことを考えずに済みそうだった。

その夜、マークは料理によって食べたり残したりと、食欲にむらがあった。いっぽうで、セリーナはめずらしく食欲旺盛だった。アンティ・リーの料理をいかにもおいしそうに食べていた。マークに見られているのも気にせずに、サンバルで味つけしたイカも、豆鼓《とうち》を使った魚も、文句ひとつ言わずにたいらげた。いつもなら、コレステロールがどうした保存料がどうしたと、何かしら文句をつけて、夫にも食べものに注意するように言うはずだった。けれど、その夜は自分の口に入るものをあれこれ気に病むのをやめて、食事を楽しんでいた。まるで、警察で事情を聞かれたせいで、気分が晴れて、食欲が湧いたかのようだった。

セリーナのことを警官に話したせいで文句を言われるのだろう――アンティ・リーはそう覚悟していたが、どういうわけかセリーナは上機嫌だった。セリーナとマークはブキ・ティンギ警察署に呼ばれて、サリム上級巡査部長から事情を聞かれた。しかも、事情聴取に四時間ぐらいかかったらしい。

「警察には〝ローラが行方不明になっているとは夢にも思わなかった〟と話しましたよ。約束どおり、ワインの会に来るとばかり思ってたのに、いきなりキャンセルのメールが届いた。わたしに言えるのはそれだけですからね。それなのに、ローラとどのぐらい親しかったのかとか、ローラから恋人やストーカーの話なんかを聞いていないかとか、それはもう根掘り葉掘り訊かれたんですよ。おまけに、携帯電話も没収されました。警察はローラからのメールが発信された場所を突き止めるつもりなんでしょうね。とにかく、携帯電話だけは早く返してもらわないと。電話がなくては、どうにもなりませんからね。ほんと、仕事にならないわ。お客さまから電話がかかってきたら、どうしてくれるのかしら」

「まったくだ、シンガポール・テレコムを訴えたいよ」とマークが言った。「警察にも話したんだけど、メールが届くまでに何時間もかかることがあるからね」

「でも、正直なところ、警察官の質問に答えるのに手間取ったわけじゃないんですよ。ねえ、ニーナ、ご飯のおかわりをちょうだい。警察ではわたしたちの話を一人称で記録するんですね。まるで、わたしが自分のことを書いてるみたいに。それに、はっきり言って、警官は英語の書きとりがへたくそ。わたしのことばを一字一句まちがいなく書き留めないかぎり、調書にサインなんてしてやるものかと思ったぐらいです」

「セリーナは警官に英語の授業をしたんだよ。ぼくは、そんなことなら最初からぼくたちに調書を書かせればいい、と警官に言ってやったんだ。そうして、それを警官が読んだほうが手っ取り早いって」セリーナとちがって、マークは疲れて、苛立っているようだった。そもそも面倒なことが苦手なのだ。

「英語の授業なんてしてないわ。でも、警官から感謝されましたけどね。わたしたちの話は役に立つ、って。女の人がローラを探して、ワインの会に飛びこんできたことも警察は知らなかったんですもの」

「カーラはローラを探してたわけじゃないわ。マリアンを探してたのよ」とアンティ・リーは訂正した。

「ちがいますよ。店に入ってきたとき、ローラ・クィーはいるかって訊いたんですから。いずれにしても、警察はマリアンには興味がないみたい。マリアンは行方不明じゃなくて、旅行に行ってるんですものね。いきなりやってきたあのカーラって人は、ローラのことを尋ねたんですよ。あの場にいたみんなが聞いてました。アンティ・リー、聞いてなかったんですか？　どうして、カーラのことを警察に話さなかったんです？　警官がなんとしてもカーラと連絡を取りたいって言うから、教えてあげましたよ。たしかフランジパニ・インに泊まってるはずだ、って。警察はカーラからも事情を聞くでしょうね」

ニーナはセリーナの口調がなんとなく引っかかった。いったい、セリーナはカーラに関して警察でどんな話をしたのだろう？　アンティ・リーの頭にも同じ疑問がちらりと浮かんだが、尋ねるまでもなく見当がついた。そこで話題を変えることにした。

「今回のことでセントーサ島のイメージが変わってしまうかもしれないわ。リゾートとしては大打撃でしょうね」

「そういえば、学校の休みにセントーサ島に行ったな」とマークが意外なことを言いだした。「湿地にあるマングローブの森ならよく憶えてるよ。父さんの友だちがマングローブの森にやたらと熱心でね。ビアンおじさんというんだけど、その人がマングローブの森は自然の濾過装置みたいなものだと教えてくれた。信じられないことに、ビアンおじさんは人工のマングローブの森の中の波紋を論文にしてたんだ」

食事をしながらも、アンティ・リーはいつになくやけにおとなしかった。例の分析モードだ、とニーナは思った。完成した料理の作り方や材料を考えているとき、アレンジした料理の味を確かめているときと同じだった。

「殺人事件なのかどうか、警察は教えてくれなかったよ」とマークは言った。「手がかりや容疑者について訊いてみたんだけど、そういうことはひとつも教えてくれなかった」〝殺人〟や〝容疑者〟などということばがすらすらと出てくるのは、ケーブルテレビで放映されている科学捜査班が登場するドラマの見すぎだった。

血なまぐさい推理にはかならずケチをつけるセリーナだが、その夜はちがった。

「でも、警察は殺人事件だと考えてるはずよ、そうでしょ？　だとしたら、最悪だわ。携帯電話が没収されたのは、最後にローラとやりとりしたのがわたしだったからだわ」

アンティ・リーの真剣な顔が、ますます険しくなった。自分の皿に残った食べかけの料理をじっと見つめていたが、頭の中ではこれまでに起きたことを整理しているにちがいない——ニーナにはそれがわかった。どんなことを考えているのかも、おおよその見当はつく。ローラ・クィーがいつ死んだのか、サリム上級巡査部長ははっきりとは教えてくれなかった。けれど、セリーナがローラからメールを受けとるよりまえに、死体が発見されていたのは事実だ。マークもそれを考えていた。

「電話会社の怠慢のせいじゃないとしたら、あのメールは殺人犯が送ったのかもしれない。だって、昨日の夕方にはローラはもうこの世にいなかったんだから。死亡してから一週間ぐらいは経ってるようだからね」

「馬鹿なことを言わないで。いつ死んだのかはっきりしない、と警察で言われたでしょ。とにかく、あのメールはまちがいなくローラが送ったのよ。いつもどおり、間の抜けたスマイルマークがついてたもの。ローラの携帯電話が圏外にあったとか、そんなことで届くのが遅れたのよ。何時間も経ってからメールが届くのは、めずらしくもなんともないわ」

アンティ・リーは顔を上げると、ニーナと目を合わせて、言った。

「わたしの食事をさげてちょうだい。最近は携帯電話がどこにあるのか突き止められるというじゃない？　親切なサリム上級巡査部長のところへ行って、ローラの携帯電話のことを調べてるか訊いてきてちょうだい」

「もう調べてるはずですよ」ニーナはアンティ・リーの食べかけの食事をすばやく片づけた。食事を残したのが、アンティ・リーがこの事件にかなり入れこんでいる証拠だった。「心配いりませんよ。警察は何をすればいいのか知ってますからね」

マークとセリーナが帰っても、相変わらずアンティ・リーは考えこんでいた。

「どうしたんですか？」

「あのメールはローラが送ったんじゃないわ。何者かが、ローラはまだ生きていると思わせるために送ったのよ。どうにも気になるのは、なぜマリアンのことまで書いてあったのかってこと。でも、まあ、そこまで考えるのはやめましょう。親切なサリム上級巡査部長かハンサムな若い助手さんに電話して、あの夜、店の外で電話が鳴る音が聞こえたけど、どこで鳴ってるのかわからなかったと話してちょうだい」

その夜、セリーナが上機嫌だったのは、警察で事情を聞かれるというめずらしい出来事のせいだけではなかった。マークがようやく、《アイランド・ハイ・ライフ》誌に載った〈アンティ・リーズ・ディライト〉での前回の〈ワインと料理の会〉のレビューを読んだからでもあった。

「ワインのことはひと言も書いてないじゃないか」とマークは不満げだったけれど、セリーナとしては夫は喜ぶべきだと思った。なにしろ、レビューには、アンティ・リーご自慢の極上の料理が印象的だったというようなことも書かれてなかったのだから。匿名のレビューアーは、料理が百円ショップの皿に盛られていたのを馬鹿にしていた。その皿について、セリーナはこれまでに何度も注意したのに、アンティ・リーはそんなことを気にする客はいないと言って、替えようとしなかったのだ。だが、これでアンティ・リーがまちがっているのがはっきりした。

「お皿のことが書いてあるから、アンティ・リーにも読ませようとしたのよ。でも、アンティ・リーって、ああいう人じゃない？　あなたからこの雑誌を見せてあげてちょうだい。笑いものにされたくなければ、すぐにでもお皿を替えなくちゃ」

「セリーナ、まさか、このレビューを書いたのはきみじゃないよな？」

「馬鹿なことを言わないで。ちがうわよ。でも、記事をコピーしておいてね。なんとしてもアンティ・リーに読ませたいから。拡大コピーがいいわ。本人は目が弱ってるのを認めないだろうし、それに、ニーナに読ませたんじゃ、アンティ・リーが喜ぶところしか読まないでしょうからね」

セリーナが同じことをもう一度言って、マークはようやく返事をした。といっても、「そのうちに」と言っただけだった。

「ねえ、いったいどうしちゃったの？　そんな調子じゃ、あなたとローラのあいだに何かあったんじゃないかって、勘繰られるわよ」口調だけでは、冗談なのか脅しなのかはっきりしなかった。

けれど、マークは妻をよく知っていた。最後までやり遂げる覚悟がないなら、脅しはしないというのが、セリーナの人生訓のひとつだった。

7

手がかりをつなぎあわせる

その後の数日間、セントーサ島で発見された死体についてのおぞましい詳細が、新聞やインターネットをにぎわした。アンティ・リーは虫眼鏡を片手に、何度も新聞の記事を読んだ。ニーナに任せておいたら見逃してしまうとでも言わんばかりだった。いっぽうで、インターネットのニュースサイトやゴシップサイトは、ニーナに目を通させた。そんなふうにして、あらゆる憶測や手がかりとも言えない手がかりを、ひとつたりとも見逃さないようにした。

その結果、いくつかの事実が判明した。死体は発見されたとき、ビニール袋に包まれていた。死後一週間か、それ以上海に浸かっていたが、正確な期間はわからない。死因は窒息死で、体内から薬物の痕跡が検出された。

最後につかんだ薬物情報は新聞には載っていなかった。そんな情報が手に入ったのは、検死解剖をおこなっているシンガポール総合病院に、亡夫M・L・リーが多額の寄付をしたことと無関係ではなかった。その病院に自身の名を冠した施設が建てられるほど、多額の寄付をしたのだ。そんなわけで、アンティ・リーは何本か電話をかけて、好奇心丸出しでいくつか質問をして、死体からケタミンという薬物が検出されたのを教えてもらったのだった。

どんな薬物なのかはニーナに調べさせた。「ケタミンは人や動物の麻酔薬として使われる」とニーナはiPadを見ながら、読みあげた。「近年では動物用に使用されることが多く、アメリカとオーストラリアの動物病院ではケタミン盗難事件が起きている。シンガポールでは禁止薬物に指定されているが、〝ビタミンK〟や〝キット・カット〟などと称して出まわることもある。香港、アメリカ、オーストラリアでは、ダンスパーティなどでハイになるために使用されることが多い。服用時は、夢を見ているような気分になる。持続時間は長くても一時間ほど」

「長くて一時間？」とアンティ・リーは言った。「ならば、お酒で酔っぱらうよりましだわね。そんな薬がなぜ、この国で禁止されてるの？　お酒を飲んで車を運転するのは許されてるのに。副作用でもあるの？　それとも、その薬を飲むと癌になるとか？」

「副作用はいくつもあります。記憶障害、それに、攻撃的になったり、暴力をふるったりする人もいるようです」

「やっぱりお酒で酔っぱらうのと大差ないわね」

ニーナはいそいで続きを読んだ。真実を突いているとはいえ、アンティ・リーの薬に対する見解が気に入らなかった。シンガポールでは、たとえ老人だろうと、薬物など大したことはないと言ったら、要注意人物になる。ただし、アンティ・リーの場合は、薬物依存症になるのではなく、警察とトラブルを起こしかねないという意味で要注意だ。

「この薬が危険なのは、酒を一滴も飲まなくても、酔ったような錯覚を抱くからだ。時間の感覚が麻痺して、自分が誰なのかわからなくなり、肉体を離脱した気分になる。また、即効性ゆえに、デートレイプにも使われる。被害者は何かを飲んだところで記憶が途切れ、その後のことはぼんやりとしか覚えていない」

「ほらね、やっぱり酔っぱらうのとおんなじよ」アンティ・リーは頑として言った。

「べろべろの酔っぱらいが、あとでなんと言うか知ってるでしょ？　男だけじゃなくて女だってそうよ。女は外でお酒を飲むのに慣れてないせいか、酔っぱらって、それはもうひどい醜態をさらすわ」

ニーナはあきらめて首を振るしかなかった。こんなことはさっさと切りあげて、本来の仕事に戻りたかった。アンティ・リーの家でも店でも、いつだってやるべきことは山積みなのだ。家や店にやってきた人はみな、すべてが整っていると言う。それでいて、整理整頓が行き届き、何もかもがきちんと手入れされて、塵ひとつ落ちていないのは、メイドが真面目に働いている証拠だとは思いもしない。それに、そういう仕事だけでなく、好奇心旺盛なおばあさんの相手もしなければならない。そのおばあさん、つまり、アンティ・リーは興味を覚えためずらしいものや、見ず知らずの人をしょっちゅう家に連れて帰る。休日が自由に使えた看護師時代が懐かくなるのは、これがはじめてではなかった。とはいえ、仕事をしなくても食べていけるとなっても、アンティ・リーのもとを離れる気にはなれないだろう。それはよくわかっていた。シンガポールは自分の国ではないけれど、アンティ・リーはいまや家族と言ってもいいぐらいなのだ。

ニーナはナイフやスプーンが入った引きだしを取りだすと、リビングルームに持っていった。料理以外の作業は、たいていリビングルームでする。仕事をしながら、アンティ・リーの質問に答えて、必要に応じて何かを読みあげられるからだ。

「そのビタミンKだかキットカットだかを飲んだことがある?」とアンティ・リーが唐突に訊いてきた。

「とんでもない。そんなものを飲むわけがないじゃないですか。わたしはそこまで馬鹿じゃありませんよ。そんなものを飲んだら、ろくなことになりません」

「なのに、なんだってローラは飲んだのかしら? ワインだってろくすっぽ飲めやしないのに。ワインの会でローラが何をしたか憶えてるでしょ?」

もちろん憶えていた。マークは数種のワインをひとつずつ説明しては、客に一種類ずつ飲んでもらうつもりでいた。それなのに、ローラは説明のまえに、自分のグラスに注がれたワインをすべて飲み干してしまったのだ。あのとき、ローラはマイクロフト・ピーターズとハリー・サリヴァンにはさまれて座っていて、どちらともおしゃべりしていた。けれど、まもなく、マイクロフトがおしゃべりをやめて、マークの話に聞き入った。そう、マイクロフトは真剣にワインの説明を聞いていた。もちろん、たいていのことに真剣に取り組むタイプだ。さらに、ハリーも反対隣に座っているマリアンに身を寄せると、小声で話して、ローラを相手にしなくなった。すると、ローラは男の子の気を引こうとしている女子高生のようにふるまった。ニーナに向かって手を振って、自分のグラスすべてにワインのおかわりを注ぐように言った。ニーナはマークかセリーナから許可を得ようとしたが、どちらもローラのことをわざと無視していた。ローラが苛立って、からのグラスを両手に持って、振った。ローラは酔っぱらっている自覚がなかったらしい。マークからワインの試飲ぐらいでは誰も酔っぱらわないと言われていたからだ。ただ、ほろ酔い気分になって、大胆になって、大人になった気がしただけだった。

「あの夜、ローラがマリアンに何を言ったか知ってる?」アンティ・リーもニーナと同じようなことを考えていた。「旧正月の休みに何をするかとか、そんなことを話したのかしら? あのときのマリアンはまちがいなくローラに腹を立ててたわ。いったい、何を話してたのかしら?」

ニーナには見当もつかなかった。記憶にあるのは、その後まもなくアンティ・リーに食料庫に呼ばれて、赤ワインのボトルを渡され、ローラのグラスに注ぐように言われたことだけだった。

「ローラのグラス全部に、このワインを注ぐんですか?」ニーナはためらいながら尋ねたのだった。会がはじまるまえに、マークは自分が選んだワインとそれを注ぐグラスがごちゃ混ぜにならないように、しっかり準備を整えた。それなのに、アンティ・リーに渡されたのは、厨房で使う料理用のワインだった。

「ローラにはワインのちがいなんてわかりゃしないんだから」

いま振りかえってみると、それがいけなかった。けれど、あのときは、ローラにほしがっているものを与えて、おとなしくさせることしか頭になかったのだ。それなのに、ローラはおとなしくなるどころではなかった。マークに睨まれ、セリーナに静かにするように注意されると、わざとらしくくすくす笑って、ひそひそと話をして、目をぐるりとまわしてみせた。

そんなローラにセリーナが言い放ったとしても不思議はなかった。でも、たぶんローラは禁止！　とセリーナは激怒した。ワインに呑まれているのは、どう見ても明らかだった。今後いっさい〈ワインと料理の会〉には出入りあとで平謝りに謝ったのだろう。これからは〈ワインと料理の会〉を無償で手伝うという条件で、許してもらったらしい。

アンティ・リーが見るかぎり、ローラは薬物に手を出すタイプではなかった。三十代で、元中学校教師。教師を辞めたのは芸術関係の仕事に就きたかったからだ。そうすれば刺激的な人と知りあって、芸術関係のイベントプロデューサーになれるか、さもなければ、そういう職業の男性と結婚できると考えたらしい。けれど、実際には、ローラの人生に飛躍の気配はなく、地道に一歩ずつ歩んでいるだけだった。

ニーナにとってローラは、人畜無害で信頼できるが、おもしろみに欠けるタイプだ。

自分が人からどんなふうに見られているのか気にしすぎている。さらには、人からほとんど見向きもされないことを、ずいぶん気に病んでいる。アンティ・リーとマークからほんとうはどう思われているのか知りたくて、ニーナに何度も探りを入れてきた。それに対して、正直に答えるのは簡単だった。普段、ローラの名前がアンティ・リーやマークの口にのぼることは、まずないのだから。

「きっと、誰かがローラに飲ませたんだわ。ジュースに混ぜるとか、そんなことをして」

テレビドラマではよく見かけるシーンだが、シンガポールという国でローラのような女性にそんなことが起きるとは、とうてい思えなかった。クラブで酒を飲んでいるローラなら、想像できないこともないけれど……。それにしても、なぜローラなの？誰かがローラに目をつけたりするだろうか？

「もう一度、あの子と話さなくちゃ。アメリカから来た子と」とアンティ・リーは言った。「ニーナ、ホテルと電話番号をメモしてあったわよね？」

「これだけ調べても何が起きたのかわからないのに、カーラにわかるわけがありませんよ。シンガポールに来たばかりで、ローラとは会ったこともないんですから」

「いいえ、カーラは何か知ってて、隠してるわ。それはまちがいない。ワインの会ではみんながいたから、強引に訊くわけにはいかなかったのよ。それに、カニンガム夫婦にも隠しごとがあるわ。カーラが店に入ってきたときのようすでわかったわ。もしかしたら、麻薬つながりかもしれない。ローラの麻薬コネクションかもしれないわ。あの夫婦もローラに会うつもりだったと言ってたのを聞いたでしょう？」

「薬のことはサリム上級巡査部長に訊いたらいかがですか？」門の外に見慣れた車が停まるのに気づいて、ニーナは言った。「でも、気をつけてくださいよ。ドラッグほしさにパーティに行こうとしてるなんて思われないように」

「訊いたって、教えてくれないわよ。それに、わたしが薬のことを知ってるのを、サリム上級巡査部長が喜ぶとも思えない」

アンティ・リーは立ち止まって、きょろきょろとまわりを見まわすと、鼻を小さくひくつかせた。何やら嗅ぎつけたのだ。耳や目は衰えても、人の心を読むことにかけては、いまでもたいていの人に負けていなかった。ニーナのようすが急に変わったのを、アンティ・リーは敏感に察知していた。

「どうしたの？　人が来たの？　誰なの？　まさかサリム上級巡査部長？」

窓の外を見なくても、インターホンが鳴るまえに、アンティ・リーにはサリムが来たことがわかった。とたんに、気持ちがしゃんとした。

「よかった。これで、いくつかの疑問は解けそうね。ニーナ、お出迎えしてちょうだい。居間に案内して、飲みものをお出ししてね。わたしは着替えてくるわ」

オートロックの門が開くと、サリムは砂利の敷かれた短いドライブウェイを歩いて、玄関へ向かった。前回ここに来たときは、女性の死体のことで頭がいっぱいで、家をじっくり眺める余裕などなかった。けれど、今回は細かいところまでしっかり目に入った。ドライブウェイは家のわきへと延びて、裏までまわりこめるようになっている。おそらく車庫まで。正面に車が一台も見当たらないのだから、そういう造りなのだろう。サンルームになっているベランダへと続く階段の下で、足を止めた。サンルームはまずまちがいなくエアコンが利いているはずだ。それが赤道直下に住む富裕層の暮らしだ。エアコンの利いた涼しい場所から、青々とした草木を愛でるのだ。

サリムは深く息を吸って、気を引き締めた。金持ち相手でも怖気づいたりはしない。金があるから善人になるわけでもなければ、悪人になるわけでもない、というのがサリムの持論だった。とはいえ、経験上、ものすごい金持ちや、どうしようもなく貧しい人は、他人と一緒にいてもゆったりしているが、中間層はかえって対処がむずかしい。そういう人たちは、自分なりに上の階級を目指すのに必死で、下の階級に落ちるのを心底怖れている。さらに、国民としての権利を知っていて、権利を行使しようと躍起になる。だから、職務をまっとうしようとしているだけの警察官に、わざと非協力的で無礼な態度を取るのだ。サリムが助手のパン巡査を車の中で待たせることにしたのは、この家に車の出入りがあっても、邪魔にならないようにすぐにパトカーを動かせるからだ。さらに、パトカーが停まっているのに気づくやいなや、騒ぎだす者もいる。とはいえ、実のところ、サリムはそういうことを本気で心配しているわけではなかった。念には念を入れて、助手に警戒を怠らないようにさせているのだ。それに、待ち時間に部下が書類を記入すれば、自分はほかの仕事に集中できる。

「お入りになって、座ってお待ちください。アンティ・リーはすぐにまいります。お飲みものはコーヒーになさいますか？　紅茶になさいますか？　それとも、ジュースになさいますか？」

今回も警官が来るのを知っていたような対応だ。けれど、それは大した問題ではなかった。玄関に現われたメイドが、前回訪ねたときに、警官から主人を守るようにつきそっていたのを思いだした。たいていの人はメイドや清掃員や運転手や工事業者に見向きもしないが、サリムはそういう労働者に囲まれて育ったのだ。だが、リー家のメイドを憶えていたのは、使用人には見えなかったせいでもあった。といっても、もちろん、アンティ・リーのために働いているのははっきりしていた。それなのに、メイドに見えなかったのは、態度のせいだろうか？　いや、服装のせい？　考えてみたが、わからなかった。前回同様、いま、訪問者を出迎えて、家の中に案内する態度にも、メイドとして不適切なところはひとつもなかった。

「お邪魔します」サリムはそう言ってから、一瞬、躊躇《ちゅうちょ》した。

「どうぞ、靴は履いたままで」と件《くだん》のメイドが言った。どうやら、このメイドは人の心を読めるらしい。私用で訪ねたのなら、なんと言われても、靴を脱いで入るはずだった。だが、今日、ミセス・リーを訪ねたのは仕事で、シンガポールの警察官は誰のためであろうと靴は脱がない。

広々としたリビングルームは風通しがよかった。壁には丸みを帯びたしゃれた白い棚が作りつけられていて、その下に象嵌細工の堅牢なチーク材の家具が置いてある。古い家具に詳しいわけではなかったが、高級なアンティークなのはまちがいない。サリムは腰を下ろした。ソファは竹製のようだが、緑色のぶ厚い座面はふかふかだ。重厚な家具を配しながらも、部屋の雰囲気はあくまでも軽やかだった。気づくと、サリムは即座にリラックスしていた。

「きみはカフェでも働いてるんだね？」とメイドに尋ねた。その質問はシンガポールの労働基準法を知らなければ、単なる世間話に聞こえるはずだった。だが、法律では、外国人のメイドは〝報酬の有無にかかわらず、家庭内でのメイドとしての仕事以外のいかなる労働もしてはならない〟と定められている。

サリム上級巡査部長はことを荒立てるつもりなの？　とニーナは思った。そんなことになったら、アンティ・リーは罰金を科せられて、わたしは国外退去だ。なんて陰険な警官なのだろう。とはいえ、そんな思いを相手に知られないほうがいいのはわかっていた。だから、はにかんだ笑みを浮かべた。どういう意味にも取れる笑みだった。

「シンガポールで働いて、何年ぐらいになるのかな？」

「この国で働くのが大好きなんです」ニーナはふいにたどたどしい英語で言うと、たどたどしさを埋めあわせるようににっこり笑った。

サリムが怪訝な顔をした。けれど、さらに何か言うまえに、階段を下るチェアリフトの音がした。弧を描く特別注文の階段を下りてくるチェアリフトは、M・L・リーがゴルフで足首を骨折したときに設置したものだった。普段は、アンティ・リーが大切にしている重くて大きな花瓶を運ぶときぐらいにしか使わない。それなのに、いま、アンティ・リーがチェアリフトで階段を下りているのは、警察官からどんなふうに見られたいかを計算してのことだった。

この世にいる誰よりアンティ・リーを知っているニーナでさえ、驚かずにいられなかった。ついさっきまで、アンティ・リーは自宅専用のTシャツ——といっても、人前に出ても恥ずかしくないきちんとしたTシャツ——を着て、太極拳パンツと名づけたズボンを穿いていた。それが、いまは張りのある紺色の絹のブラウスに、ゆったりした麻のズボンというでたちだった。ご丁寧に、真珠のネックレスまでつけている。

「またお会いできるなんて嬉しいわ、上級巡査部長さん」アンティ・リーはにこやかに挨拶した。

アンティ・リーにとって着心地のいい服とは、仕事のときに着ているような服だ。けれど、警察官に質問されながらも優位に立つには、豆もやしのひげ取りを指示しているときの服とは、まったくちがうものでなければならなかった。

いっぽう、ニーナは家にいるときのいつもの服のままだった。今日は淡いピンクのTシャツの上に、花柄のサンドレスを着ていた。サンドレスはアンティ・リーが買ってくれたもので、それを知ったセリーナは語気を荒らげた。安っぽくて、ずいぶんゆったりしていて、着古したら雑巾やパッチワークに使えるとはいえ、メイドにはふさわしくない、と言い放った。そんなことがあって、アンティ・リーもサンドレスの下にTシャツを着るのもやむを得ないと、譲歩したのだった。セリーナが文句をつけた第一の理由は、肩紐が細くて肌があらわになるサンドレスを着たら、男性や恋人の目を引いて、レイプや妊娠や中絶といったはた迷惑な事態を引きおこすというものだった。男性がみだらな気持ちになるのは、女性の服装や話し方や態度に大いに原因があると、セリーナは頑なに信じていた。

それはともかく、いまのアンティ・リーは服装だけに頼っているわけではなかった。いつもの繁盛しているカフェの料理人とは打って変わって、優雅な貴婦人を演じていた。

「またお会いできるなんて嬉しいわ、上級巡査部長さん。どうぞおかけになって。いえ、わたしを逮捕しにきたのでないならね。逮捕しにきたわけではない？　あら、それはよかったわ。

今日いらっしゃったのは、セントーサ島で見つかった死体について訊きたいことがあるからかしら？　そう、あの島は呪われている。昔のある朝、あの島の浜に死体がいくつも打ちあげられたという話なら、もちろん憶えているわ。その前夜、日本人が中国人の男やら少年やらを、船に乗せて連れ去ったという話もね。日本人は中国人を縛りあげて、銃で撃って、海に投げこんだ。そうすれば、撃たれて死ななかったとしても、溺れ死ぬからよ。といっても、もちろん、当時あのあたりはマレーシアの小さな漁村だったわ。マレーシアの村人は打ちあげられた死体を密かに埋葬した。それから何年も経って、亡くなった男たちの妻や母親や姉や妹がやってきて、尋ねられると、埋めた場所を教えたの。そういうことがあったのよ、ご存じかしら？　それもまたわたしたちの国の歴史のひとつというわけね。外敵のせいで、ここに住むさまざまな民族が互いを警戒するようになったという歴史。でも、最近ではそういうことは誰も気にもしないわ。興味があるのは土地の値段だけ」

それは金持ちだけだ、とサリムは思った。この国でもっとも高級な地域とされているディストリクト10に住んでいるような人だけだ。とはいえ、アンティ・リーが打ち解けた雰囲気を作ろうとしてくれているのが、ありがたかった。事件に関する情報をアンティ・リーから引きだすために、ざっくばらんに話に応じることにした。

「そういう話を叔父からよく聞かされました。子供の頃、あの島に釣りにいくたびに。学校が休みになると、船に乗れるのが嬉しくて、それはもうわくわくしました。パシール・パンジャンからセントーサ島までです。そう、楽しみでしかたがなかった。夜釣りに行くときは、子供同士で相手を怖がらせようと、死んだ人の話をしたりしましたよ。でも、そんなときには決まって、死者を敬うように叔父に注意されましたけど」

「死者と言えば」とアンティ・リーが差しだされたお茶を受けとりながら言った。「今日、いらっしゃったのは、ローラ・クィーの携帯電話の件かしら？」

「そう、その携帯電話は、あなたの店のまえのお金に見たてた紙を燃やす缶の中で見つかりました」とサリムはあっさり言った。

「植木鉢のわきに置いてあるあの赤い缶のこと？」

「そうです。ミセス・リー、問題の夜にカフェにいた人を教えてください。カフェの通り沿いのすべての店の主人から話を聞いてるところです」

「待って。ちょっと待ってちょうだい。わたしはもうおばあさんなのよ。わたしでもわかるように、もう少し詳しく話してちょうだい、若いおまわりさん。うちの店のまえにある赤い缶の中で、ローラ・クィーの携帯電話を見つけたと言うの？　どうしてそんなところまで探したの？　何か手がかりでも？」

ニーナはアンティ・リーの演技力をあらためて見直した。もしかしたら、演技ではないのかもしれない。警察に電話して話したいくつもの手がかりの中で、どうして、ローラの携帯電話だけを探したのか、ほんとうに知りたいのかもしれない。

「ええ。ローラの携帯電話にＧＰＳの追跡アプリが入っていたのが、幸いしました。ミスター・マーク・リーの妻のミセス・リーが、あの夜の会がはじまるまえに、ローラ・クィーの携帯電話からのメールを受信しましたね？　あの夜、ローラ・クィーの携帯電話の電源が入って、盗難用のプログラムが使えたんです。通常、携帯電話を追跡できるのは、電源が入っているときだけです。セキュリティ用のサーバーがGPS機能で位置を把握するには、携帯電話を作動させなければなりませんからね。今回は盗難用のプログラムがあって幸いでした。まあ、メールが送信されれば、おおその位置がわかるぐらいの情報は、サーバー経由で得られますけどね」

サリムは携帯電話の複雑なシステムをいかにも当然のことのように話していた。それでもニーナはサリムの気持ちがわかった。いまの話にアンティ・リーとそのメイドが驚くにちがいないと思っているのだ。たしかに、ニーナは驚いた。けれど、アンティ・リーは何かべつのことを考えているようだった。

「待って、ちょっと待って、待ってちょうだい。つまり、もしもわたしが携帯電話をなくしたら、電源が入っていようがいまいが、警察は携帯電話の場所を突き止められるの？」

「いや、そういうわけではありません。サーバーやGPS機能を使って携帯電話の場所を突き止めるには、電源が入ってなければなりませんから」

「でも、ローラの携帯電話は電源が入ってないのに見つかったのよね。それとも、電源が入っていたの？」

「いや、そういうことではなくて。まるでべつの話なんですよ。なにしろ、これは犯罪の捜査ですから——」

「だったらやっぱり、携帯電話の場所を突き止められるのね。でも、そういうことをしてもいいのは、警察だけなのね？」

アンティ・リーは知りたくてたまらないらしいと、サリムは思った。警察官として、これまでに敵意ある一般人には数えきれないほど会ってきたが、アンティ・リーがそういう類の人だとは思えなかった。

「もしわたしが携帯電話をなくしたら、あなたはその追跡システムを使って探してくれるのかしら？」

サリムは話をもとに戻すことにした。「それはおそらく無理でしょう、マダム。ところで、今日、ここへ来たのは、ローラ・クィーの携帯電話は見つかったけれど、SIMカードが抜きとられていたのをお伝えするためです。SIMカードがあるかどうか、あなたの店を探させていただけませんか？」

「なぜ、うちの店にあると思うの？」

「いや、ほかにもあちこち探しています。おそらく、あなたの店の近くで何者かがメールを送って、携帯電話を捨てたのでしょうから」サリムはアンティ・リーのことばが聞こえなかったかのように話を続けた。「問題の夜に店にいた人全員の名前を教えてください。連絡先も」

アンティ・リーがうなずいた。サリムはアンティ・リーを見て、それからニーナのほうを見た。早く話しすぎただろうか？　うっかりしていたが、ミセス・リーは高齢のご婦人だ。しかも、重要な高齢のご婦人だ。ミセス・リーに接するときには〝慎重に〟と、上から言われていて、ひとりで会いにいくのが〝慎重な〟やり方だと思ったのだった。

いっぽう、ニーナは心配していなかった。少なくとも、アンティ・リーのことは心配ではなかった。アンティ・リーの顔に浮かぶ表情が何を意味しているかはわかっていた。頭の中で情報を処理しているのだ。処理が済んだら――。

「わたしの店を調べるには、捜査令状が必要なんじゃないかしら？」

そのことばにも敵意はこもっていなかった。

「必要ならば、令状を取りますよ。でも、あなたときちんと話をすれば、店を調べる許可も、見つかったものを警察に引き渡す許可もいただけるだろうと思ったんです」

サリムは不躾なことを言って、アンティ・リーを怯えさせるつもりは毛頭なかった。

それでも……。

「つまり、ローラ・クィーはメールが送信されたときには、すでに死んでいた、あなたはそう言いたいのね。だから、わたしの店からローラがメールを送れるわけがない。メールを送ったのは殺人犯なのね？」

「いや、われわれは憶測に飛びついたりしません――」

「ということは、あの夜、店にいた誰かが殺人犯で、メールを送ったと言いたいのね？　ニーナ！　ニーナ！」

「はい、なんでしょう？」

「巡査部長さんのために、あの紙を持ってきてちょうだい。あの夜、一緒に作ったでしょ。お馬鹿のセリーナがメールを受けとった前後に、誰かどこにいたかを書きだした紙よ」

アンティ・リーが控えめながら有能な女性にいきなり変わったような気がして、サリムは驚いた。ニーナが紙を持って戻ってくると、ますます驚かされた。

ミセス・ロージー・リー――店のまえ、店の中、厨房、食料庫、外の調理場（厨房裏）。

ニーナ・バリナサイ――店の中、厨房、食料庫、外の調理場。
マーク・リー――店の中。何度か車に忘れものを取りにいった。
セリーナ・リー――歩道、店のまえ。携帯電話でメールを送り、電話をかけた。
ハリー・サリヴァン――歩道。店内は禁煙なので、外で最後まで煙草を吸っていた。
フランク・カニンガムとルーシー・カニンガム――店のまえ、店の中、トイレ。ルーシーはメールを打っていた。フランクは店の中を歩きまわって写真を撮っていた。
チェリル・リム―ピーターズ――店の中。何度かマークと一緒に車へ行った。
カーラ・サイトウ――店の外のどこか。ローラ・クィーを探しにすぐに店に入ったと言ったが、実際はもっと早く店のそばまで来て、外から中を覗いていた。

紙の裏には、ニーナの几帳面な字で、全員の電話番号が書いてあった。
サリムは感心せずにいられなかった。さまざまな人が捜査に役立つ意見やアドバイスをしてくれるが、これほど使えて、整理されているものを差しだしてくれる人はまずいない。その紙は、祖母がメモしていたレシピによく似ていた。素っ気ないが、要点はきちんと押さえてある。

「これはどうしてわかったんですか？」サリムはカーラ・サイトウの名前のあとに書かれたコメントを指さして、尋ねた。「カーラ・サイトウが店の外にいるのが見えたんですか？　カーラは何をしていたんですか？」

「いいえ、そういうわけじゃない。外にいる姿は見てないわ。見えてたら、中に入るように声をかけてたはずですからね」

「だったら、なぜ、着いてすぐに店に入ってきたわけではないとわかるんです？」

「まず、タクシーの音が聞こえなかったわ。それに、カーラは汗だくだったのに、息は上がっていなかった。だからきっと、外は暑いのに、しばらくその場に立っていたのよ。大通りから歩いてきて、すぐに店に入ったとは思えない。それに、店に入ってくると、わたしたちに話しかけながら、どの女性がローラなのか目で探していたわ。つまり、カーラはローラに会ったことがなくて、なおかつ、店の中に何人の女性がいるのか知っていたのよ。それを考えれば、しばらくのあいだ、外から店を眺めて、どんな人が中にいるのか確かめたにちがいないわ」

筋が通っていた。「助かります。では、この紙はありがたくいただきます」

「でも、カーラを疑っても時間を無駄にするだけよ」とアンティ・リーはきっぱり言った。「なぜ、いま、カーラが重要なのかといえば、もしカーラがしばらく店の外に立っていたなら、赤い缶に携帯電話を捨てた人物に気づいたかもしれないからよ。カーラが店を見ているときに、何者かがそんなことをしたのなら」

たいていの国の警察官は、アンティ・リーの意見を世間知らずのおばあさんの他愛もない話として、丁寧に、あるいは、ぞんざいに無視するにちがいない。けれど、サリムは警察官であるまえに、シンガポールで生まれて、祖母に育てられた人間で、祖母からしっかり教えこまれていた。世の中は、それをもっとも長く動かしてきた人たちの経験によって、もっとも効率的に動くものだ、と。さらには、事実と先入観を区別するのが、いかに大切かということも知っていた。

「店のまえの缶に携帯電話がいつ捨てられたのか、見当がついているような言い方ですね。メールを送った直後に捨てられたわけではない、と考えてるんですね？　どうしてですか？」

「どうしてって、あの肥ったオーストラリア人がずっと缶のそばで煙草を吸ってたからよ。会がはじまる直前まで、そこにいたわ。ハリーはいつだって、吸殻をあの缶に入れるの。あんなに煙草をすぱすぱ吸って、わたしの料理の味がわかるのかしらね？

でも、メールを送った直後に、何者かがあの缶に携帯電話を捨てたなら、ハリーが見てるはずよ、そうでしょう？　その後しばらくしてからも、ハリーは缶のそばにいたわ。また煙草を吸いにいったのよ」

「それは褒められたことではありませんね」

アンティ・リーは声をあげて笑った。「ご心配なく。幽霊さんは紙のお金を楽しみにしてるのと同じぐらい、火のついた煙草も楽しみにしてるでしょうから」そう言いながらも、すぐに何か思いついて、真顔になった。「なんにせよ、心の問題よ、そうでしょう？　死んだ人に何か供えればそれで済むわけじゃなくて、心から供えたいと思えるかどうかだわ」

サリムはメイドが心配そうな顔をしたのに気づいた。といっても、それは、危険な場所に入りたがるよちよち歩きの赤ん坊の世話をしているような表情だった。この家のいたるところに、りっぱな男性の写真が飾られていた。ひとりで写っているものもあれば、アンティ・リーと一緒のものもある。けれど、その男性が家にいる気配はなかった。それでいて、大量の花や線香よりも、写真の存在感と置かれている場所が、その男性が忘れ去られていないのを物語っていた。

「部下を寄こして、正式な証言として記録させます。ありがとうございました。たいへん助かりました。この紙はいただいてもかまわないですよね？　それに、店の中を調べる許可をいただけるなら、細心の注意を払って――」

「ええ、ええ、紙は持っていきなさい。わたしには写しがあるから」アンティ・リーはサリムに紙を持たせた。「それに、店の中もどうぞ探してちょうだい。といっても、何も見つからないでしょうけどね。不審なものがあったら、とっくにニーナが見つけてるはずだもの。ニーナはなんでも見つけるのよ。でも、店に行きましょう。みんなで行って、確かめてみましょう。どこでローラの携帯電話を見つけたのか、教えてちょうだい」

アンティ・リーは立ちあがって、すたすたと歩きだした。ニーナはばつが悪そうにサリムを見た。

「きみのボスはずいぶん精力的だな」とサリムは言った。

「あなたもそのうちにアンティ・リーに慣れますよ」ニーナはそう言うと、サリムがアンティ・リーについて歩きだすのを待って、部屋を出た。「まさか、アンティ・リーを疑ってるわけじゃないですよね？」

「全員を疑うのが仕事でね。ところで、きみはご主人さまの家族をよく知ってるのかな？」

サリムの口調がニーナは気になった。「家族って誰のことですか？　なぜ、そんなことを訊くんです？」

「電話だよ。着信や発信、メールの履歴を調べられるんだ。詳しいことは話せないけど、ローラ・クィーの携帯電話のメールの着信履歴に、ミスター・マーク・リーからのものが何通かあった。その中の一通は、〝もう来なくていい〟というような内容だったんだ」サリムはいったん口をつぐんだが、ニーナは無言だった。

「家族でも気づかないことや、話せないことがあるからね」とサリムは話を続けた。

「でも、もしきみが何かに気づいてるなら……」今度は、サリムが無言で待った。

「わたしは何も知りません」ニーナはきっぱり言うと、玄関のドアを開けて、サリムを通した。

サリムはふいに、いまの自分が警察官としての決まりきった仕事をこなしているだけではないと気づいた。それをニーナにわかってもらいたかった。

「植木の手入れが行き届いてるね」とサリムは言った。けれど、わざとらしく聞こえてしまったかもしれないと、つけくわえた。「ぼくは植物を育てるのが下手でね。なんでも枯らしてしまうんだ」

「あなたはマリアン・ピーターズのことを心配してるのよね？」とドライブウェイに

立っているアンティ・リーが言った。パン巡査は車を降りて、アンティ・リーと門のあいだに立っていた。困った顔をしているのは、アンティ・リーを止めようとしたら、走って逃げられるのではないかと不安だからだ。

アンティ・リーがさらに言った。「メールを送った人は、警察がローラの死体を発見したのを知らなかったのね。つまり、その人がローラを殺して、海に投げこんだ。死体の身元が判明せず、警察に手がかりを与えないようにしたかったんでしょうね。でも、なぜ、マリアンも会に来られないと知らせてきたのかしら？　セントーサ島の海に投げこまれたのは、ひとつの死体だけじゃないの？　警察はそう考えているの？」

「ミセス・リー」とサリムは言った。「それについてはノーコメントです」

その口調から、アンティ・リーはぴんときた。たとえいままでサリムの頭にそんな考えが浮かんでいなかったとしても、これからその可能性について考えるにちがいない。それがわかっても、誇らしい気分にはなれなかった。砂浜に打ちあげられたのがマリアンではないとわかって、カーラはとりあえずほっとしていたが、生きているマリアンの姿を見るまでは、ほんとうの意味で安心はできないのだ。それに、カーラはまだ何か隠している。カーラが隠しごとを話したがらなくても、アンティ・リーはかならず聞きだすつもりだった。

でも、それまでは……。

「マリアン・ピーターズの家族から話を聞いたほうがいいわ。マリアンが行っているという休暇旅行について、もっと詳しく調べなさい。今回の件にマリアンの家族がかかわってるとは言わないけれど、娘といっさい連絡が取れないのに、家族が大して心配してないのは、どう考えてもおかしいわ」

第2部　さらなる事件

8

事情聴取の待合室

そこは文句のつけようがないほど快適な部屋だった。部屋の形は長方形で、長いカウンターのまえに椅子が並び、一見、都会の歯科医院の待合室のようだ。だが、もちろん歯科医院ではない。カニンガム夫妻にしてみれば、まさかシンガポールにやってきて、たとえ短時間でもそこで過ごすことになろうとは思ってもいなかった場所。ブキ・ティンギ地区警察署だ。それでも、カニンガム夫妻はその時間を精いっぱい活用することにした。ルーシーは持参したマックブック・エアーで、溜まっていたメールと〝今日の聖句〟に目を通し、フランクは署内の写真を撮った。カウンターの奥にいる女性警察官が渋い顔をしたが、撮影を止めはしなかった。だが、レンズが自分のほうに向けられると、さすがに「だめです。写さないでください」と注意した。

「旅の土産にするだけですよ」とフランクは応じた「国に戻って、友だちに見せるだけです」

「申し訳ありませんが、だめなんです。撮影は禁止です」

「フランク、お嬢さんが困ってるじゃないの、いじめたらだめよ」ルーシーがパソコンから目も上げずに言った。

「あなたがふいに行方不明になった場合に備えて、ここの人たちはあなたが警察署にいた証拠を残したくないんじゃないですか？」

ハリー・サリヴァンが話に割りこんで、いまのことばは冗談だと言わんばかりに大きな声で笑った。とはいえ、本気でおもしろがっているようには見えなかった。ハリーが一刻も早くこの場から出たがっているのを、カニンガム夫妻ははっきり感じとっていた。カウンターの警察官も同じように感じているはずだった。

アンティ・リーの店がある地区を管轄する警察署は、待たされるのが苦痛になるほど不快な場所ではない。少なくとも冷房はしっかり利いている。カニンガム夫妻にはエネルギーの無駄遣いや地球温暖化について熱く語る息子がいるが、ルーシー本人は冷房が利いた部屋にいてこそ、人間らしくいられると感じていた。それに、親切な警官は、パソコンの電源を警察署のコンセントにつなぐのを許してくれた。そのおかげで、気になっていたインターネットの記事とメールを読めたのだった。夫婦で旅をすると、ひとりきりの時間がほとんど持てない。フランクは妻が静かに座っていると、かえって不安になるのだ。夫婦が直面している大問題に妻が気をもんで、くよくよと考えこんでいるように思えるからだ。問題をどうしたら解決できるかと悩んだところで何も変わらない、とフランクは思っていた。だからといって、まったくよくよしないでいられるわけでもない。それゆえに、この街で長方形のこの部屋に閉じこめられているのも、かっこうの気晴らしになった。ルーシーは夫のそんな前向きなところを尊敬していたが、それでもやはり夫婦で話しあいたいと思うこともあった。できることなら、あれやこれやと気をもんで、とことん惨めな気分に浸ってみたい。もちろん、そんなことをしても、何も解決しないのはわかっている。それでも、感情を吐きだして、思いきり泣きたい。けれど、夫を困らせたくはない。だから、持参した小さなパソコンで、厳選された聖句を読みふけるしかなかった。

「いつまでこんなことが続くんだ?」とハリーが言った。「死体で見つかった若い女のことなんて知りもしないのに、何をしろって言うんだ?」

「きみはローラに会ったんだろう?　どんな人だったのか教えてくれないか?」ハリーが苛立って乱暴なことばを吐いても、フランクは気にするふうもなく、いつもの調子で話しかけた。

「美人とは言えないな。少しぽっちゃりしてたけど、どういう服を着たら男の目を引くかってことは心得てた。どんな感じか、なんとなくわかるだろう？　もしかしたら、そのせいで厄介なことに巻きこまれたのかもしれない。まずいやり方で気を引こうとして、まずいことになったのかもしれない」

フランクはうなずいた。そういうことはめずらしくなかった。

「自分が好きな服を着るのはべつにかまわない。だが、近頃の若い女性はその場にふさわしい服装があることを忘れがちだ。人からどんなふうに見られるかってことが、頭からすっかり抜けおちてる。そこがわかってないと、女性を性の対象としか思わない男や変質者に目をつけられるんだ」

「そのとおり」とハリーは賛同した。

フランクは自分の考えを熱く語りはじめた。「いいかい、正直に言わせてもらうが、娼婦まがいの格好をした女性は、性的被害に遭う確率が高くなる、そうだろう？　わたしたち男はいくら文明人とは言っても、動物的な本能がしっかり残ってて、性的欲望を抱くのはまぎれもない事実だ。だから、女性の服装が性犯罪の発生率を左右するんだよ。いや、好きな服を着る権利が女性にはないと言ってるわけじゃない。女性の身を案じてるんだ。女性の権利についてどれだけ話しあったところで、人の罪深い本能にはあらがえないんだよ」

ハリーは意図せずフランクを調子に乗せてしまったのを、少し後悔した。そうして、ルーシーを見た。ルーシーは相変わらずパソコンを見つめていた。どうやら、こういう話題をフランクが熱く語るのは、めずらしいことではないらしい。

「ということは、女性は頭をスカーフで隠して、長いスカートを穿くべきだ、と？」カウンターについている警官が穏やかな口調で尋ねた。フランクは怪訝な表情で警官を見た。もちろん、警官は制服を着ていた。人種はわからないが、頭にスカーフを巻いてはいなかった。

「あなたが結婚してるなら、ご亭主が許す範囲で、どんな服を着てもかまわないよ。どうか誤解しないでほしい。女性には好きな服を着る権利がある、とわたしは思ってる。ただ、現実にもきちんと目を向けてほしいんだ。男は目に見えるものに惹きつけられて、興奮して、欲望を抱く。そういう生き物だ。男のＤＮＡにそれが刷りこまれてる以上、どうにもならないんだよ」

「女性がどんな服を着ていようと、性的暴行はれっきとした犯罪ですよ」警官はさきほどと同様、とくに激することもなく、冷静に言った。

ハリーは話にくわわらず、壁に貼られた広報のポスターをじっくり読むことにした。

フランクは新たな友人を正しい道に導こうと決めたのか、やや大きな声で話を続けた。

「おまわりさん、有名な動物学者デズモンド・モリスが書いた『裸のサル』を読んでみるといい。その本には、文明化した男性は嗅覚を失ったと書いてある。現代の男は視覚によって性的欲望を抱くんだ。女性の場合は感情と触覚が性欲に深く結びついてるから、男が何に興奮するのか理解できない。頭をスカーフで隠してもどうにもならない。それもまた性的刺激のひとつになることもあるからね。女性が全身をおおったとしても、謎めいた姿に男の想像力がかき立てられる。禁断の木の実シンドロームってやつだ。要するに、〝男を誘惑してはならない〟と、女性は肝に銘じてほしいんだよ」

「となると、女も男のような服装をしなくてはなりませんよね？　誘惑しないようにするには？」

警官の発言に、ルーシーは顔を上げた。議論が白熱しているのにようやく気づいて、夫にはこれ以上熱くならないでほしいと願った。なにしろ、ここは外国の警察署なのだ。だが、願いは聞き入れられなかった。

「公衆トイレのマークだって、ズボンを穿いた男性と、スカートを穿いた女性の姿だよ」とフランクは言った。「女性が男と同じ格好をしたら、世界は混乱してしまう。女性はズボンを穿いたとたんに、女らしいふるまいを忘れてしまうんだ」そう言って、カウンターのほうを見た。

その頃にはもう、カウンターの警官は近隣住民に向けたボランティア警備員募集のパンフレットを、わざとらしいほどじっと見つめて、フランクと目を合わせようとしなかった。

「本だって表紙を見れば中身がわかる。だから、女性だって服装を見れば中身がわかるんだ。もし男と同じ服を着たら、その女性は夫の顔に泥を塗ったことになる。イエス・キリストの名を穢《けが》したことになる。ズボンを穿いた女性こそが、男の胸の奥にあるみだらな欲望に火をつけるんだ」

ここには仏教徒やイスラム教徒など、さまざまな宗教の信者がいて、いまの話を聞いているかもしれない、とルーシーは思った。そのことを夫に注意したかったが、結局、言えなかった。言ったところでどうにもならない。夫はこれまで正しい男であろうと努力してきて、それに関して妻が何を言おうと聞く耳を持たないのだ。なぜなら、夫の考えでは、正しい男は妻に指図されたりしないのだから。

誰も話を聞いていないとわかって、フランクはがっかりした顔をした。「短髪でズボンを穿いた女性は……まちがっているんだ」

ハリーがフランクにウインクしてみせた。「行方知れずのもうひとりの若い女、そう、マリアン・ピーターズに会ったら、あなたは忠告せずにはいられないだろうな。なにしろ、ズボンしか穿かないんだから。スカートは一着も持ってないんじゃないかな。でも、髪が短かろうと長かろうと、マリアンを男と見まちがえることはない。あなたに娘はいるのかな？」

「いや。息子がひとりだけだ」

「なるほど、だったら、ずいぶん気楽だな」ハリーはそう言ったものの、すぐにフランクの目つきに気づいて、ぎょっとした。その目に浮かんでいるのが悲しみなのか、怒りなのかはわからなかったけれど、強い感情なのはまちがいなかった。ハリーは視線をそらした。すると、ルーシーの怯えた目が見えて、またもや驚いた。

「まだ長く待たされるのかね？」とフランクが女性警察官に尋ねた。「十一時に来るように言われたのに、もう十一時半だ」

「申し訳ありませんが、なんとも言えません。もう少しお待ちください。まもなく順番が来ますから」

「あとどのぐらいかかるか、訊いてきてもらえないだろうか？」

「すみませんが、もう少しお待ちください。まもなく順番が来ますから」警官は同じことばをくり返すだけだった。

「こんな扱いは許されない」とフランクが語気を荒らげた。「警察の魂胆ならわかってるぞ。この件はここの警察にとって、敬虔なキリスト教徒に大打撃を与えるチャンスだからな。こんなふうにわたしたちに圧力をかけて、自白を引きだそうとしてるんだろう。だが、そうはいかないぞ。わたしたちには隠しごとなんてひとつもないんだから」

そのときカウンターの奥のドアが開くと、パン巡査に連れられてカーラが出てきた。

「ミスター・ハリー・サリヴァン」とパン巡査は言った。

「ご夫婦でおさきにどうぞ」とハリーが、フランクとルーシーに言った。「そのほうがいいでしょう？　ぼくは待たされても、いっこうにかまいませんからね」

ブキ・ティンギ地区警察署の壁は防音ではなかった。

カーラはほとんど何も話そうとせず、サリムは話そうとしない相手には、黙っている時間をたっぷり与える主義だった。ゆえに、パン巡査が用意したボイスレコーダーには、待合室でのフランク・カニンガムの熱弁がはっきり録音されることになった。パン巡査は静かにするように注意しようと、ドアに向かいかけたが、サリムは小さな身振りでそれを止めたのだった。フランクの話に興味を覚えたからだ。さらに、フランクが大きな声で言ったことに、カーラが反応したのも興味深かった。パン巡査もそれを見逃さなかった。即座に席に戻ると、サリムと一緒にカーラを観察した。カーラは何か隠しているだけでなく、怒っている——サリムにはそれがはっきりわかった。

「ちょっと出ていって、ミスター・カニンガムと話をしますか？」とサリムは唐突に、けれど、何気なく尋ねた。「あなたはミスター・カニンガムに言いたいことが山ほどありそうだ」

「ええ、言ってやりたいことがあるわ」カーラは大きな声で言った。「でも、ああいう人はわたしが言うことなど聞く耳を持たないでしょうね」

「でも、わたしは聞きたいです」とサリムは明るく言った。「言いたいことは言ったほうがいい。そしたら、それを記録して、事情聴取は終わったことにします」

カーラはためらった。サリムのことばを信じていいものか迷っていた。

「ご自分の調書をあとで確認できますよ」とサリムは言った。「サインするまえに、充分に読んでください。気に入らなければ、サインしなくてけっこうです」

「言いたいのは大したことじゃないんです」とカーラは言った。「わたしはローラ・クィーに会ったことがありません。ローラの服装については何も言えない。でも、性的暴行を受けるのは女性の服装のせいだなんて、そんなふうに決めつけるのは許せません。ミニスカートを穿いた女性に異常なほど興奮する男性や、ズボンを穿いてる女性に激しい脅威を感じる男性がいるとしたら、問題を抱えてるのはその男性のほうです」

「そうですね」とサリムは応じた。

「ほかにわたしに何を訊きたいんですか？」

「カフェに行った夜、店に入るまえに、近くをうろついてる人を見ませんでしたか？」

「わたしはあのあたりをうろついてたなんて、言ってませんからね。でも、まあ、そう、たしかにちょっとのあいだ店の外にいました。入ろうかどうしようか迷ったんです。ローラ・クィーが〈ワインと料理の会〉のことでマリアンにメールを送ってましたから、ローラは店にいるはずだと、わたしは思いこんでいたんです。ローラが店に入るまえに、少し話がしたかった。それだけです。でも、ローラらしき人が入るのは見えなかった」

「ほかには誰か見ましたか？　たとえば、携帯電話を使っていた人とか？」

出口に向かおうとするカーラを、ハリーは呼びとめた。

「やあ、きみとはあの夜、カフェで会ったよ。まあ、憶えてないだろうけどね。あのときは少し気が動転してたようだから。そう、ローラ・クィーを探してたよね」

「それが何か？」

「いや、心配してるだけだ。だって、ぼくたちはみんな、とんでもないことに巻きこまれてるんだから。食事をして、ワインを少し飲みにいっただけで、警察に呼ばれるはめになった。こんなことははじめてとは言わないけど、まさかシンガポールに来てまで、こんなことになるとは思ってもいなかったよ。しばらくこの国にいるように、警官から言われたのかな？　泊まる場所はある？」

カーラはどうにか笑顔を作った。「どこへでも好きなところに行ってかまわないはずよ。シンガポールから出るなとは言われなかったから」

「ところで、なんでまた、シンガポールに？」

カーラは怪訝な顔でハリーを見た。「あの夜、カフェにいたなら、わたしがただの観光客じゃないのはわかってるでしょ」

ようやく順番がまわってくると、ハリーはサリム上級巡査部長に、ビジネスをはじめるためにシンガポールに来たと話した。

「仕事を辞めて、何もしないでいるのは性に合わないと気づいたんですよ。生活に困らない程度の蓄えはあるけど、それだけがすべてじゃないですからね」

サリムはローラ・クィーのことも、ローラの携帯電話のこともまだ尋ねていなかった。それなのに、ハリー・サリヴァンは早くもそわそわしていた。とはいえ、サリムもパン巡査もそれが特別なことだとは思わなかった。外国人の場合、はじめて会う警察官によって、その国の警察の印象が決まってしまう。また、外国人の中には、自国の警察官とちょっとしたいざこざを経験している者もいれば、シンガポールは警察国家だという噂を信じている者もいる。おそらく、ハリー・サリヴァンは後者だろう。

パン巡査はコピーを取ったハリーのパスポートの記載事項を、書類に正確に書き写していた。サリムはそれが終わるのを待って、ハリーに尋ねた。「で、これまでのところシンガポールはどうですか?」

「快適ですよ。いい国だ。もちろん、どうかと思うところもあるけど、そこは大目に見ますよ」

「それで、どんなお仕事を？」

「以前は貿易関係の仕事をしてたんですよ。石油製品のね。だから、いろいろなところに顔が利きます」

「いや、誤解しないでください。わたしたちはいくつか訊きたいことがあるだけで――」

「おまわりさん、死んだ女の携帯電話から送られたメールの件で、ぼくを呼びつけたんでしょう。それぐらいはわかりますよ。でも、ぜひとも知っておいてもらいたい。今回の件の背景をね。以前のワインの会でどんなことがあったのか。その会で、ぼくはあの人たちとはじめて会ったんですよ。ローラ・クィーにも、行方不明とされてるもうひとりの若い女性にも。その女性の友だちがさっき事情聴取を受けてたから、行方がわからないのは聞きましたよね？　それで、行方不明の女性はもう見つかったんですか？」

「マリアン・ピーターズのことですか？　まだです」

「それは残念。いや、マリアンはほんとうにいい子でしたから。できることなら、もっと話したかったですよ。はじめて会ったときに、一緒にワインを飲みながら、少し話したんです。でも、あの夜、マリアンは誰かと会う約束があるようなことを言って……」

ふたりの警察官がそれまで以上に真剣に話に耳を傾けたのが、ハリーにもわかった。ノートを手にした警察官のペンを持つ手が止まり、向かいに座っている警察官は、テーブルの上のボイスレコーダーのスイッチが入っているのを確かめると、レコーダーをわずかにずらしてハリーのほうに近づけた。

「誰に会うのか言ってましたか?」

「いや、言わなかったんじゃないかな。そう、言わなかった。でも、なんとなく特別な相手なんじゃないかという気がしましたよ」そこでハリーは声をひそめた。「でも、さっきここを出ていった若い女には、このことは言わないほうがいいですよ。あの女とマリアンのあいだには何かありそうですからね。いや、どうなのかな? でも、勘ぐりたくもなりますよ」

注目すべき証言だが、サリムはそれについて何も言わなかった。

「マリアン・ピーターズは誰に会うつもりなのか、何かしら言ってませんでしたか? 相手が女性なのか、男性なのか……あるいは、家族の誰かとか?」

その点をしつこく訊いてくるということは……とハリーは思った。警察はほんとうにマリアンが行方不明だと考えているらしい。

「つまり、マリアンの行方がわからないんですね？　あのカーラという女性が大げさに言ってるだけかと思ってましたよ。正直なところ、警察に何か訊かれたら、マリアンは逃げだしたんだろう、と答えるつもりでした。なぜって、あのアメリカから来た女性はマリアンをつけまわしているようですからね」

またもやハリーは興味深いことを口にした。それでもやはり、サリムもパンも何も言わなかった。

「でも、一回目の会からはだいぶ日が経ってますからね。とにかく、その後、ローラはセリーナに会って、謝ったんでしょう。なにしろ、セリーナは腹を立ててましたから。正直なところ、あのときあの場にいたみんなが少々いやな思いをしましたよ。ぼくとしては、悪ふざけがすぎただけかとも思ったけど、この国の人たちがどう感じるかは、あなたのほうがよく知ってますよね」

「どんなことがあったんですか？」とサリムが訊いてきたが、ハリーは警察が知らないわけがないと思った。きっと、ほかの人の口から状況を聞きたいのだ。いいだろう、自分もその場にいたのだから、協力は惜しまない。

「ローラ・クィーはいくら飲んでも酔わない体質ではなかったんですよ。むしろ、アルコールに弱かった。で、酔っぱらって、大声で騒いだんです。まあ、そういう人はよくいますけどね。酒を飲みなれてない人は性質《たち》が悪い。ローラはカップケーキを作るのが趣味で、カップケーキを飾りつけて、婚約記念のケーキとウェディングケーキを作るつもりでいたらしい。カップケーキのデコレーションだって、一種の芸術だなんて言ってましたよ。それに、あの会のワインの先生に熱を上げてる感じでした。先生の奥さんもそう思ったでしょうね。熱を上げられてる本人より、奥さんのほうが腹を立ててましたよ。

そう、奥さんというのはセリーナです。ミセス・セリーナ・リー。マリアンと酔っぱらったローラが話の輪に戻ったときにも、セリーナは相変わらずテーブルについてました。マリアンのお兄さん夫婦はもう帰ってましたけどね。マリアンは大ごとになるまえに、穏便にことをおさめたかったみたいです。そういうタイプですからね。ことを荒立てたがらない平和主義者というか。だから、まあ、仲裁しようとしたんでしょう。セリーナがタクシーを呼んで、ローラを家に帰そうとすると、マリアンもローラと一緒にタクシーに乗ると言ったんです。でも、そこまでする必要はないとセリーナが言って、譲らなかった。なにしろ、マリアンの家は店から歩いて五分もかからないんだから、とね。それでも、マリアンはローラを送っていこうとしましたよ。根っからやさしいんでしょうね。だからって、勘ちがいしないでください、ぼくとマリアンがつきあってたとか、そういうことじゃないですよ。いま、ぼくは自由を満喫してますから。早く恋人がほしいなんて、焦る必要などまったくない。落ち着いて、自分の現状と、これから進むべき道を見極めるほうがはるかに重要だ」

サリムの目には、ハリーが躍起になって否定しているように映った。もしかして、ハリーはマリアンをデートに誘って、断わられたのだろうか？

「ローラ・クィーは酔っぱらったんですね？」

ハリーはうなずいた。「最後はどうなったのかなんてことまで、細々と話す気にはなれませんけどね。でも、まあ、とにかくぐでんぐでんでした」

「それで、あなたはローラが誰かとつきあっていると考えた？　たとえば、マーク・リーと？」

ハリーは首を横に振った。「ローラはマークに熱を上げてたのかもしれない。それに、マークの態度を見るかぎり、何かしらあったような気もするけれど、つきあってたとまでは思えない。そういうことに関しては、鼻が利くほうでね。そうなんですよ、現在進行形の関係についてはよくわかる。思うに、ローラ・クィーは友だちのご亭主と何かあったけど、捨てられそうになってたのかもしれませんね。なんとなく緊迫感が漂ってましたから。酔っぱらったローラはマークにしつこくからんで、気持ちを隠すなんて馬鹿げてる、みんなが知ってるのに、とかなんとか言ってました。自分はケーキを作るのが好きだけど、マークの奥さんは夫のために目玉焼きも焼かない、とかね。もちろん、マークの奥さんは見るからに不愉快そうでしたよ。夫の浮気に以前から気づいてたかどうかはわからないけど、あの夜にはっきり気づいたんじゃないかな。あの場にいたみんなが気づいたんだから。もしぼくが警察官だったら、そのあたりを重点的に調べるでしょうね。すぐにでも、マークの奥さんを詳しく調べますよ」

サリムはいま聞かされた話に関して、マーク・リーとその妻に尋ねようと頭の中にメモした。マークとセリーナからはすでに話を聞いていたが、そんなことがあったとはひと言も言っていなかった。とはいえ、話さなかったのも無理はない。

パン巡査もノートにメモした。マークとセリーナにはもう一度会って話がしたいと言ってあったが、忙しくて時間が取れないと断わられたのだった。だが、それもめずらしいことではない。旅行者や仕事を引退した人でもないかぎり、シンガポールの住人はたいていそうだ。サリムはこの国の住人すべてに敬意を払っているが、もしマークとセリーナが警察の要請にすぐに応じようとしなければ、強引な手段を使ってでも会うつもりだった。

「ローラが帰ったあとで、何があったと思いますか？　いや、それより、メールを送ったのがローラでないとしたら、誰が送ったか、心当たりがありますか？」

ハリーは即答せずに、少し考えた。警官に意見を聞かれるとは思ってもいなかったが、考えてみれば当然の流れだった。なんといっても、メールが届いたときにその場にいたのだから。

「知らない人かもしれない。いや、あの会の参加者にとって、という意味ですけどね。でも、ローラ・クィーを知ってる人なのはまずまちがいない。もしかしたら、その男、あるいは女は、ローラがワインの会を欠席しても騒がれないようにしたのかもしれない。自分がシンガポールを離れるとか、何かそういうことをするまで、ローラの捜索願いが出されないようにしたんじゃないですか」

サリムはそうかもしれないと言いたげな顔をした。「でも、メールを送った人物にしてみれば、それ以上に重要なのは、ローラがいないのを家族や職場の同僚に気づかれないようにすることのはずですが」

「そっちのほうはもう手を打ってあったんでしょう。メールを送った人はかなり慎重なタイプなのかもしれない。万全を期したつもりだったんでしょう」

それももっともな話だった。といっても、サリムはあえて賛同はしなかった。その人物がローラ・クィーを海に投げこんだとしたら、万全を期したとはとうてい言えなかった。

「あなたはときどき、煙草を吸いに店の外に出ていたようですが――」

「それがどうかしましたか？　その程度じゃ犯罪とは言えない、そうでしょう？」

「いえ、厳密に言えば犯罪です。でも、そこは目をつぶりましょう。店の外で誰かを見ませんでしたか？　男でも女でも、店を眺めているとか、あたりをぶらついてるとか、そんな人を見ませんでしたか？」

「いいえ、見ませんでした。それに、この国の人の顔はいまだに見分けがつかないんですよ。みんな同じ顔に見えるんでね」

結局サリムは、ハリー・サリヴァンからも、カニンガム夫妻からも有力な情報を得られなかった。三人の話が一致していたのは、メールが来るまでローラ・クィーが会に参加することになっていたこと、そして、セリーナが腹を立てていたことだ。その怒りはまちがいなくほんものだったらしい。

フランクはこんなことを言った。「あの夜はどこか妙だったよ。といっても、何がおかしかったのかははっきりしない。それもまた、歳を取ることの問題のひとつでね」

サリムはその発言を重視しなかった。妙なことが起きてから、あらためて考えてみると、たいていの人は何かがおかしかったと感じるものだ。その日、事情を聞いた人たちが、ローラ・クィーの死と直接的に関係しているとは思えなかった。ただ、ローラ・クィーが最後に目撃された場所や、連絡した相手を明らかにしたかっただけだ。前回の〈ワインと料理の会〉の夜にタクシーで帰宅したローラの姿は、近所の人に目撃されていた。そのおかげでタクシー会社がわかって、ローラを乗せたタクシーの運転手も判明した。運転手はローラを憶えていたが、捜査の手がかりになりそうな言動はひとつも示せなかった。その翌朝、ローラは職場に電話をして、インフルエンザで寝込んでいるから、二日間仕事を休むと言った。電話を受けたローラの同僚からも話を聞いた。

「はい、ローラにまちがいありませんでした……」と同僚は言った。「妙なところはありませんでした。いえ、もちろんものすごく具合が悪そうでしたけど。だから、医者に診てもらいなさい、と言ったんです。だって、ほんとうに辛そうだったから。その後、ローラはどうしたんですか?」

つまり、そのときはまだローラは生きていたのだ。「携帯電話からでしたか? それとも、家の電話でかけてきた?」とサリムは尋ねた。

「ローラは携帯電話しか持ってません。ひとり暮らしですからね。携帯電話は肌身離さず持ってます。だから、わざわざお金をかけて家に電話を引く必要なんてないんです」

ということは、ローラは自宅に携帯電話を持ち帰っていた。それがどうして、〈アンティ・リーズ・ディライト〉のまえにある赤い缶の中に携帯電話が入ることになったのだろう?

サリムは目下、マレーシアにいるローラの両親からもう一度連絡が来るのを待っているところだった。ローラの両親からは、シンガポールには行けないが、代理の者を行かせて、ローラの部屋の家宅捜査の書類にサインさせると言われていた。両親は最近の娘のようすを知らなかった。恋人がいたのかどうか、問題を抱えていたのかどうか、誰かに脅されていたのかどうか、何ひとつ知らなかった。

「ローラはとてもいい子でした」と電話の向こうで母親は言った。「月に一度は電話してきました。そのたびに、心配はいらないと言ってました。ローラには早く身を固めるように言ってたんです。結婚しなさい、いい旦那さんを見つけなさい、って。でも、ひとり暮らしが楽しくてしかたがないみたいで。とくに、あんなことがあってからは——」弱々しい声が途切れた。

「何かあったんですか?」

「いえ、すみません。大したことじゃないんです。ただ、男の人と会ってるようだったので」

父親の声が割りこんできた。「ローラは忙しくて、帰ってきやしなかった。ちょっとまえまでは、月に一度は電話してきたが、最近はそれもない。母親から電話すると、怒るんだ。忙しくて、話してる暇なんてない、なんてことを言って。だから、男がいるんだとわかった。その男に夢中だから、親と話す時間もないんだろう。子供なんて持つもんじゃない、ああ、そうだ。大人になったら、親を相手にする暇もなくなるんだから」

ローラ・クィーがシンガポールで誰かとつきあっていたかどうかはともかく、ペナンにいる家族と連絡を断っていたのはまちがいなかった。より良い人生へのチャンスをつかむためには、不義理をしなければならないこともある。サリムはふと、自分の人生の扉を開けてくれた奨学金のことを思いだした。そのおかげで新たな人生を歩みだしたが、かつて人生の一部だった人たちはどうなった? 思わず携帯電話に手を伸ばして、母に電話した。呼び出し音を聞きながら、母の家で食事をする時間があるかどうか考えた。ご飯を食べにきなさい、と母が言いだすのは目に見えていた。

「本部から一番に電話です」ソン巡査がドアを開けて、言った。「あまりいい話ではないようです。それから、ローラ・クィーの部屋が妙なことになってました。何者かが押し入ったようです。近所の人の話では、部屋に誰かが押し入ったのは、ローラ・クィーが姿を消したあとだそうです」

サリムは母が出るまえに電話を切った。本部からどんな話を聞かされるのかは、だいたい見当がついた。実のところ、おばあさんのほうのミセス・リーと話してからというもの、いやな予感を抱いていた。今夜は母の顔を見にいけそうもない、と覚悟した。


〝局地的ににわか雨が降る〟という憂鬱な天気予報にもかかわらず、旧正月のセントーサ島——シンガポール有数のリゾート・アイランド——はにぎわっていた。

今年の旧正月の元日は木曜日だった。旧正月には、中国系のシンガポール人の多くは、親戚や友人や同僚を訪ねる。いっぽうで親戚づきあいのない人や、伝統を重んじない人は、旧正月の三日間の休みを前後の週末とくっつけて、九日間の長期休暇を取っていた。そういうわけで、その日、車や徒歩、モノレールやフェリーでセントーサ島へ渡ったのはほぼ旅行者ばかりだった。自分たちが楽しむためにその島に向かった人たちだ。旧正月とは、観光客や来客をもてなすためのものではなく、年に一度、自分と家族を思いやるための行事なのだ。

そんな中、カナダ人のある夫婦は、人ごみと巨大なウサギに辟易していた。プラスティック製のウサギに、ウサギの形に刈られた植木。ジュースの缶にまでウサギが描かれているのは、新たな年が兎年だからだった。だから、その夫婦は人でごったがえす場所から逃れた。夫はアマチュアの植物学者と言ってもいいほど熱帯の植物に関心があり、妻は夫が熱中している趣味を地味でつまらないと思わないぐらいには夫を愛していた。そんなわけで、夫婦は泥だらけになりながらマングローブの森を歩いて、川と海の合流地点に出た。あたりには波が運んできた漂流物がぽつぽつと浮いている。まるで波に洗われながら、潮の流れが変わるのをのんびり待っているかのようだった。

「ゴミだらけだわ。こんなにビニールが浮いていたら、海の生き物がかわいそう。ほんとうにひどいわね」

「それに、このにおい。近くで魚でも死んでるんだろう。さもなければ、犬でも死んでるのか……なんだ、あれは？　大きなビニール袋に何か入ってるぞ」

それは死んだ犬ではなく、女性の死体だった。

9
マリアン・ピーターズ

アンティ・リーはぐっすり眠っていながらも、落ち着かなかった。

いま、アンティ・リーはM・L・リーの向かいに座っていた。M・L・リーがにっこり笑って、「手を出してごらん」と言う。とたんに、アンティ・リーは嬉しくてたまらなくなって、話したいことが次々に湧いてきた。

「はい」と答えてから、「そのことばをプロポーズのときに言ったのを憶えてる？だから、そう言われるたびに、またプロポーズされるような気分になるわ。だから、あなたが恋しくてたまらないの。いまでも、そう。あなたの顔はいつでも見られるけれど、触れることはできない」と言った。

その瞬間、アンティ・リーは若返った。M・L・リーがプロポーズした若い女性に戻った。

ニーナの姿が見えた。一瞬、むっとする。亡き夫と過ごした時間がどれほど短いか、誰より知っているのはニーナなのに……。ニーナが近づいてきた。広大な草原《パダン》の端から、歩いてくる。手には一枚の紙。それが悪い知らせを伝える電報なのは、ひと目でわかった。子供が生まれたことを伝える以外、電報は死の知らせを運んでくる。だから、M・L・リーと一緒に、ニーナから逃げることにした。悪い知らせの中身はもうわかっているけれど、電報を受けとらないかぎり、それは現実にならない。それなのに、M・L・リーは走りださなかった。姿が薄れはじめて、体が消え、どれほど必死に手を握ろうとしても、触れられなかった。ともに生きてほしいと心から願う男性が消えていく。胸の中で頑なに否定しつづけてきたことが、事実として浮かびあがって、周囲を包んでいく。

「真実を知りたくないのかい？」M・L・リーが声に出さずに、尋ねてきた。

「ええ、知りたくもない。真実なんてどうでもいいわ」アンティ・リーは心の中で叫んだ。

「あの白人《アンモー》の男性が奇妙な質問をしているよ」とM・L・リーが言った。「あの男がきみについてノートに書いたことを見てみるといい。雑誌に載せるために、きみのことを書いてるんだ」

アンティ・リーはむきになって、「あなたが生きてさえいれば、誰が何を書こうとかまわない」と言った。けれど、そんなことを言っても無駄だった。ふたたびM・L・リーを失った。希望の悲しい点は、それを失うたびに、簡単には立ち直れないほど打ちのめされることだ。そう、何度でも。

そこでアンティ・リーははっとした。

ニーナはM・L・リーの死を伝えているわけではなかった。いつのまにか現在に戻っていた。歳を重ねた手の甲に浮きでた茶色の染みを見て、現在だとわかった。

ニーナの声が聞こえた。「警察がべつの死体を見つけました。マリアン・ピーターズのようですよ」と言っていた。

アンティ・リーは周囲に目をやって、そんな知らせを聞かされたくなかったのが、自分だけではないと気づいた。カーラがその場にうずくまり、ボールのように身を縮めて、手で耳を押さえていた。すぐ向こうには、立ち尽くしているマリアンの家族。マリアンの父と母、兄とその妻。隣にはM・L・リーの娘のマチルダがいて、「遠く離れたイギリスにいるわたしが無事で、ほっとしたでしょう?」と言っていた。

「カーラにも知らせなくちゃなりませんね」そう言うニーナはもう、カーラの傍らに立っていた。「アンティ・リーから伝えてください。お友だちが死んだんですよ。カーラだって知りたいはずです」

いいえ、それはちがう、とアンティ・リーは思った。カーラは知りたくないに決まっている。それなのに、ニーナはカーラに知らせようとしている。止めなければ。そういうことは何がなんでも知らせればいいというものではないのだ。すでにわかっているけれど、全身全霊で拒絶していることを知らされるのがどういうものなのか、アンティ・リーはよくわかっていた。するとふいに、ニーナとカーラがはるかかなたへと遠ざかった。それでいて、ふたりの姿がはっきり見えた。そんなふうに見えるのは、夢の中だけのはずなのに……。アンティ・リーはニーナに叫ぼうとした。もう手遅れだとわかっていたけれど。

ぱっと目が覚めた。寝室はまだ暗かった。ベッドのわきの小さなテーブルに、朝のお茶はまだ置かれていない。ということは、午前六時半にもなっていないのだ。それに、M・L・リーは何年もまえに亡くなっている。束の間、アンティ・リーは悲しみに浸った。それから、前夜の出来事を思いだして、はっきりと目が覚めた。

ブザーを鳴らして、ニーナを呼んだ。時刻は六時をまわったところだが、ニーナはすぐにお茶と新聞を持って寝室に入ってきた。アンティ・リーは老眼鏡をどこに置いたかと、ベッドサイドのテーブルの上の本や新聞を手で探った。

「サリム上級巡査部長は何か見つけたの？　新聞に書いてないことを、という意味よ」老眼鏡が見つからないまま、朝刊に手を伸ばした。

「まずはお茶をどうぞ」ニーナはそう言うと、ベッドサイドのテーブルの上を手早く整えて、ランプのうしろから眼鏡を取りあげると差しだした。

やきもきしていたアンティ・リーは、ニーナの態度が気になって、まじまじと見つめてから、尋ねた。「教えてちょうだい」

「警察はマリアン・ピーターズの死体を見つけました」

「マリアンなのはまちがいないのね？」

「はい、そうです」

何も言わず、アンティ・リーは眼鏡をかけると、新聞を見た。〝第二の死体、セントーサ島で見つかる〟という大きな見出しが躍っていた。死体で見つかったのは、二十八歳のマリアン・ベアトリス・ピーターズ。その死体はローラ・クィーの死体に比べて腐敗が進んでいなかった。同じようにビニール袋に入れられていたが、包み方やテープの留め方がより緻密だったことから、腐乱ガスが溜まって海面に浮いてくるまでに長くかかったと思われる。簡単な検死で、マリアンは日曜日の朝に発見されたローラ・クィーより数日まえに死亡しているのが判明した、とのことだった。

「半熟のゆで卵とトーストをお持ちしましょうか？」ニーナも今朝のニュースにショックを受けていたが、やるべきことをきちんとこなして、ご主人さまの食事を用意したのだった。

「いいえ。もう起きて、下に行くわ。出かけるわよ。すぐにでもやらなくちゃならないことがあるから」アンティ・リーは勢いよくベッドから飛びでて、ニーナを驚かせた。アンティ・リーにはアンティ・リーなりに、やるべきことがあるのだ。

「マリアンさんのご両親に会いにいくんですか？」

「ちがうわ。でも、それもそうね、思いださせてくれてありがとう。ご両親にはお悔やみの手紙を書きましょう。といっても、いま、マリアンの両親は現実を受け止めるだけで精いっぱいでしょうけどね」

サリムは報告書の隅々にまで目を通した。わずか数日のあいだに、若い女性の死体が二体も発見された。テレビドラマならいざ知らず、法を遵守するこの国の海岸で、まさかそんなことが起きるとは……。さらなる被害者が出るまえに殺人犯を逮捕しなければ、マスコミも世論も警察を激しく責めたてるはずだった。

といっても、サリムが怖れているのは世間の非難ではなかった。警察内では取るに足りない下っ端にすぎないのだから。驚いたのは、報告書がどういうわけか自分のもとにまわってきたことだ。亡くなった女性のひとりは管轄内の住人だが、家族に娘の死を知らせる役目は任されなかった。シンガポール警察の長官がピーターズ家の友人だったことから、長官自ら指揮にあたったのだ。それを考えると、より経験豊富で位の高い警察官が、すべてを任されるのだろうと思っていた。

とはいえ、そう考えて落胆したわけではなかった。自分は責任感があり、勤勉だと自負していた。これまでだって、努力を重ねて出世してきた。日常業務もしっかりこなしている。けれど、今回のような犯罪では、りっぱな資格を持つ警察官には、とうていかなわない。たとえば、シンガポール大学で法学位を得て、さらに、ケンブリッジ大学やハーバード大学で犯罪学と犯罪心理学を学んだラジャ長官の足元にもおよばない。それなのに、ラジャ長官から直々にメッセージが届いた。その朝、サリムが午前七時十五分に出勤すると、オフィスに電話を寄こすようにというメッセージと、さらにはラジャ長官の私用の携帯電話番号を知らせるメッセージが届いていたのだった。

それを知って、まず頭をよぎったのは、昇進による異動命令だった。けれど、そんなわけがないと即座に気づいた。いまの部署に配属されたばかりで、これまでのところ、昇進に値するようなことはひとつもしていない。次に頭に浮かんだのは降格だった。亡くなった女性のひとりが目撃されたのが自分の管轄する地域で、もうひとりも管轄内に住んでいる。あるいは、重大犯罪が立てつづけに二件も起きた地域に、より有能で経験のある警察官が配属されることになったのか……。そんなことで異動させられるのは不当で不条理だが、ありえないことではない。いまのポストはとくに望んでいたものではないけれど、気づくと、異動させられたくないと思っていた。とはいえ、殺人事件が起きて、ふいに仕事がおもしろくなったから、このポストに留まりたいなどと、上官に直談判できるわけがなかった。

　そんなことを考えながら、サリムは長官に電話をかけたのだった。胸の中では不安と決意が渦巻いていた。ところが、長官に言われたのは、予想外のことだった。そして、いま、どう対処すればいいのかわからずにいた。同僚にも話せない。同僚はサリムがクビになるか降格されるかのどちらかだろうと思っているはずだ。だからなのか、恒例の朝食会に参加しなかったサリムのために、砂糖入りのコーヒー《コピ・オー》と麺を買ってきてくれた。サリムはその代金も払わずに、コーヒーにも麺にも手をつけないまま、サイドテーブルの上に置きっぱなしにしていた。

そんなとき、ドアをノックする音がした。

「サリム上級巡査部長」パン巡査がドアを開けて、許可を待たずに部屋に入ってきた。

サリム同様、パン巡査も眠る暇がないはずなのに、小ざっぱりとした身なりだった。サリムは自分が一気に老けた気がした。三十代になって、母からはしょっちゅう、危険で安月給の警察官と結婚したがる女性などいないと言われていた。さらに、いまは長時間の労働でくたくただ。もしかしたら、そろそろべつの仕事を探すべきなのかもしれない。でも、どんな仕事を？　パン巡査が何も言わないので、サリムは怪訝に思って、書類から顔を上げた。

パン巡査のすぐうしろにアンティ・リーが立っていた。アンティ・リーがまだオフィスに入っていないのは、制服に身を包んだ長身の巡査が戸口に立って、道をふさいでいるからだ。少なくともいまのところは。小柄なアンティ・リーはパン巡査の肩ほどの背丈しかないが、それでも隙あらばオフィスに入ろうと、パン巡査の横から、いや、脇の下からもオフィスを覗きこんでいた。

「サリム上級巡査部長、ちょっと時間をもらえるかしら？」

パン巡査がなだめるように言った。「申し訳ありませんが、ミセス・リー、オフィスの外でお待ちください。サリム上級巡査部長が面会するかどうか、まずはわたしが確かめますから」

「だって、こんなに朝早いのよ。朝ごはんもまだ食べてないんでしょう？　オフィスで食事をしてもいいのよね？　一日たっぷり働くには、まずは力をつけなくちゃ」

サリムはアンティ・リーをオフィスに入れるように、パン巡査に身振りで示した。こんな朝には、おばあさんを喜ばせるぐらいのことをしても罰はあたらない。もちろん、仕事は山積みだが、それはいつものこと。今日にかぎったことではなかった。

アンティ・リーは差しいれの朝食を持ってきていた。パン巡査がおもしろがりながらも困っているような顔で、開いたドアを押さえると、アンティ・リーはもちろん、続いてニーナもオフィスに入ってきた。おばあさんのなりをしたテロリストがいたらどうする？　サリムはふとそんなことを思った。シンガポールの警察官は厳しい訓練を受けているが、慣習として年寄りには敬意を示す。たとえ、かなり風変わりな年寄りだったとしても。サリムは〝よろしい〟と言うように、パン巡査にうなずいてみせた。

「おはようございます、ミセス・リー。今日はどんなご用件ですか？」

「おはよう、上級巡査部長さん。思ったんだけど、わたしたちは協力しあえるんじゃないかしら。とんでもなく悲惨な事件よね。マリアンがかわいそうでたまらないわ。

あの子のことはちっちゃな頃から知ってるんですもの。いま頃、ご両親はどれほど悲しんでるか。それはもう胸が張り裂けそうでしょうね。娘は旅行に行ってるとばかり思ってたんですもの」

そのとおりなのは、サリムもわかっていた。「もうご両親と話をしました。もちろん、どんな情報でも大歓迎ですよ。といっても、直接、会いにこなくても、警察はいつでも情報を受けつけてますけどね」そんなふうに言える自分に、サリムは安堵した。

サリムの向かいには椅子がふたつ置いてあり、アンティ・リーはそのひとつに腰を下ろした。ニーナが差しいれの朝食を広げた。とたんに、ナシレマの香りが広がった。つややかなバナナの葉に包まれた手作りのココナッツ・ライスだ。続けて、ニーナは湯気の上がる包みを開いた。目玉焼きと魚のフライ、キュウリのスライスに煮干し《イカンビリス》とピーナッツのサンバル和え。

「心配しなくていいわ」とアンティ・リーが言った。「みんなのぶんも持ってきてるから。あとで食べられるようにエポエポもいくつかね。わたしのスペシャル・レシピよ。イワシとジャガイモの二種類を作ったわ」

「それは賄賂になりかねませんね」とサリムは冗談めかして言った。

「馬鹿なことを言わないで。あなたのような若い警察官が、国民を守ってくれてるん

ナシレマ

Nasi Lemak
ココナッツミルクで炊いたライスのことで、シンガポールの朝食の定番。揚げた小魚やきゅうり、ピーナツ、辛いサンバル（辛味噌）など、ご飯の上に何品かのおかずが盛られて出される。

ですもの、朝食は感謝の気持ちよ。ね、賄賂なんかじゃないでしょ。それはともかく、きちんと食べなくちゃ。いまから朝食を食べるなら、わたしがここにいても、邪魔にはならないわね。いずれにしても、ラジャ長官と話をつけてあるし――」

「えっ?」サリムはびっくりして、思わず立ちあがりかけた。

「おっと、あぶない、お茶がこぼれるわ。それはマサラ茶よ。新しいレシピで作ってみたの。飲んだら、感想を聞かせてちょうだいね。さて、どこまで話したかしら?

ああ、そうそう、昨日、ピーターズ家で警察の長官、ほら、あの親切なラジャ長官に会ったのよ。それで、今回の件であなたと話をしたと言ったの。かわいそうなマリアンが見つかるまえから話をしてるって」

もしや、警察官としてのキャリアをアンティ・リーに潰されたのだろうか? そんな考えがサリムの頭をちらりとよぎった。

「長官に話しておいたわ。あなたはマリアンのことを心配して、居どころを突き止めようとしたけれど、マリアンの家族に旅行に行っているだけだとはねつけられた、って。チャンスさえあれば、あなたはもっといろいろな情報をつかんでたはずよ。だって、庶民の目線で仕事をしてるから」

「そうですか」サリムはそう応じるしかなかった。長官もアンティ・リーに意表をつ

エポエポ

Epok-Epok

ジャガイモやタマネギなどを包んで揚げたパイのような料理。サモサに似ている。

かれて、とりあえず差し障りのない返事をしてごまかしたのだろう。

「だから、わたしは言ってやったのよ。どうにかしてちょうだいって。そしたら、長官はあなたと話してみると言ったわ。あなたのようすを確かめるって」

「そうですか」サリムはやはりそう答えるしかなかった。ナシレマから立ちのぼる食欲をそそるココナッツの香りは、亡き祖母が作ってくれた料理を思いださせた。すると、このところ、テイクアウトのナシレマしか食べていないことに気づいた。それも、地下鉄《MRT》の駅から警察署までの通り道で売っているものだけだ。その気になれば車も持てるが、仕事でいやというほど車を使う。それに、運輸大臣に倣って、自分も地下鉄を使うべきだと感じていた。そう、将来のために節約しなければ……。

ふとニーナに目をやると、見つめられているのがわかった。頭の中を読まれているような気がして、あわてて目をそらした。そんなはずがないのは、わかっていたけれど。

「それで、話というのは？」サリムはアンティ・リーに尋ねた。

「これを渡そうと思ってね」アンティ・リーはテーブルの上に一冊のファイルを置いた。「マリアン・ピーターズが一緒に旅行に行くと言ってた友だちの連絡先よ。友だちはマリアンから、一緒に旅行に行くことにしてほしいと頼まれたんだそうよ。その友だち全員の連絡先がここに書いてあるわ。どの子もマリアンの家族から訴えられるんじゃないか、嘘をついたせいで逮捕されるんじゃないかと怯えてて、だから、警察官に何か訊かれても口が重いんでしょう。でも、このファイルはあなたの役に立つはずよ。事件に第三者がかかわってるのはまちがいない。マリアンの友だちの話では、ある男性が親切にも別荘を貸してくれるとかなんとか、マリアンがそんなことを言ってたそうよ。さて、わたしはこれからカーラに話を聞きにいかないと。マリアンがほんとうは何をしようとしていたのか、聞きだすつもりなの。あなたはもうカーラから話を聞いたんだったわね？　さあさあ、エポエポを食べてちょうだい。冷めないうちに。今朝作って、キッチンからまっすぐここに持ってきたの。これは長官の大好物。ところで、長官はあなたにずいぶん期待してるわよ」

サリムはおずおずとエポエポと呼ばれる揚げパイをひと口かじった。おいしかった。ラジャ長官の好物というのもうなずける。だが、そんなことを考えていられたのも一瞬で、次の瞬間には、長官のことは頭から消え去って、さっくりした生地に包まれたトウガラシとタマネギとイワシ、それに、ライムらしき味が口いっぱいに広がった。祖母が亡くなってから食べたエポエポの中では、最高に感動的な味だった。そのへんで売っている中華系のエポエポとちがって、うまみのある厚い生地と、スパイスの利いた魚とジャガイモと固ゆで卵の具が渾然一体となって、頭がくらくらするほどおいしさかった。サリムは神聖なものを見るように、アンティ・リーを見ずにはいられなかった。

「それと、セントーサ島のランドマーク・ヴィラはもう見た？」

「はい？」

「この海図で潮の流れをたどってみると……死体はここ」アンティ・リーの赤い爪の短い指が海図を指さした。「ここで発見されたわけだから、たぶんこのあたりから流れてきたんじゃないかしら？　満潮時に海に投げこまれたとしたら、そういうことになるわ」

とっくに気づいていなければならなかったことを、アンティ・リーに指摘されていた。

「そのあたりには、祖父と一緒によく釣りにいきました」とサリムは言った。「だから、気づいていてもよかったはずなんですけどね。たしかに、おっしゃるとおりです。そのとおり。何か手がかりが見つかったら、それこそあなたのおかげです」

「いいのよ、そんなこと」とアンティ・リーは穏やかに言った。「それより、実際に行って、確かめたほうがいいわ」

「いや、でも、それはまだちょっと……」どうすればやんわりと断われるのか、サリムはわからなかった。「つまり、ラジャ長官が……長官とはまだ一度も……いえ、会ったことがあるのはだいぶまえに一度だけで。そう、警察学校の卒業式で一度会っただけで……だから、わたしのことを憶えているわけがないんです。それなのにどうして――」

「わたしと長官は昔からの知りあいなのよ」とアンティ・リーはさらりと言った。「シンガポールにこんなにたくさんの人が住んでなくて、誰もが顔見知りだった時代からね。そう、大昔からよ。いまはもう、同年代の人はあれよあれよとあの世に逝っちゃって、残された者はみんな同志なの。それに、わたしたちは誰が信用できるか、ひと目でわかるのよ。だから、ピーターズ家でたまたま長官と会ったときにも、あなたは優秀で責任感がある若者だと意見が一致したというわけ。そうよ、長官はもちろんあなたを憶えてたわ」

「なんで憶えてたんでしょう?」とサリムは思わず尋ねた。シンガポールで上流階級に属する人が、下の階級の者を気にかけたりするだろうか?「それに、ミセス・リー、なぜ、あなたもこの事件にそこまで肩入れするんですか?」

「なぜって、亡くなった若いお嬢さんはふたりとも、うちの店で食事をしたからよ。

わたしにとって、それは身内になったも同然なの。わたしの料理を食べた人は、お客さまでもあり、家族でもあるのよ。さあ、あなたもナシレマをお食べなさい。まさか嫌いなんじゃないでしょうね？」

サリムは勧められるがままにナシレマを食べた。

アンティ・リーが次に向かったのは、パシール・パンジャン通りのホテル、フランジパニ・インのカーラ・サイトウの狭苦しい部屋だった。そこは普段はまず行かないような場所で、アンティ・リーは物珍しくて、じろじろと眺めずにはいられなかった。

フランジパニ・インの客室は下駄箱に毛が生えたようなものだが、ごてごてと飾りたてたロビーのチェックイン・カウンターだけは、それなりにりっぱだった。いたるところにビニール製の造花が飾ってあり、ふたりの若い女性が並んで、おしゃべり――発音を聞くかぎり、中国から来たばかりらしい――しながら、正面の窓ガラスを拭いていた。

それでも、ニーナの目はごまかせなかった。壁にはあちこち染みが浮いて、アンティ・リーがバッグを置いたカウンターの隅には、埃が溜まっていた。

「時間貸しですか？　それとも日貸し？」とフィリピンのアクセントのフロント係が、書類から目も上げずに訊いてきた。

アンティ・リーは無言で待った。そうして、フロント係がようやく顔を上げると、言った。「ミス・カーラ・サイトウに会いにきたの」

「その人は、えっと……男の人と一緒かな？　それとも、旦那さんを探してるのかな？　そういうことは教えられないんだ。秘密事項なんでね。ホテルの方針で」

「わたしが探してるのはカーラ・サイトウよ」とアンティ・リーは穏やかに言った。「でも、部屋はマリアン・ピーターズという名前で予約してるかもしれないわ」

フロント係は渋りながらもカーラに電話をかけた。そうして、ロビーには行かないというカーラと、カーラに会うまでは梃子《てこ》でも動かないというアンティ・リーの板ばさみになってしかたなく、アンティ・リーに部屋番号を教えたのだ。

「このあたりはおもしろいわね」アンティ・リーはカーラの部屋に入ると、言った。

「そんなに悪くないですよね」とカーラが応じた。「近くに二十四時間営業のプラタ（クレープに似たインドのパン）の店もあるし、中華料理店もコンビニもありますから。隣のブロックにはコインランドリーもあって、すごく便利ですよ。このホテルにはカフェもルームサービスもないですからね。それに、イン・ヤンの店というのが、レンタル・バイクのお店だとようやくわかりました。店主は感じのいい人です。野良猫に餌をあげたりして。こんなに長くここに泊まるとわかってたら、バイクを手に入れて、乗りまわしてたかもしれません。マリアンがここを選んだのは、大学時代にこのあたりによく来てたからなんです。それで、終夜営業のチーズ味のプラタの店があると教えてくれたんです」カーラはふと口をつぐんでから、あらためて言った。「わたしったら、なんで、こんなことを話してるのかしら……。それで、ご用件は？」

アンティ・リーはカーラの心情が痛いほどわかった。現実に起きたことがまだ受けとめられずにいるのだ。それでも、頭の片隅では現実だと認識している。だから、何がどうなろうともうどうでもよくて、これからもずっとそうだ。夫が亡くなってからの数日は、アンティ・リーも生きている意味がわからなかった。そのときに、もし誰も訪ねてこなくて、食事や身のまわりの世話をしてくれる人がいなければ、そのまま死んでいたかもしれない。

「話を聞かせてちょうだい」とアンティ・リーは言った。ニーナに身振りで合図して、小さなコーヒーテーブルの上に、色鮮やかなお弁当箱《ティンカ》を置かせた。中身は熱いスープだった。

ニーナは薄汚れた壁とチーズ味のプラタが頭に浮かんで、顔をしかめた。羊肉や野菜のカレーと一緒に食べるプラタもチーズも好きだが、クレメンティ通りの一角にある二十四時間営業の売店で作られるチーズ味のプラタを想像するだけでむかむかした。そういうものは食べたことがなかったけれど、西洋のチーズとインドのプラタという異質なものを組みあわせるのは、邪道としか思えなかった。

カーラはろくにシャワーも浴びず、眠ってもいないにちがいない。それでいて、前回会ったときとちがって、目のまわりにくまはなく、少し若返ったように見えた。むしろ美人と言ってもいいぐらいだった。

「何も話したくありません」とカーラがきっぱりと言った。そうして、立ちあがると、アンティ・リーとニーナに歩みよった。「あなたたちにはなんの用もないわ」

そこではじめて、ニーナはカーラがかなりの長身だと気づいた。思わず一歩うしろに下がって、アンティ・リーも下がらせようと腕を引っぱった。けれど、アンティ・リーは腕を振りはらうと、ニーナをかばうように、その場から一歩も動かなかった。

「今回のことをあなたは楽しんでるんでしょう、そうでしょう?」カーラの声は低くかすれていた。涙がこみ上げて、喉が詰まっているのだ。「あなたなんて、ただのおせっかいなおばあさんで、暇つぶしにああだこうだと首を突っこんでるんだわ。いますぐにここから出ていって。さもないと、あなたが作ったろくでもないスープを顔にぶちまけるわよ」

10
カーラ・サイトウとマリアン・ピーターズ

「そうしなさい」とアンティ・リーは言うと、まばたきしてカーラを見た。ニーナに腕をぐいぐい引っぱられていることにも、気づいていないかのようだった。「わたしにスープを引っかけて気が晴れるなら、どうぞおやりなさい。でも、そんなことをするより、食べたほうがはるかにあなたのためになるわ」

カーラはさっと手を動かして、熱いスープをアンティ・リーにひっかけるふりをした。ニーナは顔をしかめた。アンティ・リーは落ち着き払ってカーラを見つめていた。カーラがふいに顔を歪ませて、苦しげな表情を浮かべたかと思うと、その場にへたりこんだ。あとでニーナはそのときのことを思いだして、まるでカーラの体の骨が一瞬にして溶けてしまったかのようだったと思った。

アンティ・リーはすぐさましゃがみこむと、身を震わせて泣いているカーラをそっと抱いて、「わかるわ。そうよ、わたしにもよくわかる」となぐさめた。こらえきれなくなったカーラが声をあげて泣きだした。それまでは気が張っていたせいで、感情が抑えこまれていたが、緊張がゆるむと同時に、悲しげなくぐもった泣き声が口からあふれ出したのだった。

ニーナは自分も震えているのに気づいて、部屋にひとつしかない椅子に静かに腰を下ろした。アンティ・リーも泣いているカーラも、ニーナが座ったことに気づかなかった。

「ローラもマリアンもわたしの料理を食べにきたのよ」とアンティ・リーは言った。「わたしはね、自分が作った料理を食べてくれた人たちに責任を感じるの。わたしの料理がその人たちの中に入って、体や命の一部になる。そうすると、わたしもその人たちの人生の一部になるのよ。ある意味で、わたしはその人たちを愛するようになる。マリアンのことは小さな頃からよく知ってるわ。それに、わたしも人生の中心にいた人を失ったことがある。だから、いまのあなたの気持ちがよくわかるのよ。

それでなくても、あなたはお腹がすいてる。そんなことはわたしには関係ない、ほっといて、とあなたは言うんでしょうね。でも、誰だろうとお腹をすかせてる人をほってはおけないわ」

アンティ・リーに慰められて、カーラは少し気が静まって、スープを口にした。おいしかった。干しシイタケで出汁を取った味噌味のスープ。具は向こうが透けて見えるほど薄切りのニンジン、ミニトマト、ベビーコーン、ゴーヤ。細かく切った平たいビーフン《クイティオ》も入っている。スープを吸ったビーフンは、噛まずに飲みこめるほどやわらかかった。

アンティ・リーの言うとおりだ、とカーラは思った。空腹という切羽詰まった問題が解決すると、ほかの問題に取りかかる気力が湧いてきた。

「ありがとう」スープを食べる姿を心配そうに見つめているアンティ・リーに向かって、カーラは言った。「わたしにはこのスープが必要だったみたい。それで、わたしは何をすればいいんですか？」

「マリアンについて聞かせてちょうだい。あなたがいままで黙っていたことや、マリアンの両親がまだ知らないことを、話してちょうだい」

カーラは警察で事情聴取を受けたが、逮捕もされなければ、起訴もされなかった。とはいえ、とうぶんのあいだシンガポールを離れないように言われた。具体的な期限は言われなかったけれど、〝とうぶんのあいだ〟はいまもまだ続いているはずだった。

警察にそう指示されて、カーラはかえって気持ちが落ち着いたのかもしれないとニーナは思った。もし自分がカーラだったら、すっかり取り乱しているはずだ。といっても、もちろん、自分がカーラのような立場に立たされることは絶対にない。アンティ・リーは見たところ、すべてを把握しているようで、カーラが話しはじめるのを静かに待っていた。

「どっちにしたって、わたしには行くところがありませんから」

以前、アンティ・リーの質問に答えたときと同じで、カーラの口調は淡々としていた。たったいま口にしたことばは、素直にシンガポールに留まることにした理由でもあると同時に、最初は抵抗したのに、結局、アンティ・リーと話をすることにした理由でもあるのだろう。

「以前、マリアンは言ってたんです。ワシントンに来たのはほんとうは自殺をするためだって」

そう言うとカーラはアンティ・リーをまっすぐ見つめて、反応を確かめた。

アンティ・リーは目を大きく見開いて、いかにも驚いた顔をした。

「なぜ、自殺しようだなんて考えたの？」

「家族を、いいえ、両親を困らせたくなかったからです。マリアンは親の期待どおりに生きられないと、苦しんでました。親が願うような娘になれないと、悩んでいたんです。もしもアメリカでマリアンが死んだら、両親は娘はうつ病になって死んだと考えるかもしれない。いえ、もしかしたら、事故か何かで命を落としたと思うかもしれない。いずれにしても、娘が死んだのは自分たちのせいだと思いつめることはない――マリアンはそう考えたんです。でも、わたしは自殺を思いとどまらせました。マリアンと出会って、救わなくてはと思ったんです。わたしたちが出会ったのは運命だと感じたんです」

カーラはいったん口をつぐんで、それからまた話しはじめた。「マリアンがワシントンに行ったほんとうの理由は、そういうことでした。シンガポールで自殺をしなかったのは、家族のためです。なんだかんだ言っても、マリアンは家族思いだったんです」

「それを警察に話さなかったの?」

「事件には関係ないと思ってましたから」

「どこで自殺をしようと、両親が悲しむことに変わりはないわ」とアンティ・リーは静かに言った。

「それでも、遠い外国なら、親は娘が自殺した場所を見たり、近くを通りかかったりすることもないから、辛さも和らぎます。それに、外国で死ねば、事故か何かで命を落としたと、無理やりにでも思いこめるかもしれない。マリアンはそんなことも言ってました」

マリアンはどんな理由にせよ自殺を望んでいたが、家族を悲しませたくなかったのだ。

マリアンの死を知って激しいショックを受けているはずなのに、カーラは店に来たときよりも、落ち着いているようだった。最悪の事態が起きたのが明らかになって、不安だらけの宙ぶらりんの状態から解放されたからだろう。といっても、アンティ・リーは自分の経験と重ねあわせて、カーラがマリアンの死を現実のものとはまだ思えずにいるとわかっていた。カーラの場合は死を現実として受け止めるまでに、普通より長い時間がかかるはず。なぜなら、マリアンと親しかったとはいえ、離れていた時間のほうが長かったからだ。頭ではマリアンは死んだとわかっていても、心は連絡を待ちつづける。インターネット電話の着信音がいつ鳴るかと、つねに身構えながら暮らすことになる。それはときに、地獄を垣間見るほどの苦しみだ。

「事情を伝えておかなければならない相手は？」とアンティ・リーは尋ねた。「あなたがどこにいるのかと、アメリカで心配している人がいるんじゃない？」

「そんな人はいません。仕事を辞めて、アパートも引き払いました。アメリカでの生活にはかたをつけてきました。もう戻らないかもしれないと思ったからです。ええ、いずれはそうするつもりでした。いまだって、帰りの飛行機のチケットは持ってません」

アンティ・リーは保温用の水筒からカーラのカップにお茶を注いだ。持ってきたのは菊花茶で、神経を鎮める作用があると言われていた。カーラは静かにゆっくりと話していたが、それでも視線はテーブルから部屋のあちらこちらへとせわしなく動いていた。それこそが、見た目とは裏腹に、激しく緊張している証拠だった。いまのところは深い悲しみと疲労のせいで、緊張を感じる暇もないのだろうが、アンティ・リーとしては、さらに緊張させるようなことはしたくなかった。

「ワシントンでマリアンと知りあったのはわかったわ。でも、以前話したときには、マリアンの両親をトラブルに巻きこみたくないから、何も話せないと言ってたわね？」

カーラはアンティ・リーを見た。「マリアンはあなたのお店によく行ってたんですよね？　あのカフェが気に入ってるとマリアンは言ってました。第二のわが家のようだって。それに、あなたのことも好きでした」

「そうなの？　嬉しいわ。そう、たぶん、好いてくれてたんでしょうね。そうでなければゝ店に来なかったでしょうからね」アンティ・リーは微笑んだ。「マリアンはやりたくないことはしない子だったわ」カーラが質問を無視しているのではなく、何から話そうか考えているのは、アンティ・リーにもわかった。

カーラは小さく首を振ったものの、アンティ・リーのことばに賛同しているのはまちがいなかった。「あなたはマリアンの家族をご存じなんですよね？　マリアンのことも、小さい頃から知ってるんですよね？」

「さあ、小さい頃と言えるかどうか。わたしがM・L・リーと結婚したとき、マリアンとマイクロフトは十代だったわ。たしか、マリアンは十一歳か十二歳、それぐらいだったはずよ。マリアンの両親はわたしの夫と前の奥さんの友だちだったの。マークならマリアンのことをよく憶えてるはずよ。夫の連れ子のマーク。カフェに飛びこんできた夜に、あなたも会ってるわ、憶えてる？」

カーラは憶えていたけれど、それについては何も言わず、話題を変えた。

「マリアンに家族のことなんて忘れてしまえばいいと言いたかったんです。両親には娘は死んだと思わせておけばいいって。そうして、一緒にワシントンで暮らそうって」

「何もかもご両親のせいなの？」

「マリアンが死んだのは両親のせいか、という意味ですか？　まさか、そんなわけがありません。マリアンは自殺したんじゃないんですから。なぜ、あなたはそんなふうに思うんですか？　マリアンがどんな状態で発見されたか、新聞を読まなかったんですか？　ビニール袋に入れられてたんですよ」

アンティ・リーはあわてて両手を振った。「いえいえ、そうじゃないの。わたしが言いたいのはそういうことじゃない。ごめんなさいね、わたしみたいなおばあちゃんは、ときどき筋の通った話ができなくなるのよ。わたしが訊きたかったのは、ワシントンであなたがマリアンと会ったときに、マリアンが感じていたことは、ご両親のせいなのか、ってことよ」

「いいえ。でも、もしかしたら、そうなのかも。家庭環境とかそういうものを作ったのは、親ですからね。マリアンは両親のせいじゃないと言ってました。アジアに住む昔ながらのインド系の親は、ある意味で過保護なんだと言ってました。とくに娘に対しては」

アンティ・リーとしては、世界のどこでも昔ながらの親は、娘を過保護なほど大切にすると言いたかった。

「ワシントンでマリアンを説得して、自殺を思いとどまらせました。死ぬぐらいなら、逃げればいいと言ったんです。姿を消して、一からやり直せる、って。それって、家族にとってはマリアンが自殺するのと同じぐらい辛いことかもしれないけれど、マリアンにとっては死ぬよりはずっとましです。マリアンは新たなスタートを切れて、いずれは家族の機嫌も直るかもしれない。まえに会ったときに、あなたにこの話をしなかったのは、もしかしたらマリアンがパニックを起こして、家族から逃れようと姿を消したのかもしれないと思ったからです。死ぬよりは、せめてそうであってほしいと願ったんです。マリアンにとって、家族は何よりも大きな影響力を持ってるんです。だから、わたしはマリアンの家族や、家族の知りあい、たとえばローラ・クィーやあなたと話して、マリアンが姿を消すまえにピーターズ家で何があったのか知りたかったんです」

「ローラ・クィーと話したかったの？」

「そうです、そのためにローラ・クィーを探してました。マリアンが言ってたんです、セントーサ島のコテージを使わせてくれる人がいる、って。その人は男性で、友だちと一緒に泊まるつもりでコテージを二週間予約したのに、友だちが行けなくなって、旅行を中止したんだそうです。その男性はマリアンがレズビアンだと知ってました。ローラがマリアンはレズビアンだと気づいて、つい口を滑らして、その男性に話したからです。その件で、マリアンはローラに激怒したんです。だから、今回、ローラは謝罪のために、コテージを使えるように橋渡しをしたんです。その男性はマリアンに、コテージを見てから決めればいいと言ったらしいんですけど、マリアンは即座にその話に飛びつきました。このホテルよりひどいわけがないから、と」カーラは部屋の中を示すように片手を振った。「それに、ただで借りられて、ここよりはるかに広いですしね。なにしろ、コテージがあるのはセントーサ島です。知りあいに姿を見られて両親に告げ口されやしないかとひやひやして、一日じゅう部屋にこもってなくても済みます。でも、そういう話をしたのを最後に、マリアンと連絡が取れなくなってしまって。マリアンがさきに手配してくれていたこのホテルの予約はそのままだったから、ここで連絡を待つことにしたんです」

「セントーサ島のコテージを貸してくれるのは男性だとマリアンが言ったのね？　名前は言っていなかった？」

「はっきりと男性だとは言ってなかったような。でも、口調からなんとなく男性のような気がしました。いえ、そう、やっぱり男性だわ。ローラは内心ではコテージの件をマリアンが断わるのを望んでる、なんて話も聞かされましたから。そうすれば、ローラがその人とふたりきりでセントーサ島に行けるかもしれないから、って。でも、マリアンはローラに腹を立てていて、そのせいで意固地になって、コテージの話に乗ったんです。それに、マリアンに言わせると、わたしは人を疑ってかかりすぎるんだそうです」

「疑ってかかる？　あなたは疑ってたの？」

カーラは赤い目をこすった。化粧が落ちると、目の下の痣《あざ》のように濃いくまがあらわになった。「とくにその人だけを疑ってたわけじゃないんです。でも、もっと疑ってかかるべきでした、そうですよね？　マリアンにはもう少し慎重になったほうがいいって、いつも注意してたんです。マリアンはもてるタイプなんだから、って。でも、本人はそんなことはないと言うだけで。今回、こんな残酷な殺人鬼が現われるとわかっていたら、わたしはいつも以上に警戒したはずです。それなのに何もせずに、無防備なマリアンを獣に差しだしてしまったなんて」

「なんでもかんでも自分が背負いこめばいいわけじゃないわ」とアンティ・リーは言った。

カーラはびっくりした顔をした。「どういうことですか？」

「今回の件はあなたの責任じゃない。強いて言うなら、その男性と一緒にマリアンをセントーサ島に行かせた人の責任かもしれない。でも、いま、考えなくちゃならないのは、その男性についてよ。このさき一生、もっと疑り深くなるべきだったと悩みつづけるのはあなたの勝手だけれど、そんなことをしたって、マリアンを殺した犯人は見つからない、そうでしょ?」

「本気で犯人を見つける気なんですか?」

アンティ・リーはカーラを見つめた。このときばかりは、カーラの顔に冷笑や世をすねたような表情は浮かんでいなかった。いま、そこにいるのは希望にしがみつこうとする孤独な女性だった。カーラがしがみつこうとしている希望をなんとしてもかなえてやらなければ、とアンティ・リーは思った。とはいえ、悪人とむやみに約束などしないように、常日頃から心がけていた。果たして、目のまえにいる緊張したこの若い女性は、少しでも邪《よこしま》な心を持っているのだろうか?

「かならず見つけられるとは言えないわ」とアンティ・リーは正直に言った。「あなたはまだ若いし、強い。この事件を過去のものにして、新たな人生を歩みだすことだってできる。でも、わたしのような年寄りは、真実を突き止めようとしなくちゃ、生きていけないものなのよ」

カーラの心の片隅に邪悪なものがあるのかどうかはともかく、アンティ・リーのそのことばがカーラの胸に響いた。

「わたしも真実を知りたいです」

「ならば、コテージを使わせてくれると言った人物について、マリアンから聞いたことを洗いざらい話してちょうだい。それに、この数カ月のあいだに、マリアンが言ってたこともすべて。憶えてることは全部よ。どんな些細なことでもかまわないわ」

料理は相反する味――たとえば、食べても気づかないようなほんの少量の調味料――をくわえることで、いつもの一品が信じられないほどすばらしいものになる。人生も同じだった。

カーラは携帯電話を取りだして、いくつかキーを押すと、差しだした。アンティ・リーは画面に表示されたメールを読もうともせずに手を振った。

「読んでちょうだい。わたしが老眼鏡を見つける頃には、何を読もうとしてたか忘れてしまうでしょうから」

「〝詳しいことはまだわからないけど、ふたりで過ごすには最高の場所よ！〟とマリアンは書いてきました。このメールを受けとってすぐに、マリアンに電話したんです。でも、いまはまだ話せないと言われて。誰かと一緒だったみたいです。あとでかけ直すと言われたけど、電話はありませんでした」

「そういうことを、どうして警察で話さなかったの？」

「疑われると思ったからです。シンガポールに来た理由を何度も訊かれました。マリアンに会うために飛んできたと言ってるのに、誰も信じてくれなかった。わたしとマリアンのことを話したら、警察は何もかもわたしのせいにして、真犯人を探すのをやめてしまうんじゃないか、そんな気がしたんです」

アンティ・リーはそうだろうかと考えた。「いいえ、警察はきちんと捜査するわ」

「なんで、わかるんですか？」

「ここはシンガポールだからよ。この国での殺人事件の大半は、家庭内のいざこざか酒場の喧嘩が原因。そう、警察はまずあなたを疑うでしょうね。だって、マリアンと親密な関係だったから。でも、あなたが無実だとはっきりしたら、新たな容疑者を探すわ。この国ではそういうことになってるの。杓子定規だけど、一歩ずつ着実に捜査するのよ」

そして、当然のことながら、ときに警察は、社会問題に関心が高い国民の協力を得る。そう思ったけれど、口には出さなかった。この国では、学校でも一般人が生徒に個別指導して、大切な試験に合格するように手助けする。そういうシステムができあがっているのだ。

「わたしがお葬式に出たら、マリアンの家族はいやがるでしょうか？」とカーラが訊いてきた。

さあ、どうだろう？　わからなかった。葬儀をするのかどうかさえわからない。殺人事件の被害者を葬る正しい方法とはどんなものなのか、見当もつかなかった。

「マリアンの両親と話してみるわ。でも、あなたがお葬式に出てはならない理由はひとつもない。一緒に行きましょう」

「家族のことで、マリアンとわたしは口喧嘩になったんです。シンガポールに来るまえに。だから、やっぱり……」

「もしかしたら、マリアンの気持ちも変わってたかもしれないわ」

カーラがうなずいた。「いま思えば、くだらないことで喧嘩をしてしまいました。マリアンは完璧を求めすぎると、わたしは思ったんです。結婚の自由とか、完全菜食主義とか、廃棄物の再利用とかそういったことに対して。そういうことは、わたしにとってはごく普通のことです。でも、マリアンにとって女性同士の恋愛は斬新で衝撃的で、そういう関係は長く続かないかもしれないと不安を抱えてました。わたしはふたりで一緒にいてリラックスできるような関係にしたかったんです。でも、結局、マリアンは変われなかった、そうですよね？」

「あなたは新しい世界の扉を開けたのよ」アンティ・リーは言った。「それで、何もかもが変わったわ」

「それはちがいます」とカーラは苦々しげに言った。「少なくともマリアンにとっては何も変わりませんでした」

11

食事会計画

「アンティ・リー、あれはまちがいですよね」

「ニーナ、なんの話？」

「カーラはマリアンと愛しあってたと言ってましたよね。夫婦のように……。でも、そんなのはまちがいです。そうでしょう？」

泥水の中に棒を突っこんでかき混ぜれば、思いもよらないものが出てくることもある――それが人間が抱える問題のひとつだ、とアンティ・リーは思った。もちろん、中には棒を手に取ることすらせずに、静かな水面をおとなしく眺めているのがいちばんだと考える者もいる。たいていは、アンティ・リーもその意見に賛成だ。疑わしいことは大鍋の底に沈めて、そっとしておくほうがいい。といっても、どれほど上等な大鍋でも、ときどきは隅々まで磨きあげなければならない。それを考えれば、人生のコツは、どんなときにそっとしておいて、どんなときにごしごし磨きあげるかをわきまえることなのだ。

「ニーナ、いったいどうしたの？　カーラとマリアンはまちがったことはしてないわ」とアンティ・リーは言った。

「でも、みんながあのふたりにみたいに考えるようになったら、この世に赤ん坊は産まれなくなりますよ。そうしたら、どうするんです？」

「わたしだって子供を産んでないわ。となると、わたしもまちがってるの？」

それはニーナの質問の答えとしてはずれていた。いずれにしても、この問題はニーナの人生哲学とも言える信念に深く結びついていて、あっさりやり過ごすわけにはいかなかった。

「アンティ・リー、それは話がちがいます。あなたはきちんと結婚したんですから。もし神さまにそのご意志があれば、赤ちゃんを授けたはずです。でも、カーラやマリアンのような人は、結婚さえできません。やっぱりまちがってるんです」

カーラ・サイトウとマリアン・ピーターズは、できることなら結婚していたはずだ、とアンティ・リーは思った。しかも幸せな結婚を。世の中はつねに変化している。マリアンにとっては、世の中の変化が遅すぎたのだ。とはいえ、ニーナの頭の中にあるのは、そういう問題ではなかった。いずれにしても、マリアンとカーラの関係は、ニーナがとやかく言うようなことではなく、ニーナの信念もまた、アンティ・リーがとやかく言うようなことではなかった。ニーナのような意見なら、いままでにも聞いたことがある。それはニーナではなく誰かべつの人が、カーラとマリアンではない誰かべつの人に向けて言ったことばだ。〝尊敬すべき貧しい者の頑なな良識〟は何にでもあてはまる。

「しばらく店を閉めることにするわ。少なくとも一週間ぐらい。メールアドレスがわかるお客さん全員にメールを出しといてちょうだい。それと、これまで注文を受けたお客さんにも電話をかけてね。〝申し訳ありませんが、店を……そうね、二週間ほどお休みします〟って」

「アンティ・リー、そんなのだめですよ」ニーナの頭の中にあったレズビアンに関する哲学的な見解は吹き飛んで、現実的な大問題で埋めつくされた。「店を閉めるなんてだめです。そんなことをしたら、何を言われるかわかってるんですか？　体調が悪いなら、わたしが料理を作ります。ええ、もちろん、身のまわりのお世話もきちんとしますよ。だから、店は絶対に閉めないでください」

〈アンティ・リーズ・ディライト〉が開店した当初から店を手伝っているニーナは、商売というものがあっというまにすたれてしまうのを知っていた。だから、アンティ・リーが言いだしたのが、どれほどとんでもないことか、よくわかっていた。

「大げさね。店を何日か閉めたって、誰も飢え死にしやしないわ。それに、わたしたちはこれからものすごく忙しくなるの。まずは、ピーターズ一家のために、ヤムイモの大きな羊羹《ようかん》をふたつ作らなくちゃ。いまあの家の人は、食欲なんてないだろうけど、それでも何かしら食べなくちゃならないし、これから弔問客だって来るわ。マリアンのお通夜とお葬式の日取りも教えてもらって、葬儀で出す料理はすべて、わたしたちが作りましょう。いまは食べものどころじゃないとしても、それでもやっぱり人は食べなくてはならないんだから」

アンティ・リーはさらに言った。「それから、〈ワインと料理の会〉の参加者に連絡して、当分のあいだシンガポールを離れられないだろうから、店に食事をしにくるように言ってちょうだい。毎日、午前十一時から午後三時までを食事の時間にしましょう。それなら、遅い朝食や昼食になるわ。希望があれば、午後のおやつも用意して、夕食用に持ち帰れる料理も作ったほうがいいわね」

「どうして、そこまでするんですか?」ニーナは反論しながらも、さっそくiPadを手に、メールを打ちはじめた。「悲しい出来事ですけど、わたしたちには関係のないことなんですよ。マリアンさんのご両親の手助けをするだけで充分じゃないですか? ご両親のためにカレーを作りましょう。作っておけば、お腹がすいたときにいつでも、ライスやパンやナンと一緒に食べられますから」

アンティ・リーはカレーを作るというアイディアにはうなずいたものの、それ以外のことには反論した。

「いいえ、わたしたちにだって大いに関係あるわ。マリアンとローラは〈ワインと料理の会〉に出るまでは、見ず知らずの他人同士だった。それに、ローラの携帯電話は、店のすぐ外に捨てられてたのよ。会の参加者が事件に関係してようがしてなかろうが、もうわたしたちは事件とかかわってしまったの。それに、食事もしなくちゃならないわ」

マリアンの両親はアンティ・リーの申し出と、カレーをありがたく受け入れた。マイクロフト・ピーターズが〝心から感謝している〟という母のことばを伝えにやってきた。

「それと、うちには皿やグラスなんかの食器はたっぷりあると、母は言ってました。でも、できれば手伝いの人がほしいそうです。実は、メイドがいなくなってしまって」

「コマルが?」ここ数年、ピーターズ家で働いている小柄で色黒の若いメイドなら、アンティ・リーも憶えていた。「警察には連絡したの?」

「いえ、まだです。妹のことを知らされた日に、メイドはふらりといなくなったので。マリアンの件で警察が来ると知って怯えたのか、迷信か何かで恐ろしくなったのか、まあ、そんな理由でいなくなったんだろうと、父は言ってます。いずれにしても、こんなときにメイドのことで騒ぐ気にはなれない。何日かしたら帰ってくるだろう、と。それまでは、家のことは家族でなんとかしますよ。チェリルも母を手伝って、家事をこなしてますからね」

「わたしたちにも何かできないかしら? そうだ、ニーナを手伝いにいかせましょう。いま、ニーナが世話をしてるのは、おばあさんひとりだけですからね」

「ありがとうございます。母に伝えます。では、そろそろ失礼。警官が来ていて、マリアンの部屋を調べてるんです。マリアンが家族に内緒で誰かに会っていたと、警察は考えているようで。わたしたちはそんなはずはないと言ったんですけどね。それでも、警察は通常の手順で調べるつもりのようです。母がわたしに伝言を頼んで外出させたのは、家にいたら、警察に立てついて、逮捕されかねないと考えたからでしょう」

アンティ・リーは懐かしそうな顔をした。「あなたは短気だものね。子供の頃からそうだったわ」

「母は昔もいまも何も変わっていないと思ってるようです」

「で、あなたは？」

マイクロフトは一呼吸おいてから、言った。「チェリルからいろいろと影響を受けてると思いますよ」それはアンティ・リーが想像もしていなかった返事だった。「わたしがいきなりかっとなっても、チェリルにはどうしてなのかわからないようで、どういうことなのかいちいち説明させられるんです。それはもう事細かに。なぜ怒っているのか、チェリルが理解できるまで何度でも。そうすると、自分でも怒りの原因が理解できて、自然と腹の虫がおさまります」

アンティ・リーはにっこり笑った。チェリル・リム－ピーターズは見た目よりはるかに賢いのだ。

マイクロフトが帰ると、アンティ・リーはニーナに言った。

「ピーターズ家のメイドを見つけられないものかしら？」

「メイドにも何かあったと思ってるんですか？」

「わからない。でも、無事でいるのか確かめたいの。こんなに次から次へと人がいなくなってるんだもの」

「ピーターズ家のご主人さまがおっしゃってるように、警察が怖くて逃げだしただけじゃないですか？　メイドの故郷の国の警察は、シンガポールの警察とは大ちがいだったりしますからね」

それはアンティ・リーもよく知っていた。残念ながら、シンガポールの警察官はハイビジョンで放送されるアメリカの犯罪捜査官とは、雲泥の差だ。超人的な力も、第六感も持たない普通の人間で、疲れて、ミスを犯す。それを思えば、今回の事件の関係者全員にとって、アンティ・リーがやる気になったのはいいことだった。知りたがり《ケーポー》として長年生きてきたせいで、調査能力はずば抜けている。さらに、ほんものの負けず嫌い《キアスー》だから、少々疲れたぐらいではあきらめない。それがアンティ・リーだった。

昨日のうちに今回の件から手を引くべきだった、とラジャ長官は思った。ラジャと妻は、レジナルド・ピーターズ教授と妻のアンとは古くからの友人だった。子供が同じ学校に通っていたから、マリアンのこともよく知っていた。よちよち歩きの赤ん坊のときから勝気で、ローラーブレイドが得意なおてんば娘。少しふっくらして、やや斜に構えてはいるが、美しい娘に成長したことも何もかも。ラジャにとってマリアンはまだ子供で、熱中する何か、あるいは、誰かを見つければ、陰にこもった部分もなくなるだろうと思っていた。それなのに、そういう変化のときを迎えるほど、マリアンは長生きできなかった。

さらに、今回ばかりは、何をどんなふうに言ったところで、娘を失った親をなぐさめようがない。たとえ、極悪非道な殺人犯を逮捕して、裁判にかけようが、復讐しようが、マリアンは生きかえらないのだ。それでも、ラジャはマリアンの死を伝えるために、ピーターズ家に出向いた。自分にできることと言えば、それぐらいだった。

妻に先立たれてからは会う機会が減っていて、久しぶりに会ったピーターズ夫妻が、見るからに老けていることに、ラジャはショックを受けた。ピーターズ家を訪ねると、シンガポール国立大学医学部の学長であり、心臓、胸部、血管外科のシニアコンサルタントを務めるレジナルド・ピーターズ教授に玄関で出迎えられた。レジナルドは二カ月ほどまえに会ったときより、ゆうに二十は歳を取って見えた。やつれて、当主としての役目を果たそうと感情を抑え、つねに気を張っているせいで、一気に老けこんでしまったのだろう。どこからどう見ても老人だった。猫背で、弱々しく、まるで誰かにこてんぱんに叩きのめされたかのように、生気が失せて、立っているのもやっとのようだった。奥さんはどうしているのだろう？　とラジャは思った。悪い知らせをやんわりと伝えるつもりでいたが、旧友をひと目見ただけで、そんなのは時間の無駄でしかないと気づいた。レジナルド・ピーターズはこれから何を聞かされるのか、もうわかっていた。

「やめてくれ……」とレジナルドが弱々しい声で言った。

「残念だ」とラジャは言った。

レジナルドは子供のように泣きだした。その場に突っ立ったまま、声をあげて泣いた。「やめてくれ……まさか……そんな……」涙をぬぐいもせずに、ゆるんだ口から悲しげな声を漏らした。

「ほかにわたしたちに知らせることは？」とアン・ピーターズが訊いてきた。

ラジャは一瞬、質問の意味がわからなかった。最新の捜査状況を尋ねているのだろうか？

アンは若い頃から美しく、歳を重ねるにつれて、さらに美しさに磨きがかかった。マリアンが行方不明になったショックとストレスで、不安そうでか弱く見えたが、それでも取り乱すことはなく、家の中を取りしきっていた。普段のラジャは大柄な女性が好みだった。亡くなった妻がまさにそうだった。体も大きければ、心も大きく、口も大きく、愛情深くて、よく笑った。そんな妻がこの世を去って何年も経つが、ラジャはいまだに女性に会うたびに妻と比べて、何かが欠けていると感じるのだった。けれど、いま、アン・ピーターズに対して、妻とは異なるインド系の女性ならではの美を感じた。高い頬骨、愁いを帯びた大きな目、細くしなやかな体にみなぎる力。そして、開いたばかりの花の香り。なんの匂いだろう？　香水？　それとも石鹸？　アンが化粧をしているとしても、それはかなり控えめで、誰にも気づかれないぐらいの薄化粧だった。ラジャがこれまで会った中で、もっとも美しい女性と言ってもよかった。そして、いまこの瞬間、アンはラジャを一心に見つめていた。これからラジャの口から出ることばに、最後の望みをかけるかのように。

「娘は最後まで苦しんだの？」アンが冷ややかに尋ねた。

そこまで捜査は進んでいなかった。けれど、たとえマリアンが地獄の苦しみを味わったとしても、それはもう終わったこと。家族の苦しみははじまったばかりだ。

「いいえ」アンと同じぐらいそうであってほしいと願いながら、ラジャは嘘をついた。

アン・ピーターズはうなずいたものの、いま聞かされた答えを信じているようには見えなかった。それに、ラジャはアンが夫に聞かせたがっている返事を、自分が口にしたことにも気づいていた。アンが尋ねたのは、夫のためだったのだ。

ここへ来るまえに、まえもってピーターズ家に電話をかけた。そのとき、レジナルドから「マリアンのことか?」と訊かれたのだ。それには答えず、三十分以内に行くと言って、電話を切った。もったいぶって気をもませるつもりはなかったが、マリアンの死を伝えるだけでなく、いくつか夫妻に尋ねたいことがあったのだ。とりわけ、マリアンが姿を消してから死体が見つかるまで二週間もあったのに、なぜ、行方不明だと警察に届けなかったのか訊きたかった。長いこと娘と連絡が取れずにいたのに、まずいことが起きたとは思わなかったのだろうか?

「友だちと会うまえに、何者かに襲われたんだ」とレジナルドが言った。「そうにちがいない。だから、マリアンは友だちと合流できなかった。なんで、きみはここでぐずぐずしてるんだ? マリアンの友だちのところへ行って、どこで待ちあわせたのか、マリアンが姿を現わさなかったのに、なぜ、連絡を寄こさなかったのか尋ねたほうが、よっぽど役に立つ」

「マリアンが出かけるまえに、軽い口論になったんです」とアンが言った。悲しみに暮れているにしては冷静で、丁寧な口調だった。「連絡を寄こさないのは、わたししたちへのあてつけだと思いました。だから、好きなようにさせておけば、そのうち喧嘩のことを忘れるだろうと思ったんです」

そのとき、荷物を満載したアルミ製のショッピングカートを転がして、家に入ってくる者がいた。アンティ・リーのメイドだと、ラジャは気づいた。顔を見ただけでは気づかなくても、〈アンティ・リーズ・ディライト〉のTシャツですぐにわかった。カートに入っている大きな弁当箱《ティンカ》と、いくつものビニール袋には、ピーターズ一家がとうぶん食べるに困らないだけの食料が入っているにちがいない。こんなときに食欲が湧くとは思ってもいなかったが、漂ってきた鶏肉のクミン炒めの匂いに、昼ごはんを食べそこなったのを思いだした。

「ロージーのことはご存じよね？」とアンが訊いてきた。「M・L・リーの奥さんよ。近所に住んでいて、ずいぶん助けてもらっているの」

「ええ、もちろん知ってます、アンティ・リーのことなら……」〝アンティ〟と呼ぶのは、歳上の女性を敬っているというより、ミセス・リーの仕事をよく知っている証拠だった。実際、ラジャとアンティ・リーの歳はほとんど変わらない。ラジャの父親はM・L・リーと友だちで、M・L・リーがずいぶん年下の女性との結婚を決めた際に、心配した友人のひとりでもあった。けれど、その後、M・L・リーは女を見る目があると、父親も認めたのだった。「わたしも何度か助けられましたからね。アンティ・リーがいまでも料理をしているのを、父に伝えておきますよ」
ラジャはかつての事件を思いだした。統合型リゾート・カジノが合法化されたとき
に、ナイジェリア人のギャング団が数人の中国人の若い女性を囮《おとり》に使って、詐欺を働
こうとした事件だ。アンティ・リーは詐欺に加担している女性をひと目で言い当てた。
食事のしかたからわかったらしい。問題の女性たちは高級ホテルに泊まり慣れている
ふりをしていたが、ビュッフェの料理をどんな大食いでも食べきれないほど大量に皿
に盛ったのだ。それに気づいたアンティ・リーが夫に話し、そこから、当時、カジノ
規制局の局長だったラジャに伝わったのだった。
「アンティ・リーのおかげでわたしは面目を保てて、カジノは金を騙し取られずに済
んだんですよ」とラジャは言った。
アンは微笑んだ。「おかしなものね、そうじゃありません？　長年の友人がいて、
その友人同士が顔見知りなのに気づきもしないなんて。食事を一緒にどうですか？」
それから、さらに声をひそめて言った。「お願い、食べていってください。ゆうべから、
レジナルドは何も口にしていなくて。あなたが一緒に食事をするとなれば、夫もテー
ブルについて、何かしら食べるでしょうから」

ラジャはレジナルドをちらりと見た。こういう状況では、旧友の善意も慰めどころか重荷になりかない。けれど、アンは真剣そのもので、いまのレジナルドは周囲で何が起きているのか気づいてもいないようだった。

「必要なだけニーナにこの家の手伝いをさせる、とロージーは言ってくれたんです。ええ、ニーナからそう聞きました」とアンが言った。「わたしは大丈夫だと断わるつもりだったんですけどね。いざというときには、手伝いの人が来てくれるでしょうから……。でも、いつになったらマリアンのお葬式をしてあげられるのか、まだわからないんですよね？」

「それが、その、メイドのことでちょっと問題が起きてね」レジナルドが何かを尋ねられたかのように、話に割りこんできた。娘の亡骸《なきがら》がこの家に運びこまれないかぎり、現実を直視する気はないらしい。「メイドが急にいなくなってしまったんだよ。いや、その……マリアンのことがニュースになったとたんに。なぜいなくなったのか見当もつかない。不満があったとも思えない。とにかく、何も言わず、いきなりいなくなったんだ」

ラジャは怪訝な顔をした。「メイドも行方不明だと？」

「家出しただけです」とアンが面倒くさそうに言った。「誰かに連れ去られたわけじやありません」

「ということは、居場所はわかってるんですね？」

ラジャはピーターズ夫妻のぽかんとした顔を見つめた。夫妻を責める気など毛頭なかった。なにしろ、旧友であるその夫婦に、最愛の娘の死を告げたばかりなのだ。それでも、ラジャは警察官だった。アンティ・リーのメイドに目をやった。メイドはビュッフェスタイルの食事をカウンターに並べたところだった。鶏肉とジャガイモのカレー、野菜の蒸し煮、蒸したライス、そのわきには瓶入りのピクルス《アチャー》、煮干し《イカンビリス》のピーナッツ和え、そして、サンバル。メイドは取りわけ用のスプーンを置き、カウンターの隅に取りわけ用の皿を重ねて、ナイフとフォークも用意した。

「この家のメイドが行きそうなところに、心当たりはないか？」とラジャはニーナに尋ねた。なぜ、そんな質問をしているのか、自分でもわからなかった。しかし、上流階級の主人同士が知りあいとなれば、メイド同士も互いの家のことをよく知っているかもしれない。

「いいえ。ミセス・リーにも同じことを訊かれました。ミセス・リーも知りたがってます」

「なるほど」手抜きなのか、機転が利いているのかはともかく、ラジャはその問題をアンティ・リーに任せることにした。「何かわかったら教えてほしいと、ミセス・リーに伝えてくれ。くれぐれも、ひとりでやりすぎて、無茶しないように、と注意しといてくれよ。これは深刻な事件で、お遊びじゃないんだから」

「伝えておきます」

「マリアンを連れ去った犯人を、コマルのことがわかった直後でしょうか?」とアンが言った。「コマルがいなくなったのは、マリアンのことがわかった直後で……」

「コマルは何も見てないよ」とレジナルドが言った。「万が一、何か見てたとしても、自分が何を目撃したのかさえわからないだろう。それに、いなくなったのはマリアンの一件の直後じゃない。いま話題になってるどうにも妙な話が、もしも事実なら、マリアンは二週間まえにいなくなったことになる。一緒に旅行に行く予定だった友だちは、マリアンには会っていないと言っているんだから」

レジナルドはいきなり小さなガラスの花瓶をつかむと、壁に投げつけた。妻のアンは身を縮めることもなかった。それさえできないほど、体がこわばっているらしい。ニーナは無言で箒《ほうき》とちりとりを持ってくると、ガラスの破片を片づけた。

「コマルはいい子だったわ」とアンが言った。声は震えているが、口調はしっかりしていた。「コマルはヒンディー語とシンド語は話せたけれど、英語は片言だったんです。

マリアンとコマルのあいだで何かあったとは思えない。今回の件にコマルが関係しているはずがありません」アンは口を引き結んだ。「もしかしたら、コマルには恋人がいたのかも。そんなことは考えたくなかったから、メイドをしっかり監督するように何人もの友だちに言われても、無視してきたんです。コマルの意思を尊重したかったから。それがこんなことになるなんて。わたしたちはいま、コマルをいちばん必要としているのに」アンの口調には、メイドに裏切られて傷ついたという以上の思いがにじみでていた。

ニーナはガラスの破片を捨てて、すぐに部屋に戻ったが、アンが話しているあいだ、キッチンのドアのわきに留まっていた。そうして、アンが口をつぐむと、ラジャとともにテーブルについているアンに歩みよった。レジナルドは相変わらず、部屋の中をうろうろと歩きまわっていた。

「キッチンの掃除は終わりました。よろしければ、二階の掃除をして、洗濯をして、明日、また料理を作って、持ってきます」

アンが夫をちらりと見たが、夫は家事のことなどまるで頭にないようだった。

「ありがとう」とアンは答えた。「ほんとうにありがたいと思っているわ。ずいぶん助かってるのよ。でも、食事のことは心配しなくていいわ。電話で何か注文できるし、マイクロフトとチェリルもまもなく戻ってくるでしょうから」

「いや、簡単なものでもいいから、何か作ってもらったほうがいい。こういうときは、ピザやフライドチキンなんて、とうてい食べる気にならんでしょう」

そう言うラジャは身をもって知っていた。最愛の家族を亡くしたときには、お悔やみ状や花輪より、洗い立てのシーツやおいしいスープのほうがはるかに役に立つのだ。


ピーターズ家を辞去したラジャは車に乗りこむと、大通りに出るまえに、一軒の家のまえで車を停めるように運転手に命じた。見渡すかぎり続いている白い木のフェンスに囲まれた家だ。

運転手がエンジンを切るよりさきに、その家からアンティ・リーが現われて、門のほうへ歩いてきた。

「それで、コマルはなぜ家出したの？」とアンティ・リーは尋ねた。ラジャはまだ車から降りてもいなかった。「マリアンと一緒に家を出たわけじゃなくても、コマルは今回の件に何かしらかかわってるはずよ。コマルはシンガポールに知りあいはひとりもいないわ。ピーターズ夫妻が日曜日をメイドの休みにしようとしたけれど、コマルは休みを取りたがらなかったそうだから。休んでも、どこにも行くところがない、というのが理由だったと聞いてるわ。といっても、心配はいらない、ピーターズ夫妻はそれをいいことに、コマルをこき使ったりしなかったから。日曜ごとに三十ドルのボーナスを与えて、コマルが家にいられるようにしたの。何も仕事がなくてもね。でも、知りあいもいなくて、日曜日に行くところもないのに、コマルはなんでまたいきなり仕事をほっぽりだして、出ていったりしたのかしら？　しかも、なんの手がかりも残さずに、出ていけるものかしら？」

「ピーターズ夫妻は誰よりもコマルを知ってるよ。そのふたりがコマルは家出したと言うなら……」

ラジャは肩をすくめた。メイドが雇い主から逃げだす理由ならごまんとある。コマルは家出したと頑なに信じているピーターズ夫妻に、いま、家出の理由を根掘り葉掘り訊く気にはなれなかった。あのふたりとは友だちだ。根は善良なふたりだが、大きなショックを受けている。ラジャ自身も、目下頭の中にあることが真実だとは思いたくなかった。いまはただ、コマルが無事に戻って、ピーターズ夫妻と和解するのを祈るばかりだった。

「レジナルドとアンはどんなようすだった？　今回の件をどんなふうに考えてるの？」

「友だちと合流するつもりだったマリアンが、何者かに連れ去られたと考えてたよ。マリアンが現われなかったのに、すぐに通報しなかった友だちを恨んでる」

「正式な事情聴取をしたの？」

ラジャはまた肩をすくめた。それは、アンティ・リーを信頼していないからではなかった。いまのところ、正式な話というのは存在せず、問題は正式な報告書にするかどうかだ。そして、正式な報告書はまだ書かれていなかった。

「それが事実だとしたら、なぜ、コマルがいなくなるの？　コマルは荷物をまとめて出ていったの？　ほかにも何か持ち出したものがあるの？」

「ピータース夫妻はメイドが何を持っていったのかなんてことを考えられる状態ではなかったよ。少なくとも、何かがなくなったとは言ってなかった」

「ああいう若いメイドは警官と話すのを怖がるものよ」とアンティ・リーはさらりと言った。「もちろん、あなたの部下のこの国の警察官は横暴ではないけど、メイドの故郷の警官はそうではないかもしれない。何か手がかりがないか、ニーナに調べるように言ってあるわ」

「そうだと思ったよ。だが、ニーナだって……」

アンティ・リーは微笑みながらも、眉間にしわを寄せた。

「ニーナだって、若くてか弱い女性ですからね。海に沈められないように、わたしがきちんと見張ってるわ。なにしろ、この頃は、海の近くでしょっちゅう若い女性が発見されるようだから。それはともかく、そろそろ店に行かなくちゃ。ねえ、店まで乗せていってもらえるかしら？ あなたが疑ってる人たちが、店に食事をしにくるのよ。ちょっと寄って、お茶でも飲んでいったら？」

「それはまた」とラジャは言った。「なんとも妙なことになってるらしい」

「まあね。だからこそ、わたしはあなたと好青年のサリムくんの助けが必要なの」

「わたしとサリムの助けがいるだって？」

「制服、それに、権力者という肩書だけで、人をお行儀よくさせられることもある。そうでなくても、たくましい男性がそばにいてくれるのは、いつだって心強いわ」

12

カフェにて

アンティ・リーはただの知りたがり《ケーポー》ではなかった。食欲と同じぐらい、いや、食欲以上の知りたいという欲求に突き動かされていた。

「予定より長くシンガポールにいなければならないことになったのだから、うちに食べにくればいいんじゃないかと思ってね」アンティ・リーはふと思いついたかのように言うと、店に呼ぶ客にすぐさま電話をかけた。「店でという意味よ。とりあえず店を閉めてるから、もちろん食事はわたしのおごり。家で食べるような食事がしたいなら、わたしが何か作るわ」

電話に出たフランク・カニンガムは、アンティ・リーからの招待を妻に伝えた。そうして、夫婦で顔を見合わせた。現状をどれほど悲観的に見たとしても、ものすごく困っているとは言えなかったが、シンガポールでの滞在が長引いて、旅の予算から足が出たのは確かだった。飛行機の変更や、ホテルの延泊の手配は済ませたものの、痒《かゆ》いところに手が届くサービスがモットーのラッフルズ・ホテルの宿泊代は決して安くなかった。けれど、目下の心境としては、冒険はしたくなかった。だから、アンティ・リーから招待されるまで、食事はほぼ毎食、食べ慣れていて、簡単に手に入るファストフードばかりだった。

ルーシーは受話器を手でふさぐように身振りで夫に伝えてから、言った。

「助かるわ」

「でも、このばあさんは何か企んでるんじゃないか？　ただで食事がさせてくれるなんて、そんな都合のいい話があるか？」

「気にすることないわよ。わたしたちにはやましいことなんてひとつもないんだから。それに、自分を野鳥だと思えばいいのよ。聖書にもあるでしょ、種まきもせず、刈り入れもしないけれど、天の父が養ってくださる、って」

「ただ飯に勝るものなし、というわけだ」ハリー・サリヴァンは〈アンティ・リーズ・ディライト〉にやってきたカニンガム夫妻を見ると、誰に言うともなく言った。

カニンガム夫妻は笑わなかった。

「食事代はちゃんと払いますよ」フランク・カニンガムがアンティ・リーに言った。

「いまは店を閉めてるから、いつもの料金を受けとる気はなさそうだが」

「警察に店を閉鎖されたんですか？　ぼくたちはこの国から出られず、あなたは商売ができないとはね」そう言うハリーは、アンティ・リーの店を本気で心配しているようだった。「あなたにとってはいい迷惑ですね。今日の売り上げがないとか、今週の売り上げがないとか、そんな問題じゃない。そんなことより、客に与える印象のほうがはるかに大問題だ。ふらりとやってきた客は、店をたたんだと勘ちがいするかもしれませんからね」

「どこに食べにいけばいいのかわからなくて」とルーシーが不安そうに言った。「屋台ならどこにでもあるけど、衛生面が心配だわ。なんだかんだ言っても、ここはアジアですもの。この国に来るには、黄熱病の予防接種を受けることになってたのに、わたしたちは受けなかったのよ。それに、そうよ、食事代はお支払いするわ。ぜひ、そうさせてちょうだい」

いまのカニンガム夫妻は、世界をまわるつもりの旅行者にはとうてい見えなかった。

「馬鹿なことを言わないでちょうだい」とアンティ・リーが肝っ玉母さんのような口調で言った。「あなたたちと一緒にいられて、わたしは楽しいの。それに、警察から店を閉めろとは言われてないわ。今回の件で噂になって野次馬の客が来るのがいやなのよ。それで……」

みんなは、いや、少なくともルーシーは、アンティ・リーの気持ちを察した。

「恐ろしいことよね。こんな事件に巻きこまれるなんて、生まれてはじめてよ。部屋から出るたびに、視線を感じるわ。殺人事件にかかわってるんじゃないかって、疑いの目で見られてるみたい」

「そんなわけがないと言ってるのに」とフランクが苛立たしげに言った。「おまえはあれこれ考えすぎるんだよ。わたしたちのことなんて、誰も知りやしないんだから」

「でも、名前が新聞に載ったのよ。宿泊者名簿を見て、ホテルの人は気づいてるはずよ。たとえ、ホテルの人は気づいてなくても、あの子は……。そうよ、あの日、ローラ・クィーがここにいないとわかったらすぐに、帰ればよかったんだわ」

アンティ・リーは取り乱しているルーシーのために、炒めたハム――アンティ・リーの辞書では、ランチョンミートが食べものに含まれるかどうかはきわどいところ――を取りわけながら、たったいま耳にしたことばに飛びついた。そういう話がいつ出るかと、待ちかまえていたのだ。

「かわいそうなローラ。こんなことになるなんて。ローラとは親しかったの?」

「いえ、一度も会ったことはないんですけどね。ローラからメールをもらって、そうだったわよね、フランク? それで知りあったんです。あの夜……あの恐ろしい夜に、はじめて会うことになってたのに、ローラは来なかった……」

「ルーシー!」フランクはひそめた声で、妻に口を慎むように命じた。

ルーシーははっとして、夫を見た。それから、長い結婚生活でかろうじて身につけた洞察力で、夫の考えを読みとった。「いいえ。そんなことは考えないでちょうだい。あの子がそんな……。そんなことを言わないで。考えるのもやめてちょうだい!」

「厄介なことに巻きこまれてるのは、あいつだけじゃないんだぞ」

ルーシーにとっては大いに意味のある会話でも、アンティ・リーはなんの話なのかさっぱりわからなかった。わかったのは、あの夜、カニンガム夫妻はおいしい料理を食べるためだけに店に来たのではなく、それ以外の理由があって、ローラからワインの会に招待されたらしいということだった。ワインと料理が主な目的ではなかったとわかっても、アンティ・リーは気分を害したりはなかった。第一の理由をなんとしても突き止めようと、かえってやる気が湧いてきた。

「それで、ミスター・サリヴァン、あなたは？　あなたもあの夜、ここでローラと会う約束だったの？」

カニンガム夫妻がふいに興味を示して、ハリーを見つめた。いや、もしかしたら、カニンガム夫妻は相変わらずハリーの顔に見覚えがあるのはなぜなのか、思いだそうとしているのかもしれない。どちらなのか、アンティ・リーにはわからなかった。

「まいったな、急にまたなんだって。ハリーと呼んでくれと言ったのに、忘れちゃったんですか？　〝ミスター・サリヴァン〟なんて呼ばれると、スーツを着て、ネクタイを締めなくちゃ、という気になりますよ。とにかく、答えは〝ノー〟です。ぼくが最初に知りあったのは、ローラの友だちのセリーナのほうですからね。ぼくもセリーナもワインに興味があって、それで、マークが計画してるワインの会を教えてもらったんです。ぜひとも参加したいと思いましたよ。愉快な仲間と一緒に、おいしい食事を食べられるんですから。亡くなったふたりはほんとうに気の毒です。あんなことにならなければ、もっと親しくなれたのに」

「あら、もうずいぶん親しくなってたのかと思ったわ」とアンティ・リーはにっこり笑って言った。「雑誌に記事を書くのを、ローラに手伝ってもらったんでしょ？」

「はあ？　なんのことですか？」ハリーはとぼけたが、アンティ・リーがかまをかけているわけではないのに気づくと、言った。「ああ、あれね、あれはジョークですよ。ローラが謎のレビューアーになろうと言いだして、内部情報とかそんなものを集めたんです」

アンティ・リーは無言でうなずいた。

「ところでみなさん、家族や親戚にはもう連絡したのかしら？　どのぐらい連絡しなかったら、家族や親戚は心配しはじめるかしら？　お子さんはいらっしゃるの？」

「やめるんだ」フランク・カニンガムがそう言うのとほぼ同時に、妻のルーシーが「そう、シドニーに」と言った。反発しながら睨みあう夫婦の顔には、同じような表情が浮かんでいた。

「ローラはそういうことを知りたがってたんでしょう」とアンティ・リーは言った。「ローラは誰のことでも、なんでも知りたがってた。それに、人一倍几帳面だったわ。ちょっと異常なほどの几帳面で、ありとあらゆることをメモしてたわね。そのメモはきっと、ローラのパソコンの中にあるんでしょうね」

そのことばに、カニンガム夫妻が大いに興味を示した。

「そうだわ、きっとそうよ」とルーシーが言った。「神はものごとをあるべき場所におさめてくださるものだもの。ローラのパソコンはどこかしら？　ローラはわたしたちのために、調べてくれてたの。そうよ、調べた結果が、パソコンに保存されてるはずだわ。ローラとかかわったばかりに、こんなにたいへんな思いをしてるんですもの、ローラが手に入れた情報を見たってかまわないわよね?」

フランクは賛成しかねるという顔をしたが、何も言わなかった。

「たしか、最後に店に来たとき、ローラはパソコンを持ってたわ」アンティ・リーはふと思いだして、言った。「あのときは、パソコンを店に置いてかえった。ほかに荷物がたくさんあって、持てなかったから。その後、取りにきてないなら……。ちょっと、ニーナに訊いてみましょう」

その場がしんと静まりかえったが、フランクが沈黙を破ってハリーに話しかけた。旅の道中のどこかで、ハリーと顔を合わせているはずだ、と言った。どこで会ったのかは思いだせないが、名前に聞き覚えがあるのはそのせいだ、と。

「恥ずかしがることじゃない」とフランクはさらに言った。「家族と衝突するなんてのはよくあることさ。そのせいで音信不通になる必要なんてないんだ。なんと言っても、家族は家族なんだから。ルーシーとわたしは、いま、それを痛感しているよ。なあ、ルーシー?」

ハリーは答える気にもなれないのか、首を振っただけだった。「白人はアジア人がみんな同じ顔に見えるなんて言いますけどね」とハリーはアンティ・リーに言った。「はじめて知りましたよ、白人の男がみんな同じ顔に見える白人の男性がいるってことをね」

「そうよ、それだわ」とルーシーが言った。「わたしも頭の隅になんとなく引っかかってるの。でも、なんなのかはっきりしなくて……」

「こんにちは」

カーラ・サイトウが店に入ってきた。黒いシャツに黒いジーンズというでたちは、はじめて店にやってきたときと同じだった。けれど、化粧っ気がなく、男性用の大ぶりな腕時計のほかにはアクセサリーをつけていないせいで、別人のように見えた。カーラは店に足を踏みいれたところで、ふと立ち止まって、集まっている人を見た。誰も動かなかった。アンティ・リーはテーブルを見まわした。テーブルについている人はみな、カーラを怖れているかのようだった。カニンガム夫妻は恐ろしいものから逃れようとするように、身を縮めて寄りそっていた。

「どうぞ、みんなと一緒に座ってちょうだい」アンティ・リーはカーラに言った。「すぐに食事を出すわ」

「お腹はすいてませんから」とカーラがきっぱり言った。「何か新しい情報はありますか？　事件が早く片づけば、それだけ早く、みんながシンガポールを離れられますからね。ちがいますか？」

「あなたは心に深い傷を負ったばかりなのよ」とアンティ・リーはなだめるように言った。「無理しちゃだめ。あなたが思いだそうとしてることは、いずれ頭に浮かんでくるわ」

「あなたは子供がほしくないの？」とルーシーが唐突にカーラに尋ねた。ルーシーの顔に浮かんでいる表情なら、アンティ・リーも見たことがあった。レズビアンを非難するときのニーナの表情にそっくりだった。

「あなたはお子さんがいらっしゃるんですか？」とカーラが逆に尋ねた。

アンティ・リーはふいにひらめいた。ふたつのことが頭に浮かんだ。ひとつは、カーラは子供をほしがっているということ。もうひとつは、ルーシーは最近息子か娘を亡くして、悲しみに暮れているにちがいないということだった。

フランクが話に割りこむと、アンティ・リーのひらめきは確信に変わった。

「おいおい、そんな個人的なことを訊くもんじゃない」

カーラはルーシーをじろりと睨んでから、口をつぐんだ。どうやら、カーラもルーシーの心情に気づいていたらしい。

「ちょっと厨房を手伝ってくれるかしら？」アンティ・リーは客の心を読むのはお手のものだった。手伝おうと、ルーシーが即座に立ちあがった。

「わたしはお役に立てないわ」とカーラが言った。

ふたりの男性は、アンティ・リーのことばは自分たちに向けられたものではないと思いこんでいた。

「でも、ものごとには限度というものがあるでしょう。誰もが受け入れられることの限界とでも言うか」厨房に入ると、ルーシーが言った。

何かやることがあったほうがルーシーの気が休まるにちがいないというアンティ・リーの考えはあたっていた。いま、ルーシーは夫と離れて、小タマネギの皮を剝いていた。手際の良さに、アンティ・リーはルーシーを見直した。さらにルーシーが言った。

「人は何が正しいかをわかっていて、何がまちがっているかもわかっているわ。それに反論する人はいない」

「どうして、誰も反論しないとわかるの？」

アンティ・リーはシンクをまえに、カラシナを丁寧に洗うふりをしながら、何気なく尋ねた。消費者擁護ガイドラインに反する虫や泥や植物の種がついていないか、じっくり確かめているふりをした。

「あら、そんなのは当然でしょう？　みんながそう言ってるし、新聞や雑誌にも書いてあるわ。そんなのは……人としてごくあたりまえの、正しい常識ですもの」

〝人として〟と言うまえに、ルーシーは一瞬ためらった。何かべつのことばを言いかけて、あたり障りのないことばに置き換えたのだろう。

「神はわたしたちをそれぞれ個性的に創られた」とアンティ・リーは言った。

「神はわたしたちに生きるためのルールを与えたもうた」とルーシーが小さな声で言った。またもや警戒する口調に変わって、さらに熱心に小タマネギの皮を剝きはじめた。

その後、みんなで食事をしたが、新たな情報はひとつも得られなかった。アンティ・リーは招いた人たちにたっぷりごちそうした。大皿に盛った野菜のチャーハン、ササゲのサンバル炒め、もちろん、アチャーとクロポッ。どれもシンプルで簡単に作れるものばかりだが、味はまちがいない。

最初に帰ったのはハリーだった。ラッシュアワーが近づくと、カニンガム夫妻も店をあとにした。その時間に関して、のちに、アンティ・リーは午後五時頃と警察に報告することになった。店の窓越しに、カニンガム夫妻のために呼んだタクシーが到着して、停まるのが見えると、アンティ・リーはティーポットをのせていたコンロの火を消して、夫妻を見送ろうと外に出た。陽が暮れかけていたが、街灯はまだついていなかった。フランクがタクシーに乗りこみながら、早くも運転手を相手に、夫婦での旅の話をはじめていた。ルーシーはまだ歩道にいて、アンティ・リーに気づくと、にっこり微笑んだ。

「忘れないでくださいね」とルーシーが言った。「ローラのパソコンが見つかったら、わたしたちにも見せてください。ローラと最後に連絡を取ったとき、知らせたいことがあると言われたんです。ローラは何かわかったことがあって、それはあの夜のワインの会の参加者の誰かと関係があるような――」

そのとき、ルーシーのすぐそばで何かがぶつかって、爆発した。体に火がついて、ルーシーが悲鳴をあげた。さらにもう一度、爆発音が響いて、タクシーに乗りこんでいたフランクにも火がついた。

アンティ・リーはよろけながらもわきによけた。同時に、何者かがアンティ・リーを乱暴に押しのけて、走りさった。

「変質者どもだ！」とフランクが叫んだ。「わたしたちが連中を追ってたのに気づいてたんだ。くそっ、なんて連中だ！」

「九九九に電話して！」とアンティ・リーは叫ぶと、すぐさま、ソファカバーに使っている分厚いキルトを店から持ってきて、ルーシーにかぶせた。誰かフランクにも同じことをしてくれる人がいないかと、周囲を見まわした。すると、そこにはいつのまにかサリムがいた。勢いよく水が噴きでるホースであちこちに水をかけている。「救急車と警察を呼んでちょうだい！」

「もう呼びました」とサリムが大声で応じた。

「いったい、ここで何をしてたの？」

「見張ってたんですよ。また死体が見つかるのはかんべんしてほしいですからね」サリムは混乱している現場を見まわした。走りまわっている人もいれば、立ち止まって見つめている人もいる。ルーシーは泣き叫び、フランクは助けようとしている人たちを片っ端から変質者呼ばわりしていた。「ニーナはどこですか？」

そこへいきなりハリー・サリヴァンが現われたかと思うと、棒のようなものを振りまわして、サリムに襲いかかった。「おまえがテロリストだな！　善良な市民に爆弾をしかけてまわってる原理主義者め！」

ハリーが振りおろしたタイヤレバーを、サリムは優雅ともいえる身のこなしで、あっさりかわした。次の瞬間には、ハリーから鉄の工具を取りあげて、流れるような動きで、怒鳴っている巨体のハリーを地面に押さえつけた。

アンティ・リーはサリムの隣に立った。「おとなしくすれば、離してもらえるわ。そうよね、上級巡査部長さん？」サリムは手にこめた力をゆるめた。「ミスター・サリヴァン、怪我はないわね？　とっくに帰ったんじゃなかったの？」

「渋滞にはまったんですよ。何かが爆発して、火がついて、それで、この人が見えたから、てっきり」ハリーはサリムを指さした。「この人はそこに立って見てたんだ。警察官だからって、信用できるとはかぎらない。警察官が極悪人だってこともある。自分は全能の神だなんて勘ちがいして、何をやっても許されると思いこんでるやつもいる。マリアンを騙して連れだしたのは、こいつかもしれません。警察官の制服を着てれば、それだけで、人はころっと騙されますからね」

たしかにそういうこともある、とアンティ・リーは思った。でも、ほんとうに？　いずれにしても、サリムがハリーに怪我をさせることもなく、一瞬にして武器を取りあげたのは、みごととしか言いようがなかった。

「サリム上級巡査部長、なぜ、あなたはここにいるの？　薄暗い場所で、ひとりきりで店を見張ってたの？」

「ちょっと見まわってただけです。家に帰る途中だったんです。仕事ではなくてね」

ハリーが鼻を鳴らした。

アンティ・リーは考えこんだ。

火はすぐに消えて、カニンガム夫妻は無事だった。とはいえ、火傷をしていて、念のために病院に運ばれた。アンティ・リーは尋ねたいことが山ほどあったけれど、あとまわしにするしかなかった。

「若いおまわりさん、わたしを家まで送ってくれるかしら？　家にはニーナがいるから、心配はいらないわ」

「もちろんですとも」とサリムは答えた。

ハリーは見るからに不満そうだったが、老女の身を案じているせいでそんな顔をしているのかどうかは、アンティ・リーにもわからなかった。

13
待合室

カニンガム夫妻は精神的なショックと、軽度の火傷のせいで一晩入院することになった。その後、フランクが腕を骨折しているとわかって、アンティ・リーはまずフランクを見舞った。そうすれば、フランクのようすをルーシーに伝えられて、ルーシーと落ち着いて話もできるからだ。

「シンガポールに来た理由を教えてちょうだい」とアンティ・リーは切りだした。「爆発の直前に話してたことを憶えてるかしら？」

ルーシーは首を横に振った。見るからにぐったりして、落胆していた。

「憶えてないわ。それに、そんなことはどうでもいい。何も考えられないほど疲れてるのよ」

「何かほしいものはある?」

「ないわ。病院の人がきちんと面倒を見てくれるから」

「誰かに連絡したほうがいいんじゃない? 入院してるのを、知らせておきたい人がいるでしょ?」

ルーシーはまた首を横に振った。「わたしも夫も大した怪我ではないから。お医者さまだって……」

「そうかもしれない。でも、誰かがあなたたちに連絡しようとして、連絡が取れなかったら心配するでしょう」

ルーシーがバッグを取ってほしいと身振りで示した。そうして、バッグからメモ帳を取りだすと、何か書きつけてから紙を切り取って、アンティ・リーに差しだした。

「秘密というわけではないの。でも、まだ夫には言わないで。この番号に電話をかけて、フランクとわたしがこの病院にいると伝えてもらえるかしら。わたしたちは無事だと言ってちょうだい。会いに来なくていい、居場所を知らせたかっただけだ、って。そう、やっぱり、知らせるべきよね」

「誰の電話番号なの?」

「ジョー。ジョセフ・カニンガム」

それはシンガポールの電話番号だった。「任せてちょうだい、伝えるわ」

「でも、フランクには言わないでね。いけないことを頼んでるわけじゃないけど、やっぱり……お願い、フランクには黙ってて」


「テレビン油を使った爆発物でした」とサリムはラジャ長官に報告した。「ふたつともそうです。素人のやり口ですね。被害が小さかったのは不幸中の幸いでした。爆発物の材料の出どころを突き止めるつもりですが……」この街のあちこちでテレビン油が使われているのは、言うまでもないことだった。車やビルの塗装や保護材として、いたるところで使われていた。

アンティ・リーを無事に自宅に送り届けて、サリムは署に戻ると、夕方の事件の報告書を書いて、判例研究に隅々まで目を通した。そんなふうに机についたまま夜を明かして、早朝勤務の同僚がやってくる頃に、電話で呼びだされた。本署の長官の部屋にすぐに来るように言われたのだ。シンガポールでは道さえすいていれば、どこだろうと三十分以内で行ける。それでも、遅れてはいけないと、家に寄って着替えるのをあきらめた。

長官のデスクに報告書を置いたときには、重要な事柄はすべてきちんと書きこんだと自信満々だった。病院に運ばれたカニンガム夫妻を除いて、現場にいた全員から話を聞いた。

爆発が起きたとき、サリムは非番だった。ひとりでアンティ・リーの店のまわりをうろついていたのは、問題になるだろうか？　もちろん、非番なのだから、どこにいようと自由だ。それに、あのカフェの近くで何かが起きるかもしれないという予感めいたものが、みごとに的中した。それでも、ひげも剃らず、汗まみれの緑色のポロシャツにジーンズという格好で本署に入るのは、どうにもだらしがない気がして、ためらわれた。もしかしたら、長官から大目玉を食うかもしれない。停職処分や降格を言い渡されるのだろうか？

やはり家に寄って、シャワーを浴びて、服を着替えるべきだった。昨夜の事件は一段落したのだから、長官に会いにいくまえに、あれほど大慌てで報告書をまとめる必要などなかったのかもしれない。上司というのはいつだって、仕事をすばやく終わらせるように求めてくるが、その命令を部下が真剣に受け止めるとは思ってもいない。それとも、殴りかかってきたあの白人男性が苦情を申し立てたのか？　外国人というのは、ほんの些細なことでも〝警察官は横暴だ〟と騒ぎたてる。たとえ、自分のほうがさきに暴力をふるったとしても。

病院からの報告によれば、カニンガム夫妻はどちらもII度の火傷を負ったとのことだった。本人にとっては大怪我をした気分だろう。だが、もしあの場でサリムが即座に行動していなければ、さらなる大惨事になっていてもおかしくなかった。ラジャ長官も、その程度の怪我で済んだカニンガム夫妻は幸運だったと考えていた。

「手作りの爆発物か？」

「はい、そうです。一回目と二回目の爆発にタイムラグがあったことから、単独犯と思われます。複数ならば、同時に爆発させたはずですから」

爆発したのは簡単な作りの火炎瓶だった。テレビン油を入れたガラス瓶に、栓代わりの布を詰めこんで、火をつけたのだ。科学捜査に全幅の信頼を置くアンティ・リーの期待はあえなく裏切られ、爆発物の破片などからは指紋はいっさい検出されなかった。

「それで、きみはテロリストにまちがえられたそうだな」

「えっ？　とんでもない。ちがいます、長官。あの男性はショック状態だったんです。あとで謝ってました。わたしを見たとたんに、パニックを起こしたと言ってました」

ラジャ長官はうなずいた。長官もサリムも、ハリー・サリヴァンの人種に対する偏見が誤解を生んだのだろうと思いながらも、それはあえて口にしなかった。人種差別による不当な行為はいたるところで起きているのだ。

「で、きみは魔法を使って、その男を無力にしたらしいな」

「なんですか、それは？」

「オーストラリア人の女性がそう証言したんだよ。ミスター・サリヴァンが棒を振りあげて突進したが、きみがさっと手をかざしただけで、サリヴァンは倒れた、と」

「武術《シラット》です。体の芯から発する気で防御するんです。わたしはミスター・サリヴァンをブロックして、攻撃エネルギーを彼の体の中に戻したんです」

ラジャ長官はもう一度うなずいた。いまの話を長官は信じたのだろうか？　とサリムは思った。信じているのかどうか尋ねたかったが、いまはそんなことを訊いている場合ではなかった。ラジャ長官が格闘の基礎訓練にシラットを組みこむことについて話しあいたいと思いながらも、いまはその時間がないと残念がっているのか、それもわからなかった。

「現在、きみはブキ・ティンギ地区警察署に所属する警察官だな？」

サリムはうなずいた。ふいに激しい疲れを感じた。喉が渇いて、腹がへり、アンティ・リーはいつになったら店を再開するのだろうと、ふとそんなことを思った。長官からの質問攻めが終わってくれるなら、このさき一生、あのカフェで食事をしてもいいぐらいだった。そう、もしも審問会に呼ばれるはめにならなければ……。万が一、警察をクビになったら、高級なカフェで食事をするような贅沢はできなくなる。〈アンティ・リーズ・ディライト〉での食事がいくらぐらいするものなのか、見当もつかなかった。いままで食事代を払おうとしても、アンティ・リーは頑として受けとらなかったのだ。職を失っても、ずっとそうしてくれるとは思えなかった。

「ブキ・ティンギ署には、しばらくのあいだ、きみの代理になりそうな警官がいるかね？」

「はい、長官。パン巡査がいます」ということは、やはり停職処分になるのだろうか？「いや、通常ならば、すべてをパン巡査に任せられますが、いまはちょっと何かもが……」ふいに疲れが吹き飛んだ。「いまはひじょうに複雑な状況です。それをどんなふうに処理するか、パン巡査に教えるには、もう少し時間がかかります」普段は平和で小ぢんまりとした地域なのに、いまは次々にいろいろなことが起きている。サリムはそれを自分の力で解決したかった。

「よろしい。きみを一時的に刑事部に転属させる。これまでどおり、いまの管轄での仕事を続けてもらうが、今後、報告はわたしに直接するように」

サリムはうなずいた。何よりも重要なのは、まだ警察官でいられることだった。「でも、どうしてですか?」考えるよりさきに、質問が口をついて出た。長官の決定に疑問を呈する気などさらさらなく、理由を知りたいだけだった。

ラジャ長官は相変わらず無表情だった。「ミセス・リーから電話があった。きみもミセス・リーに会ったそうじゃないか。ずいぶん気に入られているぞ。きみは多くの命を救った、きみがいなかったら店は焼け落ちていた、とミセス・リーは言っていたよ」

「いえ、そこまで大ごとにはならなかったはずです」その点は正しく伝えておかなければならない。

長官はうなずいたものの、サリムが何も言わなかったかのように話を続けた。「そうだとしても、ミセス・リーはこのところの一連の出来事で、かなり怯えている。きみを大いに信頼しているようで、今回の件をきみに任せてほしいと頼んできた。実を言うと、ミセス・リーは旧友の奥さんでね。ご亭主を亡くされて、いまは天涯孤独の身だ。そんなミセス・リーに災難が降りかかってほしくないんだよ」

長官の懸念はサリムにもよくわかったけれど、アンティ・リーがそこまで天涯孤独だとは思えなかった。何かに怯えている姿も想像できなかった。とはいえ、たったいま聞かされた長官の申し出が、警察官としての人生の分岐点になるのはわかっていた。だから、頭をよぎるさまざまな思いは、口に出さないことにした。

「病院に行って、入院しているふたりから話を聞いて、ミセス・リーの身に何も起こらないようにしてくれ。いいな？」

「長官、もうひとついいですか？」

「なんだ？」

「事件とは関係ないかもしれないですが、ルーシー・カニンガムはジョーという人物に連絡を取ったそうです。ジョーというのが何者なのか調べようと思います」

長官の部屋をあとにすると、サリムは部屋に入ったときに比べて、疲れがはるかに和らいでいるのを感じた。警察官としての人生は終わらず、未来はふたたび輝いている。といっても、いまの状況からどこへ向かえばいいのか、見当もつかなかった。そのとき、携帯電話が震えだした。長官の部屋に入るまえに、サイレント・モードに切り替えたのだ。携帯電話に目をやって、アンティ・リーからだとわかると、本署の廊下ですぐさま電話に出た。仕事をクビにならなかったのだから、お礼を言うべきか迷った。けれど、「おはようございます、ミセス・リー――」と言ったところで、話をさえぎられた。

「コマルを見つけたわ。ピーターズ家の行方不明だったメイドよ、憶えてるでしょ？　やっぱりただの家出じゃなかったわ。それに、カニンガム夫妻の秘密もほぼ突き止めた」アンティ・リーは誇らしげに言った。「でも、あなたとはすぐに会えるわね。あなたも病院に行くでしょ？　それから、ローラがマリアンとカニンガム夫妻に送ったメールについても、知っておいてもらわなくちゃ。そのメールについて、カーラはもっと早くあなたに話すべきだったわね。だって、わかるでしょ？　事件の鍵を握っていたのはローラ・クィー。そう、ローラがキーパースンだったのよ。どのぐらいでわたしの店に来られるかしら？　あなたに全部見せておきたいの。それから、あなたの車で病院に行きましょう」

サリムはやや圧倒されていた。カフェに到着すると、店は相変わらず閉まっていたが、アンティ・リーに強引に招きいれられた。表向きは、爆発騒動で店の一部が壊れたから閉店を余儀なくされたことになっているが、実際には、破損した部分を見物しにくる客に詰めかけられては、さばききれないからだった。

「それに、なんといっても、いまここは、わたしたちの捜査本部だもの」とアンティ・リーは言った。「人がひっきりなしに出入りしてたら落ち着かないでしょ」

客へのサービス精神はないのだろうか？　といっても、この店はあらゆる意味でアンティ・リーのものだ。アンティ・リーは店に来る客を知りつくしていて、かならず戻ってくると自信たっぷりなのだろう。あるいは、客が戻ってこようがこまいが、気にもしていないのか。そういうことを気にしないでいられるほど裕福なのは、さぞかしすばらしいにちがいない。

「みんなが秘密を抱えてるのよ」とアンティ・リーは言った。「たとえば、あのかわいそうなメイドのコマル。コマルは雇い主に怯えてたわけじゃなくて、警察を怖れてたの。これまでに働いた悪事といえばせいぜいが、ご主人さまの食べ残しを食べたことぐらいなのに。でも、コマルと話ができたわ。みんなが何かしら隠しているから、みんなが怪しく見えるのね。だけど、隠しごとの中には他愛ないものもある。たとえば、ダイエットしてるのに、桃のお菓子をこっそり食べたとかね。だから、そういうどうでもいい隠しごとは排除しなくちゃ。そうすれば、おぞましい事件の中心に誰がいるのかはっきりするわ」

しごく単純なことのように聞こえた。けれど、シンガポールではものごとはそう単純にはいかない。そう言いたかったけれど、言いかけたところで、すぐさま反論された。

「何を言ってるの！　この世のどこでも、問題はそうやって解決するものなのよ。さて、隠しごとよ。ニーナ、上級巡査部長さんにもわかるように、黒板に書きだしてちょうだい」

黒板とは、普段、カフェのスペシャルメニューが書いてあるもののことだった。

カニンガム夫妻――シンガポールに来た理由を話したがらない。ルーシーは何かを隠しているらしい。
マイクロフト・ピーターズ――妹が行方不明なのに警察に届けなかった。妹の殺人事件を解決するより、忘れたがっているような態度。
チェリル・リム－ピーターズ――マークと一緒にビジネスをはじめたがっているのか？　それとも、マークそのものに興味があるのか？
カーラ・サイトウ――マリアン・ピーターズとのあいだであったことを、話したがらない。いったい何があったのか？
マーク・リー――ローラ・クィーとのあいだに、どんな隠しごとがあるのか？
その隠しごとをばらすとローラに脅されていたのか？

「これで全部ですか？」とサリムは尋ねた。冗談でそう言ったのだが、アンティ・リーはあくまでも真剣だった。

「そうだわ、ハリー・サリヴァンのことも考えてみましょう。〈ワインと料理の会〉の常連ですからね。といっても、ハリーは問題をいろいろ抱えているけど、それを秘密にしていると言えるかどうか……」

サリムがこれまでに目にしたハリー・サリヴァンのようすを考えれば、アンティ・リーの言うとおりだった。ハリーは白人以外の人に対する見解はもちろん、自分が決めた水準に達しない白人に対する見解も、はっきり口にしていた。たとえば、カニンガム夫妻のような白人について。だが、なんと言っていただろうか？　たしか、わが子のことを考えもせずに、何不自由なくのほほんと暮らしているとか……。そういうことをハリーが言うのも、意外ではなかった。なぜなら――

「ハリー・サリヴァンはカニンガム夫妻が何かを隠していると思っているようですね」

「それを言うなら、あなたにも隠しごとがあるはずよ」とアンティ・リーは自信満々で言った。若い男性をからかっているだけではなかった。サリムとニーナがお互いを見る目つきに、ぴんときたのだ。本人がそのことに気づくまえから、何かを感じとっていた。

「隠しごとなどありませんよ」とサリムは答えた。

アンティ・リーが立てた計画

・フランク・カニンガムが言っていた〝変質者〟とは誰のことなのか突き止める。

・ローラの交友関係と、不可解なメールについて調べる。

・カーラ・サイトウからマリアンへのメールの内容を調べる。

・ピーターズ夫妻からマリアンに関することを聞きだす。

「まずはこのぐらいかしら?」

「充分です」

「もし、あなたが自分の手がかりを追うのに忙しければ、これはわたしがやっておくわ」

「いいえ、大丈夫です」

「でも、あなたはすぐに家に帰って、シャワーを浴びて、休んだほうがよさそうよ。わたしは病院に行って、そのあとでコマルと話をするわ」

サリムは店を出ると、またもや誰かに世話を焼かれている気分になった。シンガポールに戻ってからはひとりで暮らしていた。忙しい両親に代わって育ててくれた祖母は、サリムが学校を卒業してまもなくこの世を去った。まるで、生涯にわたる長い責任を果たし終えたかのようだった。サリムは学生時代、学校に遅くまで残っていた。それと同じで、いまは職場で必要以上に長い時間を過ごすことがある。誰もいない部屋に戻りたくないからだ。

カフェを出て歩きだしたところで、ニーナが裏口から現われて、赤く薄っぺらなビニール袋を差しだした。屋台の果物屋で使われているような袋だ。

「ギンセンソウです」とニーナは言った。「とても丈夫なんですよ。植木鉢がなくても、水に浸けておくだけで育ちます。窓のそばに置くと、なおいいですよ」

「でも、蚊が……」サリムは思わず言いかけながらも、ビニール袋を受けとった。

「魚を飼えば大丈夫です」とニーナがきっぱりと言った。「小さな魚なら、一匹五十セントで買えますから。それに、魚を飼えば、家に帰ってもひとりきりじゃなくなります」

たしかにそんな話をした覚えがあった。それをニーナが忘れずにいてくれたことに、サリムは胸が熱くなった。

ニーナはサリムを見送って、店に戻った。アンティ・リーは相変わらず、黒板に書きだした疑問点を見つめていた。

「材料はそろったわ。あとは、すべてを混ぜあわせるだけね。でも、そのまえにちょっと調べないと。ローラのパソコンが見つかったと言ってたわね？」

「ええ、中も見ました」とニーナは平然と言った。「〈ワインと料理の会〉のお客さまと、支払いの表を確かめましたけど、何も見つかりませんでした」

「だったら、ちょっと頼まれてくれるかしら？　ローラはこの店とこの店のメニューについてSNSに書いてくれてたわね。そこから誰かがローラに連絡してこなかったか確かめたいの。そういう連絡があったかどうか、ローラのパソコンで見られるようにしてちょうだい」

「それなら、ご自分のパソコンからでも見られますよ」

「でも、ローラのパソコンで見たほうが簡単でしょ？　ローラはパソコンで会の参加者の名前を一覧表にして、参加費を払ったどうかもわかるようにしてたんだから。それと、できれば、ローラの家族に連絡して、話を聞きたいわ。それから、ローラは秘密主義だけど、意外と忘れっぽかったわね。わかりにくいパスワードを設定して、そのパスワードをリストにして、パソコンに保存してたんじゃないかしら？　それを見つければ、ますます仕事がしやすくなるわ。

さてと、わたしは職業紹介所を見てまわらなくちゃ。ニーナ、心配いらないわ。わたしの秘密をこれだけ知られたからには、そう簡単にはあなたを手放さないから」

14
材料を混ぜあわせる

子供の頃から記憶に刻まれている味――アンティ・リーは誰もがそう感じるような料理を作るコツを知っている。

料理の作り方をしょっちゅう訊かれては教えているが、たいてい、そのとおりに作っても同じ味にはならないと文句を言われる。そして、いちばん大切な材料を秘密にしているのだろう、と勘繰られる。だが、実際には秘密の材料などない。直感は教えられるものではなく、長年の経験でしか培えないものなのだ。それに、いまのシンガポールで手に入る材料は、アンティ・リーが料理をはじめた頃に比べて、はるかに純度が高くなっていることもある。逆に、いろいろなものが混ざっていることもある。それにくわえて、アンティ・リーお手製の料理を食べる人の味蕾は、歳を取れば取るほど鈍感になる。料理を作るときには、そういった変化すべてをおぎなうように塩梅しなければならないのだ。

アンティ・リーは材料を知るのはもちろん、料理を食べる人のことを知るのも、重要だと思っている。それを肝に銘じて、〝その人をどう料理するか〟考えるのだ。

カニンガム夫妻が病院で治療を受けているあいだに、ピーターズ家の行方不明だったメイドが見つかった。これに関してはアンティ・リーの手柄ではなかった。

ニーナが手を尽くして、コマル・チャンダニの居どころを突き止めたのだ。何人もの友人、友人の親戚、その親戚の友人の協力がなければ、突き止められなかったはずだ。あっぱれとしか言いようがない。自分は生まれてこのかたシンガポールで暮らしているが、ニーナはこの国に来てたったの七年。それなのに、コマルの件を解決に導いてくれそうな人のネットワークでは、とうていかなわない。ニーナの情報収集能力が判明するまで、その種の情報は、せいぜいがタクシーの運転手や、セレブ《タイタイ》の人脈を頼るしかなく、必要以上にタクシーに乗って、チャリティパーティに顔を出していた。

アンティ・リーが自宅に戻ると、リビングルームにニーナとサリム上級巡査部長と、怯えた顔の小柄で色黒の若い女性がいた。

「通訳を呼んだほうがいいかもしれません」とサリムが言った。

「それはあとでいいでしょう。正式な調書が必要になったときで。とりあえず話を聞きましょう。この子はわたしたちが言ってることはわかるはず。そうよね、コマル？わかるわね？」

コマルはびくびくしながらも、うなずいた。

「マリアンに何があったか知ってるの？」とアンティ・リーは穏やかに尋ねた。

コマルは首を横に振った。けれど、すぐにうなずいて、また首を横に振ると、言った。「知りません」

「マリアンが亡くなったのは知ってるのね？」

こくりとうなずく。

「でも、何があったのかはわからない？」

またうなずいた。今度は少しほっとしたようだった。「わたし、マリアンさまを手助けするつもりだった」

「どんな手助け？」

「マリアンさまの荷物、バッグに詰めた」

「荷物って、どんな？」

「服、パスポート」

「なぜ、マリアンは自分で荷造りしなかったの？」

「もう、旅に出てた。最初に出かけて、それから、マリアンさまの友だちの男の人が来て、荷物、用意しろと言った。マリアンさまは家に戻りたくない。戻ったら、お父さまが家から出さないから。だから、荷物を取ってきてと、友だちの男の人に頼んだ」

「それで？」

「それで、わたし、男の人にバッグ持っていって、五十ドルもらった。そのお金、マリアンさまからで、このこと誰にも内緒、男の人がそう言った。そうしないと、マリアンさまの家族が怒る。マリアンさまにも、わたしにも怒る」

「その話を信じたの？」

コマルは真剣にうなずいた。「でも、マリアンさまが死んで、恐くなった。だから、逃げた。わたし、何も盗んでない。ほんとうよ！」

「カーラさんにも電話をしておきました」とニーナが言った。「マリアンさんのメイドと話がしたければ来てくださいと、伝えました。よろしかったですか？」

アンティ・リーは驚いた。「もちろん、それでいいわ。でも、あなたはカーラが嫌いなのかと思ってたわ」

ニーナは気まずい顔をした。「わたしがカーラさんを好きかどうかは、この際、関係ないですから。コマルが言ってたんです。マリアンさんがカーラさんの話をしてたって。カーラさんを家族と会わせたがってたって。それに、アンティ・リー、あなたはピーターズ夫妻をよくご存じですよね……」

ニーナが含みを持たせて口をつぐむと、コマルの顔に何かを期待する表情が浮かんだ。ピーターズ夫妻にカーラを会わせるですって？　それでうまくいくとは思えなかった。今回の悲惨な出来事の発端はカーラにあると、ピーターズ夫妻は考えているかもしれない。だが、メイドのコマルが期待しているのはまちがいなかった。アンティ・リーは無言で訴えているニーナの顔を見て、コマルがピーターズ家に戻れるように、何かできるだろうかと考えた。

「カーラを両親に会わせれば、亡くなったマリアンが喜ぶと思ってるのね？」

「はい、そうです、お願いします。マリアンさまのためにできること、それぐらいです」

「二週間のロマンティックな休暇計画に協力してた男性について、マリアンがカーラになんと言ってたか知ってる？　そうそう、ローラの死体を見つけたのは新婚カップルだったわね？　結婚したばかりのその夫婦は、前日の夜にホテルで披露宴を開いた。きっと同じ場所よ。その新婚夫婦もコテージに泊まってた、そうでしょ？　ニーナ、泊まってたコテージについて詳しく調べてちょうだい。わたしはいそいで病院に行かなくちゃ。カーラはいま、どのあたりにいるのかしら?」

ときには、パズルのピースがあるべき場所に自然とおさまることもある。アンティ・リーがそんなふうに思っていると、電話が鳴って、同時に、ドアホンも鳴った。アンティ・リーが電話に出て、ニーナがカーラを家に招きいれた。

「もしもし、ええ、じゃあ、いま、行ってもいいのね?」とアンティ・リーは電話の相手に言った。

「来てくれてよかったわ」とアンティ・リーはカーラに言った。「あなたに会いたがってる人がいるの」

カーラはピーターズ家の場所を知っていた。以前、家のまえの通りに立ち尽くしたことがあったのだ。訪ねるつもりもないまま、向かいの通りから、長いことマリアンの家を見つめていたのだった。

「マリアンが家に閉じこめられてると思ったんです」とカーラは正直に言った。「いま考えれば、馬鹿みたいですけど。でも、あのときは、マリアンが言ってた〝両親は考え方が古くて、過保護〟ということばを思いだして、閉じこめられてるに決まってると思ったんです。正直なところ、わたしはマリアンが家にいてくれればいいと、願ってたのかもしれません」

門が開くと、敷地の中をのそのそと歩いていた黒い老犬が、期待するように顔を上げた。

「こんにちは、チューイー」とカーラが声をかけると、犬は律儀に、けれど、おざなりに尻尾を振った。犬が待っていたのは、アンティ・リーとカーラでないことは確かだった。

「チューイーを知ってるの？」

「チューバッカのことは、マリアンから聞かされました。マリアンが十七年も飼ってる犬ですよね。飼いはじめた頃は、小さな子犬で、ものすごく怖がりだったから、寝るときにはベッドに入れてあげたと言ってました。ほんとうは、家の中に入れちゃいけないのに。マリアンがこの家に戻ってきたかった理由のひとつは、チューイーに会いたかったからでしょうね」

アンティ・リーはここに来るまえに、ピーターズ夫妻に手短に説明しておいた。自分とマリアンの友だちがコマルを探しだしたから、ピーターズ家に連れていくと話したのだ。コマルは不安でたまらないようで、神妙にしていて、マリアンの友だちはコマルとも、ピーターズ家の女主人とも話をしたがっている、と。

アン・ピーターズは無言で、長いことカーラをまじまじと見つめた。もしかして、カーラを連れてきたのはまちがいだったの？　アンティ・リーは少し不安になった。

長い沈黙のあとで、アンはカーラに言った。「ずいぶんまえから、わたしはなんとなく気づいていたんだと思う。でも、マイノリティとしての生活がどんなものなのかはわかるでしょう？　たとえ、もう何年もこの国で暮らしているとしてもね。だから、さらにハンディを負ったら、マリアンはますます生きづらくなる。もしマリアンがいまここにいたら、わたしたちは反対して、喧嘩になっているでしょうね。そうよ、わたしは賛成できない。だって、わたしは母親ですもの。賛成しないのが、母としての務めだわ」

「それが何より辛いと、マリアンはいつも言ってました。お母さんに賛成してもらえないのが」とカーラ・サイトウは言った。マリアンの母親に嫌われようがかまわなかった。母親には同情できない。マリアンがあれほど悩んでいたのは、母親のことだったのだから。

「世間から娘を守るのが、わたしの務めよ。でも、いまとなっては何ができるの？」

カーラは言った。「世間を変えられます」

「わたしは賛成しなかった。でも、わたしが自分の意にそわないことをひとつも認めないと思ってるなら、それはちがうわ。息子とチェリルの結婚に、わたしが反対したのを、マリアンから聞いているかしら？」

ふいに話題が変わって、カーラは戸惑った。「いいえ、そういうことは聞いてません。でも、マリアンはチェリルがいてくれて助かってると言ってました。お母さんのショッピングやマニキュアに、チェリルがつきあってくれるから、って。マリアンはそういうことにまったく興味がありませんでしたから」

「マリアンは嫉妬してると思ってたわ。チェリルは中国系で、ひとり親の家庭で育った。大学も行かずに、客室乗務員として働いてたわ。最後まで話を聞いてちょうだい――」話をさえぎろうとするカーラを、アンは片手を上げて制した。「わたしは息子とチェリルの結婚に反対したわ。結婚というのは、たとえ同じような家柄でも、性格がちがうふたりが一緒に暮らすのだから、たいへんなこと。それに、大きな問題になりそうなことを、わが子のためにまえもって排除しておくのは母親の務めよ。でも、いったんわが子が結婚したら、その子の味方をするのが母親の務めになる」

「マリアンはチェリルを嫌ってました。マイクロフトがチェリルのどこを好きなのか、理解に苦しむと言ってました。あなたもチェリルを嫌っているけれど、孫がほしいから、仲のいいふりをしてると、マリアンは思ってました」

「そのとおりよ。息子と結婚するまで、わたしはチェリルが嫌いだった。でも、結婚した以上、わたしがチェリルを好きか嫌いかなんてことは関係ない。なぜなら、もう家族ですからね」

カーラ・サイトウは黙っていた。

アンは話を続けた。「あなたも家族になっていたかもしれない、そう、いずれは。それを、あなたに知っておいてほしかったのよ」それが言いたくて、アンはチェリルへの感情を打ち明けたのだった。いまここにマリアンがいたら、母親に感謝するにちがいない。

「まだショックが抜けきれないんです。マリアンがもういないのはわかってます。だから、ほんとうなら、もっともっと落ちこんでるはずなんです。でも、遠く離れて暮らしていたせいか、死んだなんて信じられなくて、いまにも居場所を知らせるメールが来るような気がしてなりません」

「最後のメールはいつ届いたの?」とアンティ・リーはすかさず尋ねた。「マリアンの携帯電話はどこにあるの？　パソコンは？」

　長いことアンティ・リーが何も言わずにいたので、マリアンの母もカーラもその存在を忘れかけていた。

「パソコンも行方不明です。コマルによると、パソコンも荷物に入れるように言われたんだそうです。でも、それこそ妙です。マリアンは普段、パソコンは職場のものを使って、あとはもっぱら携帯電話を使ってましたから。自宅にあるパソコンは古くて、ほとんど使ってなかった。それに、パソコンを持ってくるように頼んでおきながら、充電用のコードを持ってこさせなかったなんて」

「アン、あなたはマリアンの携帯電話とパソコンをコマルが盗んだと思ってたのかしら？　でも、そうじゃない。コマルはマリアンの恋人だという男性に、携帯電話とパソコンを渡しただけ。そのことはマイクロフトも知ってるわ。それに、マイクロフトはマリアンに男性の恋人などいなかったのも知っている。だから、あなたがマリアンを同性愛者の矯正施設に入れたんだろうと思いこんでいた。そのせいで、妹の居所がわからないのを、誰にも教えなかったの。それに、ローラから言われたそうよ。マリアンが女性とつきあってる確かな証拠がある、同性愛を治療するために協力してくれる人を知ってる、と。同時に、ローラはマリアンに近づいて、自分は味方だから協力したいと言って、親しくなった」

「何を言っているの？」とアンは言った。「わたしも夫もマリアンを矯正施設なんかに入れてないわ。マリアンは健康で――」

「マリアンには癲癇《てんかん》の持病がありました」とカーラが言った。「発作が起きないように、充分に注意していなければならなかった。もしかして、マリアンは同性愛の矯正治療を受けて、命を落としたんですか？」

「でも、それだとローラの身に起きたことの説明がつかないわ」とアンティ・リーは言った。

15

病院にて

レシピを見ただけでは、実際にどんな料理ができあがるのか絶対にわからない、というのがアンティ・リーの持論だ。各々の材料がどう作用しあうかは、材料をすべて合わせて、料理してみてようやくわかる。それに、もちろん、はじめて使う馴染みのない材料が、すべてを変えてしまうこともある。

今回も〝新たな材料〟が飛びだした。すらりとした長身で、ショウガ色の髪をしたジョセフ・カニンガム――アンティ・リーがぜひとも会いたいと願っていた若者――という材料はもちろんのこと、ジョセフが連れてきたもうひとつの材料、いや、もうひとりの人物も出現した。

その人物とはジョセフ・カニンガムのパートナーで、シンガポール人のオットーだ。

アンティ・リーが電話をかけて一時間もしないうちに、ふたりは病院に駆けつけた。

「電話をもらったときには、ぼくたちはシンガポールにいて、だから、すぐに来られたんですよ。誓約式の準備してるところなんです。もちろん、両親には出席してもらうつもりでいました。でも、もうシンガポールに来てたなんて、知りませんでした」

なるほど、それこそがカニンガム夫妻の大きな秘密だったのだ。アンティ・リーはようやく合点がいった。「ご両親の具合は?」

「とんでもない災難に巻きこまれたにしては、すごく元気です。医者からは、局所性感染と蜂巣炎《ほうそうえん》に気をつけなければならなくて、しばらく痛みも続くと言われましたけどね。でも、三週間もすれば完治するようで、ほっとしました」

アンティ・リーとジョセフが話しているのは、ルーシーの病室だった。もともと心が広いルーシーは、同性愛者に対する偏見をすでに捨て去って、アンティ・リーと話している息子を尻目に、自分はオットーと話しこんでいた。ベッドサイドに座っているオットーに、息子が子供だった頃のことを話して聞かせて、ときどき息子とアンティ・リーのほうを見ては、にっこり微笑んだ。火傷を負った腕や脚――幸いにも、爆発が起きたときに、反射的に顔は手で隠した――は、赤と白のまだらになって、痛々しい水泡ができているが、いつになく元気そうだった。

「で、お父さんはどう思ってるの？」とアンティ・リーはジョーに尋ねた。

「ぼくに内緒で、両親がシンガポールに来た理由を知ってますか？　両親は、いや、どちらかといえば父ですけど、オットーの両親と会って、ぼくたちを別れさせるつもりだったんです。その橋渡しをすることになってたのが、ローラ・クィーです。ローラは父と母に、シンガポールでは同性愛は違法だから、ぼくが二度とオットーに会わないと誓わないかぎり、オットーを逮捕させることもできると言ったんです。でも、そのやり方には母が反対しました。そこで、ローラはもしシンガポールに来られるなら、オットーの両親と会えるように手配すると言ったんです。両方の親がそろって説得すれば、ぼくたちは別れて、ぼくはおとなしくオーストラリアに戻るだろう、と。ところが、その後、ローラはふいに姿を消してしまった。いずれにしても、そんなやり方でうまくいくわけがなかったんですけどね。オットーのお父さんは亡くなってて、お母さんは結婚を認めてくれてますから。もちろん、ひと晩であっさり認めてくれたわけじゃありません。でも、いまは誓約式の準備を手伝ってくれてます。というか、オットーのお母さんが仕切ってます」

「オットーのお母さんにライバルができそうね……」

ジョーとアンティ・リーは楽しそうに笑っているルーシーを見た。

「あら、ジョーは写真がないなんて言うの？　ジョーの可愛いらしい写真なら何百枚も何千枚も撮ったのよ。その中から選んで使うといいわ……」

ジョーが苦笑いを浮かべると、オットーは全員に目をやって、にやりとした。どうやら、この家族はさほど大きな傷を負わずに済みそうだ。アンティ・リーはその思いを正直に口にした。

「かならずわかってくれると信じてました」とジョーが応じた。「互いを真剣に気遣えば、道はかならず開けますからね。いつかは父もわかってくれるでしょう。でも、いちばん怒ってるのは、あの過激なライフギフターズのメンバーですよ。ご存じのとおり、あの人たちは同性愛から人類を救う、なんて息巻いてますから。ローラ・クィーもその会のメンバーなんです」

「ローラを知っているの？」

「会ったことはないけど、知ってます。大学時代に、ローラはオットーを好きだったんです。一緒にいろんな活動をしてたんですよ。それで、オットーはローラに、同性愛者であることを打ち明けたんです。理解して、協力してくれるんじゃないかと思って。ところが、ローラは故郷の父親にいつオットーと結婚するんだとしつこく訊かれてるなんてことを言いだしたんです。そうして、ＳＮＳでオットーにつきまとって、オットーの友だち全員に迷惑メールを送ったりもしました。それで、オットーはフェイスブックでローラをブロックしたんですけどね。すると、ローラはオットーが通う教会の司祭に、オットーはエイズだなんて手紙を書いて、送りつけたんです」

「なぜ、そんなことをするの？」とアンティ・リーは尋ねた。

ジョーは肩をすくめた。「オットーを救うつもりだったんじゃないですか。ライフギフターズがやってるのは、まさにそれですから。かなり強引なやり方で。同性愛者本人のために矯正するという名目で、誘拐まがいのこともやってます。同性愛者を異性愛者に変えるための〝修復セラピー〟と呼んで」

「どんなセラピーなの？」

ジョーは怪訝そうにアンティ・リーを見たが、アンティ・リーの顔には純粋な好奇心が浮かんでいるだけだった。「監禁されて、神に祈らされて、聖書を読まされるんです。同性愛が忌まわしいものとして記されてる部分を何度も。面会できるのは、同性愛者として生きるのをやめた人だけで、抵抗すれば、縛られる。縄を解かれるのは、聖書を読むときと、教会に行くときだけです」

「それで矯正できるの？」

「ぼくには効きませんでしたよ。そんなことがあって、ぼくは両親に二度と会いたくないと言ったんです」

「でも、ご両親を誓約式に招待したんでしょう」

「まあ、父も母もぼくの幸せを願ってただけですから。それはわかってます。だから、両親に伝えたいんですよ、ぼくならではのほんとうの幸せを見つけたことを」


アンティ・リーは病室に入った。フランク・カニンガムはひとりきりだった。お見舞いに、色とりどりの小さなお菓子を持ってきたが、フランクは仏頂面でお菓子をちらりと見ただけだった。妻のルーシーと同じように、腕も脚も包帯でぐるぐる巻きで、目のまわりにはどす黒い痣ができていた。

「ああいう連中を受け入れられない、そりゃそうでしょう？」とフランクはアンティ・リーに言った。「この国の住民には良識ってものがないんだろうか？　法律でも禁じられてるのに。あんなのはどう考えても不自然だ」とは言いながらも、痛み止めのせいなのか、以前ほどの意気込みは感じられなかった。

「神はわたしたちに脳みそと、論理を授けられたわ。そのふたつを使って、わたしたちが自ら学べるようにしたのよ」アンティ・リーはそう言うと、にっこり笑った。「人はみな、各自のモラルにしたがって生きてるけれど、ある人のモラルが別の人にとっては馬鹿げているとしか思えないこともある。息子さんのことで、ローラ・クィーからメールをもらったんでしょう？」

「秘密にする約束だったんだ。息子のためだったんだ」

「トントン」とハリーがことばでノックすると、セリーナをさきに病室に入れて、続いて自分も入ってきた。

「店の関係者として来ました」とセリーナは言った。「ハリーが言うんです、病院にお見舞いにいけば、訴えられることもないだろう、って。あら、いやだ、アンティ・リーも同じことを考えたんですね？」

「まさか、とんでもない」アンティ・リーは両手を振りながら、きっぱり否定した。

「さあ、さあ、どうぞ。わたしは話をしにきただけだから」

「よかった。わたしたちもちょっと考えたんですよ。店はしばらく閉めたままだから、客足が遠のくでしょう。だから、思いきって店をたたんではどうかしら？　お義母《かあ》さんだって若返るわけじゃないんですから」

セリーナにはものごとを遠まわしに言う才能がないらしい。アンティ・リーはセリーナに何か言われるたびに、それとは真逆のことをしたくなるのだった。

ハリーが話に割りこんだ。「おっと、セリーナ、いまはそういう話をしてる場合じゃないだろう。ここへはカニンガム夫妻が元気かどうか確かめにきたんだから。あなたもですよね、アンティ・リー。たいへんなことが立てつづけに起きたんだから、疲れないようにしてくださいよ」

「それはわたしが言ったことと同じ意味でしょ？」とセリーナが言った。

ハリーは髪が薄く、太鼓腹で、汗かきで、いつでも手のひらが湿っているけれど、それはすべて身体的なこと。つまり、表面的なことだ。それでも、アンティ・リーは不思議だった。すぐにわかることを見て見ぬふりをしているセリーナは、実は多くのことを見落としているのでは？

「奥さんにも会ってきたわ」とアンティ・リーはフランクに言った。「元気そうだった。そう、ずいぶん元気になったわ。息子さんが病院に来てるのよ、知っていた？」

「妻も息子も病気だ。だから、治してやらなければ。堕落しないように助けてやるんだ」フランクはベッドに横たわったまま言った。「ああ、もっと痛み止めをくれ。看護師はどこだ？　妻はどこにいるんだ？　わたしほどの大怪我をしたわけじゃないのに、なぜ、病院は妻に夫の看病をさせないんだ？」

アンティ・リーは看護師を呼ぶと言っただけで、それ以外のことには答えなかった。

それ以外の問題は、フランクが自分で解決しなければならない。人は誰しも、頭の中を定期的に見直すべきだ、というのがアンティ・リーの持論だった。定期的に食料庫を整理するのと同じ。どれほど計画的に買い物をしても、食料庫の片隅には消費期限切れや、湿気てカビが生えたものが取り残される。さらに言うなら、衝動買いをして、結局、使わなかったものもある。頭の中にしろ、食料庫の中にしろ、古びたり、場所を取るばかりで大して役に立たなかったりするものが溜まるものなのだ。それが、ほかのものにも悪影響を与えてしまう。

アンティ・リーに続いて、ハリーとセリーナもフランクの病室を出た。ふたりは請求権や保険の話をしていた。焦げた部分を修理するぐらいなら、大した額にはならないとかなんとか。

「ハリー・サリヴァンおじいさんのことを、やっと思いだしたわ」病室に入ってきたハリーを見て、ルーシーが言った。「たったいま思いだしたところなの。気になってたことがようやくわかったわ。〝ハリー・サリヴァン〟というのは、セント・レナーズ交差点の角で店をやってたおじいさんの名前。ジョー、憶えてる？　あなたのひいおばあさんが眠る古い墓地のそばにあった店よ。ひいおばあさんの百歳の誕生日にお墓参りに行ったでしょ。ひいおばあさんが百歳まで生きてたら、どんなだったでしょうね。あともうちょっとで百歳の誕生日だったのに。ほら、あなたを連れていったのよ、憶えてる?」

ジョーは憶えていなかった。

「お父さんがハリーおじいさんの店で話しこんじゃってね。お父さんときたら、ガーデニングの話になると止まらないんですもの。それで、おじいさんと意気投合したの。手入れされた庭を見せてもらおうと、家まで行くことになったわ。家はパーク通りのつきあたり。リバー通りとつながる計画だった通りよ。当時は車で入れるのはそこまでだったの。急坂をのぼったところで道が途切れて、そこからは人だけが通れる狭い通路になって、そのさきが工事中のリバー通りだった。あそこはなにしろ急な坂道で、道路に駐車用の輪留めが埋めこんであったわ。おじいさんの庭はそれはもうみごとだった。百五十平米ぐらいの広さで、植木鉢やトレリスなんかがあちこちに置いてあって、ベニバナインゲンやキュウリも植わってたわ。そうそう、めずらしいカボチャだと思ったら、見たこともないほど大きなトマトだったのよ。種が重要だから、種をくれると言っておじいさんはきかなかったの。フランクは種から育てるような忍耐力はないと断ったんだけどね。でも、種から育てていちばん感激したのは、ブルズ・ハートというトマト。大きいだけじゃなくて、すごくおいしかったわ。おじいさんは自分が死んだら、自宅を地域の人たちの菜園にするつもりだと言っていたわ」ルーシーはさらに言った。「でも、その後、急死されたと聞いたわ。家から何からすべて甥っ子が相続して、売り払ったそうよ」

「どうして亡くなったの？」とアンティ・リーは尋ねた。

「自動車事故。それがおかしな事故でね。ある夜、おじいさんは車に乗ったんだけど、年寄りだから、運転の腕がそうとう錆びついていたみたい。車は急坂を下って、坂の下の障壁に激突したらしいわ」

「その事故のどこがおかしいの？」

「あら、おかしいなんて言ったかしら？」ルーシーはちょっと考えた。「いいえ、おかしいわけじゃなくて、ちょっと意外だっただけ。だって、あのおじいさんはもう何年も車を運転してなかったから。車がまだ動くのかどうかもわからないと言ってたわ。でも、レッカー車で引き取ってもらうにも、お金がかかる、って」

「どうかしたの？」とセリーナがハリーに尋ねた。「ルーシーの具合を訊きにきたんでしょう？」

「いや、元気そうだと思ってね」とハリーは言うと、病室を出ていった。

「あなたが順調に回復してるのを確かめにきただけですから」セリーナはハリーに続

いて病室を出ようとしながら、ルーシーに説明した。「元気になったなら、あとでいきなり気が変わって、店を訴えたりしませんよね」

「最初から訴える気なんてないわ」とルーシーはアンティ・リーに言った。「あなたみたいに親切な人を訴えるはずがない」


アンティ・リーはニーナと待ちあわせていたロビーに向かった。ロビーにはセリーナとハリーがいた。ニーナはカニンガム夫妻のために、キノコと麦のスープを持ってくることになっていた。

「アンティ・リー、たったいまハリーから聞いたんですけど、カフェについてのひどい口コミは、ローラが書いたんですって」とセリーナが言った。

「どうして、わかったの？」とアンティ・リーはハリーに尋ねた。

「いや、まあ、あちこちに知りあいがいますからね」とハリーはあいまいに答えた。

「死んだ人を悪く言いたくないけど、あの口コミには何か裏があると思ってたんですよ。ローラは思いこみが激しいタイプですからね。妄想の世界に浸って、思いついたことをパソコンの中にメモしておくんです。それで、ローラのパソコンは見つかりましたか？　アパートにはなかったみたいですけど」

「自分で持ってたんじゃないかしら」とセリーナが言った。「どこに行くにも持ち歩いてたもの。何もかもパソコンに入れてたわ。携帯電話も使ってたけど、全部パソコンにバックアップしてた。まるで、スパイか何かみたいにね」セリーナはそう言ったものの、ローラにまつわる話にはもううんざりしていた。「ローラはパソコンのファイルに複雑なパスワードを設定しては、パスワードをメモしてたわ。忘れると困るからって。住所に見せかけて、アドレス帳に書いてたのよ。なかなか賢いじゃない？　でも、そうしてるのを、人に話しちゃうところが賢くないのよね」

「姿を消した夜、ローラはパソコンを持ってなかった。いや、警察はパソコンを見つけていない。少なくとも、見つけたという発表はない」とハリーは頑として言うと、アンティ・リーを見た。「ローラはパソコンを店に置いていったりしませんでしたか？」

「ニーナならわかるかもしれないわ」とアンティ・リーは応じながらも、ニーナに注意しておかなければと思った。

そのとき、ジョーとオットーが病室から現われて、アンティ・リーに駆けよった。

「よかった、これでお礼が言える」

「ぼくたちは家族のアルバムを作ってるところなんです。デジタル・アルバムをね」とオットーが言った。「ジョーはアルバムを誓約式で再生して、両親に見せるつもりなんです。両親や家族やあらゆることに感謝の気持ちをこめて。その計画をお母さんに話して、物置に長いこと眠ってた何冊ものアルバムを送ってもらうことにしたんです」

「いや、もともとはオットーのアイディアですよ」とジョーが穏やかに言った。「ぼくが思いつけばよかったんですけどね。母が撮った昔の写真を全部見たがってる人がいると知って、母は大喜びでした。でも、ぼくにこんなに古臭い親がいるのを、オットーが知ったら……」ジョーは首を振った。

「ねえ、ジョー、聞いてちょうだい」とアンティ・リーは真顔で言った。「これだけたくさんのすばらしい人があなたを大切に思っているのに、そういう人たちを捨てられるの？」

「なんですか？　いきなり。いや、もちろんそんなことはしませんよ」

「だったら、馬鹿なことを言わないの。華人の男があなたを必要としてなかったら、あなたにもそれがわかるわ。逆に、華人の男を追いはらういちばん手っ取り早い方法は、自分と一緒にいないほうがいいと、相手に言いつづけること。華人の男というのは家の中で争うのを嫌うわ。だから、家庭ではつねに柔順よ。いつかオットーはあなたをなだめるためだけに、あなたの意見にしたがうようになるかもしれない。ジョー、あなたはそういうことをほんとうに望んでるの？」

ジョーはぽかんとした顔で、アンティ・リーを見た。まるでアンティ・リーに北京語で話しかけられたかのようだった。それから、ちらりとオットーを見た。

「たしかにそうですね」とオットーは真面目な顔で言った。アンティ・リーはますますオットーが気に入った。いや、実際には、オットーもジョーも気に入っていて、それはめったにないことだった。こと夫婦に関しては、たいていどちらかいっぽうは鼻持ちならないものなのだ。

「なんの話？」ジョーはまじまじとオットーを見た。オットーのことばも理解できないと言わんばかりの顔をしていた。

「つまり、こういうことだよ。もしぼくがきみと一緒にいたくなかったら、きみと結婚するわけがない」

「ぼくがきみに結婚を無理強いしているとか、そんな話かと思ったよ。ぼくは怒りっぽくて、きみは穏やかだからね」

「ぼくはそんなに穏やかじゃないよ。それに、きみがものすごく賢くなくても、きみを愛してるよ。だから、親切なおばさん《アンティ》の言うことを素直に聞いていればいいんだよ」

「ありがとう、親切なおばさん《アンティ》」とジョーが素直に言うと、オットーもジョーもアンティ・リーも大笑いした。といっても、アンティ・リーはわずかに苛立った。現代の若者が五十年まえの若者と同じぐらい愚かだったら、進化論など成り立たない。

「ありがとう、オットー」とアンティ・リーは言った。「それで、ちょっと頼みたいことがあるの。今日はずっと病院にいてくれるかしら？　待合室で作業できるでしょ？　ジョーのご両親にあなたが作ったアルバムを見せてあげるといいわ。だから、ここにいてくれる？」

オットーはためらった。「アルバムはまだ見せられないんですよ。フレームとか背景とか、日付とかコメントなんかをつけるつもりなんです」

「あら、そうなの。でも、そういう作業はあとまわしにできるわよね。とにかく、いまはここにいてほしいの。フランクとルーシーの身に降りかかったことは、ただの事故じゃないのを忘れないで。今回、ふたりを襲った人物はへまをしたけれど、次はもっとうまくやるかもしれないわ」

スープを持ってくるはずのニーナは、まだ現われなかった。アンティ・リーはトイレに行くことにした。すると、わきの通路でニーナとハリーが話しこんでいるのが見えた。ハリーがニーナの手を握っている。いや、腕をつかんでいると言ったほうがいいかもしれない。アンティ・リーが歩みよるまえに、ハリーはその場を離れた。

「ハリーは本気でわたしに言いよってたわけじゃありません」とニーナが言った。「言いよってるふりをしてただけです。ハリーが芝居をしてるのは、すぐにわかりました。そういうことをどうやって見分けるかは、アンティ・リー、あなたから教わりましたからね。ハリーはものすごく怒ってて、ものすごく怯えてるんです」

怒って、なおかつ、怯えている人がどれほど危険かは、ニーナに注意するまでもなかった。

16

蓋をして、とろ火にかける

たいていの料理には下ごしらえが必要だ。

たとえば、ジャガイモのカレーパン。まずは、具をさきに作らなければならない。具がきちんと冷めてからでなければ、パン生地には包めない。けれど、鶏肉とジャガイモの絶品カレーを生地に包んだが最後、のんびりとはしていられない。カレー入りの白くつややかなパン生地を、輝くばかりの黄金色に揚げるには、一秒たりとも余分に揚げ油に入れておいてはならないのだ。油から取りだしても、ぼさっとしてはいられない。すぐに食べなければ、いちばんおいしい瞬間はあっというまに過ぎ去って、あなたを置き去りにする。おいしいカレーパンとはそういうものだ。だからといって、それでこの世が終わるわけではないけれど。

たとえば、生まれてはじめて見る絶世の美女に恋したとしよう。だが、あなたはその美女とはつきあえず、結局、美女の妹と結婚することになった。美女の妹を妻にしたのだから、あなたはもちろん幸せなはずだ。けれど、最初に愛した絶世の美女を一生忘れられない。

カレーパンもそれと同じだ。アンティ・リーが作った鶏肉とジャガイモのカレーが入った揚げたてのカレーパンを食べたら、ほかのカレーパンでは二度と満足できなくなる。

だが、料理はスピードだけが勝負ではない。たとえば、タマリンドソースを作るときには、乾燥タマリンドをなるべく長く水に浸してふやかしてから、実のまわりについた繊維や種を手でほぐす。それから、金属のざるで濾《こ》して、硬い繊維や種や莢《さや》をすべて取り除いてようやく、上質なタマリンド水がたっぷり取れる。

アンティ・リーはいま、タマリンドソースを作っている気分だった。タマリンドを浸した水に手を入れて、いざかきまわそうとしたところで、誰かにさきに手を突っこまれた、まさにそんな感じ。

サリム上級巡査部長は通報を受けて病院にやってきた。病院に集まった同性愛者が、自分たちの生き方を世に広めるために、不法な集会をおこなっているという通報と、さらに、メイドのニーナ・バリナサイが家庭内での仕事にかぎるという法律を破って、店で働いているという通報があったのだ。ニーナに関しては、いまさら通報が入るのは妙だった。なにしろ、問題の店はこの一週間休みなのだ。それでも、通報があった以上、どんなことでも調べなければならなかった。管轄内でそのような法律違反がまかりとおっているなら、個人的にも調べたいとサリムは思った。そう、非公式に。

その結果、違法な集会はおこなわれていないと判断した。「違法な集会とは、集まっているのが五人以上の場合です。植物園がある地域なら、三人以上ですけどね。ふたりの同性愛者が病院に来ただけでは、警察は介入できません。でも、もう一件の通報は……」サリムは訝《いぶか》しげな顔でニーナを見た。「少し調べてみる必要がありそうです。あなたはひんぱんに〈アンティ・リーズ・ディライト〉で目撃されてますからね。少し話を聞かせてください」

「もしかして、ハリーさんが通報したんですか？　わたしが家庭内の仕事にかぎるという法律を破って店で働いてる、と」

「通報者についてはお答えできません」

「ハリーさんからつきあってほしいと言われて、その気はないと答えたんです。だから、そんな通報をしたんです」とニーナはきっぱり言った。「わたしが何を言ったところで、ハリーさんへの報復だとしか、警察は思わないでしょうから、まさにハリーさんの思うつぼですね」

「あなたが通報したんですか?」とサリムは尋ねた。あくまでも客観的な警察官の口調だった。

ニーナは腹が立った。

「わたしの話を信じないんですか? あなたに信じてもらえないなんて。あなたはアンティ・リーとわたしの味方だとばかり……。でも、ほんとうはそうじゃなくて、アンティ・リーとわたしを困らせるために来たんですね。いずれにしても、わたしはもうアンティ・リーに話しました。アンティ・リー、わたしの話はほんとうだと、サリム上級巡査部長に言ってください」

眉間にしわを寄せて考えこんでいたアンティ・リーは、ニーナの話を聞いていなかった。

「アンティ・リー! ハリーさんが何をしたか、わたしから聞いたって、言ってください。ついさっき、ハリーさんがここに来て、わたしを困らせようとした、って」

「何がどうしたの? ああ、そうよ。そのとおりよ」アンティ・リーは上の空だった。

「ニーナを連れていって、事情を聞いてちょうだい」

サリムは驚いて、ニーナは激怒した。「アンティ・リー、このままじゃわたしは逮捕されてしまいます！　あなたはひとりになっちゃいますよ！　しっかりしてください！」

すべてはローラ・クィーが絡んでいる、とアンティ・リーは思った。どう考えても、すべてはローラに戻る。ローラはライフギフターズの同性愛者矯正プログラムに加担していて、《アイランド・ハイ・ライフ》誌に〈アンティ・リーズ・ディライト〉をこきおろす口コミを匿名で書いて、マリアンが同性の恋人とふたりきりで休暇を過ごせる場所を見つけだして、オットーとは親しかったのに、その後、オットーと恋人を攻撃するようになった。

いったい、ローラは何をして、殺されたの？　報われない恋ばかりする癖がありながら、恋した相手から愛されていると、やみくもに信じていた。そうして、オットーを自分のものにしようとした。もしかしたら、マークに対しても似たようなことをしたのかもしれない。マークとセリーナの仲がぎくしゃくしていると考えて、そんなときにベッドをともにすれば、自分のためにマークがセリーナと別れると思ったの？　マークがそんなことをすると、セリーナも思っていたのだろうか？　どう見ても、ローラをつねにそばに置いておくようにしたのは、セリーナだ。そうやって、マークを罰しようとしていたの？　ローラから目を離さないようにしていたとか？　そのことにマークが気づいていたかどうかはともかく、マークは妻の意に反することはしない。一回目の〈ワインと料理の会〉で、ローラは酔っぱらってマークやハリーに色目を使った。二回目の会では、アルコールは一滴も口にしなかったのに、なぜか酔っぱらっているような態度を取って……そう、マリアンのことでハリーをからかっていた。それはまちがいない。二回目の会にマリアンが参加していなくてよかった。あの夜もローラはカップケーキを持参した。その中には、ハリーとマリアンのための〝婚約祝いのカップケーキ〟と勝手に名づけたふたつのケーキがあった。自分で焼いたカップケーキに、アイシングをほどこしたのだ。

そういえば、チェリル・リム－ピーターズは、ローラが何かをほのめかしたりしてハリーを脅迫しようとしているようだったと考えていた。でも、ローラは脅迫するつもりではなく、そうやって気を引こうとしていたのだろう。それがチェリルには脅迫に聞こえたなら、ハリーも同じように感じたのかもしれない。

アンティ・リーは目のまえで繰り広げられている口論に気づいて、ふと現実に戻った。

「調書を取りましょう」とサリムが穏やかに言った。「といっても、それとこれとはべつの問題です。いずれにしても、わたしは通報の件を調べなければならない。あなたが持ってるのは家事使用人のビザですよね？」

「いいえ、わたしは〝大金持ちの男と結婚するという秘密の任務を遂行して、夫のお金を全部フィリピンに持ち逃げする〟ためのビザを持ってるんです」

「あら、やだ、いまのはニーナの冗談よ」とアンティ・リーは言った。このままではニーナがたいへんなことになると、やっと気づいたのだった。

「それは〝家事使用人ビザを持っている〟という意味ですね？」とサリムはあくまでも冷静に言った。

ニーナはサリムを叩きたくなった。そのせいで裁判にかけられたら、サリムの目が覚めるように頭をゴツンと殴ってやったのだと言えばいい。

「それで、あなたは身のまわりの世話をさせるために、ニーナを雇ってるんですね？」サリムはアンティ・リーに質問した。

「ええ、そう。そのとおりよ」

「ということは、あなたの身のまわりの世話をするメイドとして、ニーナはどこへでもあなたの行くところに行かなければなりませんね？」

「そう、そう」

「となると、あなたの店で長い時間を過ごすことになる?」

これで一件落着かとニーナがほっとしたとたんに、アンティ・リーが言った。

「ニーナを警察署に連れていって、話をきちんと聞くといいわ」

サリムはニーナと同じぐらい驚いた。

「えっと、それはどういうことですか?」

「アンティ・リー」とニーナが言った。「どういうつもりなんですか? あなたをここにひとりで置いていくわけにはいきません」

「あとで、電話で話しましょう。警察での用事が終わったら、電話をちょうだい」

「でも、どうやって家に帰るつもりなんです?」

もちろん、アンティ・リーはタクシーの運転手に自宅の住所を告げるぐらいはなんなくこなせるが、最後にひとりでタクシーに乗ってからもう何年も経っていた。

「セリーナがなんとかしてくれるでしょう」

「でも、セリーナ奥さまはもう帰られました」

「あら、そうなの? いや、そうじゃない。ほら、あそこにいるわ」

「どうしたんですか?」セリーナがやってきた。「何か問題でも?」まずいことが起きているのを知っている口調だった。

ニーナはサリムに連れられて、おとなしくその場を離れた。アンティ・リーの突拍子もない思いつきにしたがっても大丈夫なのは、これまでの経験からわかっていた。でも、今回ばかりはそうではないのかもしれない。メイドはもう必要ないと、アンティ・リーは考えているのかもしれない……。そういうことなら、こっちだってアンティ・リーを心配する筋合いなどなかった。サリムが扉を押さえているエレベーターに、ニーナは乗りこんだ。

「待って！　待ってちょうだい！」

ニーナは期待をこめて振りかえった。いっぽうで、サリムはまた状況が変わるのかと身構えた。

そんなわけで、アンティ・リーが発した質問に、ニーナもサリムも拍子抜けした。

「電話は灰がかぶってた？　店のまえの缶の中で電話を見つけたときのことよ。電話にはどのぐらい煙草の灰がかぶってたのかしら？　一種類の灰だけ？　ニコチンやタールの量を調べて、煙草の銘柄を突き止めてるんでしょう？」

サリムはふくれっ面のニーナを車に乗せて、警察署の駐車場に入ったところで、いつになく緊張していることに気づいた。長いあいだ車を運転していたせいでもあり、さらに、机の上のギンセンソウが枯れていないか不安だったせいでもあった。枯れているなら、新しいギンセンソウと取り換えておきたかった。あれほど手入れが楽な植物も育てられないのを、ニーナに知られたくなかった。いや、そんなことより、ニーナをホートパークに連れていって、案内したかった。あそこならニーナも気に入るにちがいない。そんな夢想が頭をよぎったが、すぐに、ここは警察署だという現実に戻った。それと同時に、パン巡査が何やら興奮したようすで運転席の窓を叩いた。

「サリム上級巡査部長！」パン巡査が嬉しそうに大きな声で言った。

「どうした？」兵役をしっかりこなして、警察学校を優秀な成績で卒業した警察官として、サリムはもう何年もまえに、全神経を即座に集中する術を身につけていた。「何かあったのか？」

「ハリー・サリヴァンは死んでます」

サリムは若い巡査が発したことばより、見るからに嬉しそうな態度に戸惑って、わけがわからないまま応じた。

「そうなのか？」

束の間、事件のことを忘れて、ニーナとのデートを夢想した自分が情けなくて、かすかに罪の意識も感じていた。

「この資料によると、ハリー・サリヴァンは七年まえに死んでます」

「同姓同名の別人だろう。カニンガム夫妻の知りあいだった老人かもしれない。その人については、もう知っているよ」

「そのとおりです。それなのに、パスポートと入国管理局の記録では、その
ハリー・サリヴァンが半年まえにシンガポールに入国してるんです。生年月日も住所も同じです。住所はシドニーのセント・レナーズです」

「確かなのか？」

「はい、もちろんです」

短く刈りこまれた黒い髪に、長い睫《まつげ》に縁どられた茶色の目。端整なティモシー・パンの目は、まっすぐ上司に向けられていた。犯人を逮捕できるかもしれないと、全身が震えるほど興奮して、期待しているらしい。もし尻尾があれば、ぱたぱたと振っているにちがいない。サリムは思わず、自分にもこれほど若くて、これほど情熱的だった頃があっただろうかと考えた。そんな頃があったとしても、もう思いだせないほど遠い昔のことだった。

「よくやった」サリムは相変わらず一心に見つめてくるパン巡査に言った。「ほかに

は？」

「ハリー・サリヴァンの死亡届を出したのは、妹の息子のサム・エッカーズです。エッカーズが年金局への届け出を怠ったせいで、ハリー・サリヴァンの年金が、代理人のサム・エッカーズに支払われていたんです。それに、サム・エッカーズの名前で、セントーサ島の浜辺のコテージ、つまり、あなたが目をつけていたあたりのコテージが借りられてました。コテージの従業員とはもう話しました。証言を取ってあります」

サリムはパン巡査の報告書に目を通した。コテージはサム・エッカーズという名で、二週間の予約がされていた。清掃にしろなんにしろ、いっさいのサービスを断わっていたが、そこではふたりの女性が目撃されていた。金持ちの外国人の客として、とくに不審な点はなかったらしい。

ニーナはサリムを無視して、助手席に座っていた。パン巡査のことも無視していた。しばらくすると、サリムの頭の中で、何かがふいにあるべき場所におさまった。そうして、気づいたときにはもう、パン巡査の若さや、端整な顔立ちをうらやむ気持ちは失せていた。

「行こう」とサリムはニーナに言った。強い意志が表われたサリムの口調に、ニーナは驚いた顔をした。「きみのご主人さまに電話しよう。このミスター・ハリー・サリヴァンが何を企んでいるのか、突き止めよう」

17
お茶を淹れる

ティーバッグのお茶しか飲んだことがなければ、想像もつかないかもしれないが、お茶を淹れるのは実はかなり緻密な作業だ。同時に、大いに心が鎮まる作業でもある。

「失礼」

食料庫のドアが開くと、そこにはアンティ・リーが立っていて、店の中を覗きこんでいた。にこやかな表情を浮かべながらも、見づらそうに目を細めていた。

「いまちょっとニーナがいなくて、困ってるのよ。目がよく見えなくてね。時間があるようなら、セリーナに手伝いにきてもらおうと思ってたところよ」

セリーナはふいに大笑いしたくなった。いや、もしかしたら、泣きたくなったのか。あまりにも眠たくて、笑いたいのか泣きたいのかさえ、わからなかった。

ハリーとセリーナが〈アンティ・リーズ・ディライト〉にやってきたとき、店は真っ暗で、ドアには鍵がかかっていた。セリーナは持っている合鍵を使って、ハリーと一緒に中に入った。店には誰もいないと思っていた。ハリーは飲みものを持ってきていて、店の中を見まわした。そうして、食料庫のドアを開けようとすると、アンティ・リーが食料庫の中からドアを開けたのだった。

「せっかくアンティ・リーがいないときを狙って、店に来たのに。そのほうがいいと、ハリーが言ったのよ」とセリーナは言ったものの、ろれつが怪しかった。「この店を買いたがってる人を知ってるんですって。こんな状態ですもの、店を売るのが誰にとってもいちばんいいことだわ」

「それはおあいにくさま。今日もわたしは沈みそうな船を必死に操縦してるところよ。たしかに、何もかもが混乱してるわ。何をどうすればいいのか、見当もつかない。だから、悪いわね、コーヒーや冷たい飲みものぐらいは用意できるけど、料理は無理よ。ニーナがどうなってるのか、訊きにいくつもりなの。警察には、店の戸締まりをしてから行くと連絡しといたわ。それに、マークに電話して、政府に直談判するように頼んである。そうすれば、きっと誰かが助けてくれるでしょうから。わたしにはどうしてもニーナが必要なのよ」

「何があったんです？」ハリーは心配そうに言いながら、見るからに動揺しているアンティ・リーに椅子を勧めた。「座ってください。一緒に何か飲みましょう。ずいぶん動揺されてるみたいですからね。ぼくが飲みものを用意しますよ」

「いえいえ、いいの。大丈夫。わたしが用意するわ。何かしてたほうが気がまぎれるから。あなたはほんとうに、この店を閉めたほうがいいと思う？」

ハリーは棚に目をやった。「ニーナがいつ戻ってくるかわかってるんですか？」

アンティ・リーは首を横に振った。すぐには戻ってこないだろう、と言わんばかりのしぐさだった。「戻ってくるのかどうかもわからない。これからどうなるのかまるでわからない。でも、ニーナなしではやっていけないわ」

「客の忘れものをニーナがどこにしまってたか、知ってますか？」

セリーナは鼻を鳴らした。「ニーナがくすねてるに決まってるわ。ニーナの持ちものを確かめてみなくちゃ……」そう言ったかと思うと、テーブルにつっぷして、ぐっすり眠りこんだ。

アンティ・リーはセリーナを見た。

「たいへんな一日でしたからね」とハリーは言うと、飲みものが入ったカップをアンティ・リーに差しだした。「さあ、これでも飲んでください。ニーナからはすぐに連絡がありますよ」

「ニーナのことは心配してないわ。最悪でも強制送還されるだけでしょうからね。ニーナはいまや、故郷の村でいちばんの富豪よ。わたしが払った給料を、ニーナの家族が無駄遣いしてなければね。問題は、わたしがどうなるのかってこと。外国人を不法に雇ったり、不法就労に手を貸したりしたら、一万五千ドルの罰金よ。さもなければ、一年の禁固刑。いいえ、罰金と禁固刑の両方かもしれない。となると、刑務所に入るのはわたしってことになる」

お茶をすするアンティ・リーの視線を感じながら、ハリーはお茶を飲んだ。ふいにどうしようもなく喉が渇いているのに気づいて、派手な黄色の花柄のティーポットから、もう一杯お茶を注いだ。

「おかわりはいかがですか？　でも、継ぎ足さないほうがいいですよね」ハリーはアンティ・リーのカップを見た。お茶はまだたっぷり残っていた。「おかわりは、それを飲み干してからのほうがよさそうですね」

「伯父さんを殺す気はなかったんでしょう？」とアンティ・リーは何気なく言った。

「はい？　なんの話ですか？」

「ほんもののハリー・サリヴァンよ。元祖ハリー・サリヴァンと言ったほうがいいかしら？　だって、シンガポールにいるわたしたちにとっては、あなたがほんものだもの。あなたはほんもののハリー・サリヴァンのパスポートで、この国に入ったんですものね。さて、どこまで話したかしら？　ああ、そうだった、あなたの伯父さんの話よ。ハリー・サリヴァン伯父さんを殺す気はなかったんでしょう？　と尋ねたんだったわね」

そのことばに非難の響きはなかった。ふと気になって訊いてみたかのような何気ない口調だ。旧友のことを、さもなければ、昔行ったことがある場所を、思いだそうとしているかのような口調だった。そうして、アンティ・リーは期待をこめて、ハリーを見た。疑問の答えを知っているのは、この世でただひとりと考えているかのように。

「ぼくは伯父を殺してませんよ」とハリーは静かに応じた。なんとしても誤解を解かなければならなかった。「伯父は倒れて亡くなったんです。いえ、正確には倒れてもいない。テーブルのまえで、椅子に座ったまま息を引きとったんです。ちょうど、ぼくが訪ねたときに。近頃は、家族だからって期待はできませんね。あのおじいさんは、もう何年もクリスマスプレゼントさえくれなかったんですから。それで、訪ねていったら、あろうことか、死んでたんです」

「それで、伯父さんを車に押しこんだのね」とアンティ・リーは水を向けた。

お茶をごくりと飲むアンティ・リーを、ハリーは見つめた。これでよし。アンティ・リーにはおしゃべりに夢中になって、お茶を飲んでもらいたかった。

「ええ、伯父のおんぼろ車に乗せました。伯父と同じように、あの車のエンジンも息を吹きかえすことはなかった。まるで使いものにならない。何もかも使いものにならない。あのじいさんも、ポンコツ車も、じいさんが家と呼んでた潰れかけた掘建て小屋も。それでも、ぼくは伯父を水葬にしてあげましたけどね」

「そうやって、伯父さんのものをくすねたのね。名前もパスポートも年金も……」

「偏屈じいさんが向かった場所では、そういうものは必要ないでしょうからね。そうでなくても、じいさんが残したものを受け継ぐ身内は、ぼく以外にいません。もしいたとしたら、それはぼくにとっても親戚です、そうでしょう？　そういう親戚がいたとしたら、どうしても助けが必要な身内に目をかけるぐらいのことはしてくれて当然だ。でも、まあ、そうじゃない。親戚と言えるような人はいなかったんですよ、ほんとうに。たとえ、銃で脅されたって、親戚がいるなんてぼくは認めませんよ」

アンティ・リーは共感するようにうなずいた。「親戚は選べないものね」そう応じると、自分のカップにもハリーのカップにも、お茶を注いだ。しっかりした手つきだった。

ハリーは不思議に思った。お茶のせいで効果が薄れたのか……？

「マリアン・ピーターズのことだって、殺すつもりはなかったんでしょう？」

「殺してなんていませんよ。いいですか、ぼくはあなたみたいな人が考えていることはお見通しです。何もかもぼくのせいだと思ってるんでしょう。話をしても誰も聞いてくれなくて、信じてもくれない——そういう人を選んで、すべての責任をなすりつけるつもりなんでしょう。全部そいつのせいにして、吊るし首にしてしまえ、そういうことでしょう？　真相を突き止めるなんて面倒くさい。真相なんて誰も気にしやしない、というわけだ。わかってますよ。最後はそうなるとわかってましたよ」

「マリアンに癲癇の持病があるのを知ってたの？　ほとんど知られてなかったのよ。普段は健康そうだから。でも、発作が起きると……」アンティ・リーは目を閉じて、おぞましい場面を思いだしたかのようにぶるりと震えた。

「そうですよ！」ハリーは自分のティーカップがひっくりかえるのもかまわずに、テーブルを思いきり叩いた。「白目を剝いて、がたがた震えてました。まるで『エクソシスト』を見てるようだった。それはもう、腰を抜かすほどびっくりしましたよ。どうにかして、発作を止めようとしたんです。水をかけてショックを与えれば発作がおさまると思ったのに、だめだった」

「救急車は?」

「ようすを見てたんです。自然におさまるんだろう、って。そうだ、おさまると思ったんだ。でも、戻ってみると……もう死んでて、どうしようもなかった」

「マリアンをひとりきりにしたの? どのぐらいのあいだ?」

「それはあなたも知ってますよ」ハリーはうんざりしながら言った。この国の女はどいつもこいつも間が抜けている。「あの夜、ぼくは〈ワインと料理の会〉に来てたんですから。ローラが食事のあとに気味の悪いカップケーキを出して、みんなを驚かそうとしたあの夜ですよ。ローラがあんなことをしなければ、もっと早くマリアンのところに戻れてたのに。そしたら、なんとかして助けられたかもしれない。マリアンが死んだのは、あの尻軽女のせいですよ。自分が作ったカップケーキは芸術だなんてことを、ぺらぺらとしゃべりやがって。マリアンが死んだのは誰のせいかって? ローラのせいですよ」

「でも、いまさらローラを責めてもしかたがないわ」アンティ・リーは立ちあがって、座っていた椅子をテーブルから遠ざけた。

ハリーはかすむ目でアンティ・リーを見た。何かが妙だった。けれど、頭がまわらず、何が妙なのかわからなかった。椅子に座っているのに、体がふわりと宙に浮いているようだ。横になったら、さぞかし気持ちいいだろう。さもなければ、セリーナのようにテーブルにつっぷして、少し眠ったら。お茶がこぼれたテーブルが、手招きしているようだった。

「疲れが出たのね？」

「ええ、まあ。あなたは？」床に倒れて眠っているのはアンティ・リーのはずなのに……。それなのに、倒れるどころか、店の中をゆっくり歩きまわっている。アンティ・リーが眠ったら、ローラのパソコンを探しだして、ここから永遠におさらばするつもりだった。

「お茶よ」はるか遠いところでアンティ・リーの声が響いていた。「いいお茶を飲めば、元気になるわ」

ハリーはこぼれたお茶を見た。お茶はテーブルから垂れることなく、楕円の水たまりになっていた。そう、テーブルは完璧に平らなのだ。現代美術家が作ったような芸術的なテーブルだった。いつもなら、そんなことは気にもしない。けれど、いま、黄金色の澄んだ液体を見て、なんてきれいなのだろうと思った。それ以上に、眠くてたまらなかった。

「なぜ、ローラを殺したの？」アンティ・リーが鋭い口調で尋ねた。

誰のことを話しているんだ？　必死に考えて、ようやく思いだした。

「あいつはろくでもない女だ」

同意するようにうなずいたアンティ・リーは、いつのまにか、ボウルと木製の丸いまな板を持って、テーブルに戻ってきていた。「そうかもしれないわね。だからって、なぜ、殺したの？」

「あんたには関係ないことだ」しばらく眠ろう。そうして、目を覚ましたら、このばあさんを殺そう。目のまえに立って、ボウルから何か取りだして、まな板の上に置いているばあさんを。そう考えて、ハリーは言った。「なぜって、ローラとあんたはそっくりだからだ。どうしようもなくおせっかいな女だよ。いったい、何をしてるんだ？」

「豚足」とアンティ・リーは妙に明るい声で言った。「あなただって知りたいでしょ？人間がどんな味なのか。それは、豚肉を食べればわかるのよ」そう言うと、包丁を振りあげて、慣れた手つきでやけに生々しい豚足をぶった切った。「けっこう甘いのよ。あなただって、ブタだって赤い肉。あなたの筋肉はブタ一頭分ぐらいね。あなたはジャンクフードを食べて、ブタはあなたが食べてるジャンクフードを作るときに出た残りかすを食べる。だから同じ味で、舌触りも同じ。ちがうのは、あなたのほうが肉汁たっぷりなところ」

ハリーはかすむ目を凝らしてアンティ・リーを見ると、なんの話か必死に理解しようとした。

アンティ・リーがふたたび包丁を振りおろした。豚足を叩ききっているのはまちがいなかった。

「わたしが保証するわ、たいていの人は人間の肉を食べても、豚肉だと思うわよ」アンティ・リーは眼鏡越しに豚足をまじまじと見て、何やら突いてから、大きな毛抜きを手に取った。「ブタの毛はニーナがあらかた抜いてくれるの。でも、ときどき、思いがけないところに毛が生えてたりするわ。あなたみたいにね。ほら、その手に生えてるみたいに」

「ぼくの手はへんじゃない」ハリーは両手を広げて、太い指を見つめた。たしかに、ショウガ色の毛がもじゃもじゃ生えていた。

「その指の毛をすべて抜くのに、どれぐらいの時間がかかるかしら?」振りおろされた包丁がまな板を叩き、ハリーはびくっとした。「ほらね、人の手と同じ……」また包丁が振りおろされる。「正しい場所に包丁を入れれば、指はすとんと落ちるのよ。骨が欠けることもない。骨のかけらが入った肉なんて、誰も食べたがらないものね。

でも、最近は、肉の切り方を誰かに教えようたって、すんなりとはいかないわ。だって、練習しようにも、丸のままの新鮮な肉はなかなか手に入らない……」

アンティ・リーがまた包丁を振りおろすと、思わずハリーは指を引っこめて、手を握りしめた。

「なぜ、ローラを殺したの？」アンティ・リーは包丁を振りあげながら、もう一度訊いた。

「あんたの頭はおかしいよ」とハリーは言った。立ちあがろうとしたが、体から脚がはずれてしまったかのようだった。

「力はそんなに必要ないの。よく切れる包丁がなくたって大丈夫。どこに包丁を入れればいいのかさえ知ってればね」

「ローラのほうがぼくを追っかけてたんだ」とハリーは弱々しい声で言った。「こっちは何かするつもりなんてなかった」

アンティ・リーは包丁を持ったまま、テーブルをぐるりとまわって、ハリーに歩みよった。そうして、力の抜けたハリーの手をつまむと、振って見せた。ハリーは何もできずに見ているしかなかった。

「そうなの？　で、何があったの？」

「ローラが強請《ゆす》ってきたんだ。マリアンと一緒にいるところを見た。ずいぶん仲が良さそうだったって、それはもうしつこかった。マリアンから行き先を聞いたかどうか、何度も訊かれた。ああいう女のことは、よくわかってる。ローラはぼくを脅して、何もかも巻きあげてから、警察に売るつもりだったんだ。ああ、そういう女だ。だから、ローラを止めようとしたんだ、それだけだ。あれは正当防衛だ」

ハリーはもう口もろくにきけなかった。それでも、靄《もや》のかかる頭の中で、いかれたばあさんからどうにかして逃れろ！　という声が響いていた。

そのとき、サリム上級巡査部長とニーナとカーラ・サイトウが、食料庫から出てきた。ニーナはすぐさまアンティ・リーの隣に立った。あまりにもすばやくて、ニーナがサリムに向けて浮かべた一瞬の感謝の表情に、アンティ・リーはほとんど気づかなかった。「アンティ・リー、もう充分です」

「もういいの？　証拠として使えるのね？　コピーは取った？」

「証拠になりますよ。コピーは取ってませんけどね」とカーラが応じた。「でも、ユーチューブにアップしました。そこから警察もダウンロードできます」

「一緒に来ると言ってきかなかったんですよ」とサリムが言った。「大丈夫ですか、ミセス・リー？」

「大丈夫じゃないよ」とハリーがもごもごと言った。「このばあさんがお茶に何か入れたんだ。ばあさんに薬を盛られた。このままじゃ、死んじまう……どうにかしてくれ」

「何を入れたんですか？」とサリムはアンティ・リーに尋ねた。

アンティ・リーはなんのことかしらと言いたげに首を横に振った。

「ただのお茶よ。プーアール茶。でも、甘草の根やウイキョウの種や龍眼の実もちょっとだけ入れてみたわ。めずらしい組みあわせだけど、ハリーは少し緊張しているようだったし、わたしは眠かったから、ちょうどいいんじゃないかと――」

「嘘だ」とハリーが泣きそうな声で言った。「ぼくのお茶に何を入れたか、正直に言うんだ」

「あら、いやだ、もしかしたら何かの拍子に、わたしのカップとあなたのカップが入れ替わっちゃったのかしら？」とアンティ・リーはさらりと言った。「だとしたら、わたしのカップに何を入れたのか、ハリーに訊いたほうがよさそうね」

ハリー・サリヴァンはうなった。

「そんなつもりじゃなかったんだ」とハリーは言った。「何もかも運の悪い事故だったんだ。不運なまちがいだ。ぼくは人殺しじゃない」

「ということは、あなたはたまたまわたしのお茶に毒を盛ったの？」アンティ・リーはハリーの気持ちを理解しようとしているかのように言った。「あなたはついてたわ、わたしが淹れたお茶が毒を中和したようだから。強運ね。あなたが口にした毒はさほどの量じゃないようだから。そう、亡くなったふたりの女性にあなたが盛った毒に比べればね。セリーナに薬を盛ったように、マリアンとローラにも薬を飲ませたんでしょう？　二回目のワインの会の夜、ローラはお酒を飲まなかった。席はあなたの隣だったわ。あなたがローラのカップにこっそり何か入れたのね」

ハリーはかすむ目でカーラを見た。「あんたさえシンガポールに来なけりゃ、何もかもうまくいったんだ」

「さて、ハリーにこれを飲ませましょう」

「何を飲ませるんですか？」サリムがためらいがちに尋ねた。

「カラシ入りの水よ。これを飲めば、薬の効果が早く消えるわ。それから、ハリーを洗面台のまえで押さえつけておいてね。胃の中にあるものをすべて吐きだすことになるから。さあ、善はいそげよ。お仲間にはもう電話して、ハリーを連行する手配をしたの？」

「ええ、もうすぐ来ます」

「よかった」アンティ・リーはそう応じると、今度はハリーに向かって言った。「さあ、お飲みなさい。吐いてしまったほうがいいわ。パトカーの中で吐くよりね」

ハリーが胃の中をからにしているあいだに、アンティ・リーは包丁と毛抜きで残りの作業に取りかかった。

ハリーが大きな声で訴えた。「このばあさんに脅されたんだ。ぼくには権利がある。弁護士を呼んでくれ。逮捕なんてされてたまるか。ぼくは殺されるかと思ったんだ。だから、ばあさんが望むように、話を合わせたんだ」

最後のことばはサリムに向けたものだった。サリムはめずらしいものを見るような目つきでハリーを眺め、それから、アンティ・リーに尋ねた。「ミセス・セリーナ・リーはどうしますか？」

「このまま眠らせておきましょう」

「書類上、ハリー・サリヴァンは八十歳です。それなのに入国審査官は気づかなかった。若いハリーの顔とパスポートの写真をおざなりに見ただけだったんでしょう。写真が不鮮明で、年齢まで気がまわらなかったのかもしれない」

いずれにしても、白人の年齢は見た目ではよくわからない。陽にあたるのが大好きだから、実際の年齢と肌年齢の差が大きいのだ。

「ハリー、あなたはマリアンを殺すつもりじゃなかったのよね。マリアンをセントーサ島に連れていって、自分が予約したコテージを見せた。そのコテージを一、二週間自由に使っていいとマリアンに言った。でも、マリアンはあなたと一緒にコテージに泊まるのを拒んだ、そうでしょう？」

「マリアンを助けようとしただけだ」とハリーは言った。「ねえ、おまわりさん、男同士だからわかるでしょう。ぼくはマリアンにチャンスを与えたかったんですよ。変わるチャンスを。マリアンの家族だって、娘がほんものの男と一緒にいれば喜びますよ」

「あんたを殺してやりたいわ」とカーラがハリーに言った。「あんたを殺せるなら、わたしは死刑になったってかまわない。あんたが死ぬなら、それぐらいどうってことないわ」

「それで、ローラ・クィーのほうは？」とアンティ・リーは冷静に尋ねた。

「ローラ……そう、ローラはセントーサ島に詳しかった。セントーサ島のコテージのことを何度も言われたよ。すごくいいところだから、どうしても見てみたいって。しかたなく、ローラをコテージに連れていって、ローラが望むとおりのことをしてやったんだ」

「ローラはあなたに何かと絡んでたわ。それが、好きな男性に対するローラの態度なの。相手の気を引くのが、上手じゃないのね」

アンティ・リーは最後にもう一度、包丁を思いきり振りおろして、豚足を切り終えた。「指はね」とアンティ・リーは言った。「関節を切れば、骨は欠けないわ」

しばらく豚肉を食べる気にはなれないだろう。そう思ったのは、サリムだけではなかった。

18 アンティ・リーの総まとめ

〈アンティ・リーズ・ディライト〉最大のケータリングサービスで、オットー・ティオとジョセフ・カニンガムの誓約式のパーティが開かれた。会場はセントーサ島の海沿いのとある場所。すべてがはじまったところにほど近い場所だ。アンティ・リーが常々考えているとおり、心の一部を切りとりでもしないかぎり、嫌な思い出からは逃れられない。それでも、嫌な思い出をおおいつくすほどすばらしい思い出はいつでも作れるのだ。

ハリー・サリヴァンことサム・エッカーズは、マリアン・ピーターズとローラ・クィー殺害容疑で、シンガポールで裁判にかけられることになった。この事件での犯罪者の引き渡しは、暗礁に乗りあげた。書類上ではサム・エッカーズはシンガポールに入国しておらず、ハリー・サリヴァンはオーストラリアで死亡しているからだ。さらに、シンガポールとオーストラリアでは死刑に関する見解がまるでちがっていた。

いずれにしても、アンティ・リーにとって事件は決着した。犯人の男がこれ以上女性に危害をくわえることはない。

アンティ・リーは《セントーサ島のふたつの死体》を観にいった。今回の事件をもとに、ジョー・カニンガムの夫であるオットーが脚本を書いたそのミュージカルは、エスプラネード・シアターズ・オン・ザ・ベイで上演された。ミュージカルは大成功をおさめたが、アンティ・リーとしては、上演記念パーティの絶品料理のせいで、ミュージカルが霞んでしまったと思っていた。その絶品料理とはもちろん、〈アンティ・リーズ・ディライト〉のケータリング料理だった。

アンティ・リーのとっておきアチャー

（お手軽バージョン）

アチャーとはシンガポールの甘辛い野菜のピクルスで、辛いカレーから白いご飯、トーストまで、あらゆる料理とともに食される。一般的にはサンバルブラチャン（乾燥エビ、トウガラシ、ニンニクなどを混ぜあわせた調味料）、なんきょう、レモングラス、自家製のドライ・ライム、タマリンドペーストなどが使われる。要するに、手元にあるものでOK。

遅くとも前日には作っておくこと。冷蔵庫の中で長く寝かしておけば、それだけおいしくなる。

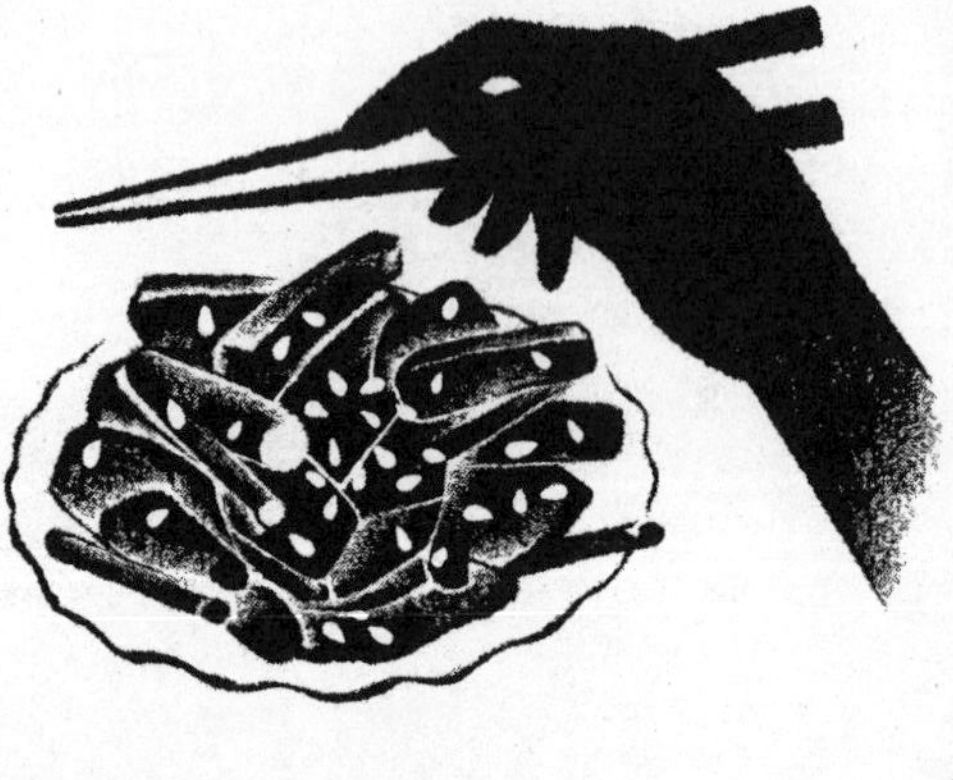

【材料】

お好みの野菜……2カップ
（太めの千切りにする）

※一般的には、キュウリ、ニンジン、ハクサイ、紫タマネギ、トウガラシ、カリフラワー、サヤインゲン。ニンジンの皮はむかず、キュウリとトウガラシは種を取り除く。キュウリスティックは大さじ1の塩で揉み、歯ごたえをよくする。

下茹で用の液

お好みの酢……½カップ

※ホワイトビネガー、米酢、ワインビネガーなど。上等な酢を使えば、それだけおいしくなる。

水……½カップ
塩……小さじ1
砂糖……小さじ1

ルンパ（ペースト状の香辛料）

紫タマネギ……1個
（みじん切り）
ニンニク……1かけ
ショウガ……1かけ
ウコン……1かけ
トウガラシ（乾燥）……2本
炒めたブラチャン（発酵させたエビ・ペースト）……大さじ1

※ブラチャンが手に入らない場合は、ショウガ、ターメリック（粉末）を各小さじ1、トウガラシ（乾燥）の細切れを大さじ1、アンチョビペースト大さじ1で代用。

ピクルス液

酢……½カップ
ライムの絞り汁……大1個分
（なければ、レモン半個分の絞り汁）
塩……小さじ1
砂糖……小さじ1
パイナップル……小型缶1
（ひと口大に切る）
ピーナッツ……適量
（砕いて、空焼きする）
いりゴマ……適量

←【作り方】につづく

【作り方】

1. ラジオかテレビをつけて、携帯電話の電源を切る。

2. 下茹で用の材料を合わせて、沸騰させる。キュウリ以外の野菜を茹でたら、キッチンペーパーの上に並べて水気を切る。茹でた野菜と一緒にキュウリも並べておく。野菜の水気をしっかり切ると、よく漬かる。

3. ルンパの材料をすべて混ぜて、ペースト状にする（粉末の材料を使う場合は、油を1、2滴くわえる）。少量の油を引いたフライパンを熱し、弱火で香りが立つまでルンパを炒める（10分～15分ほど）。

4. 3にピクルス液の材料の酢、ライムの絞り汁、塩、砂糖をくわえて、沸騰したら、すぐに火から下ろす。

5. 耐熱ガラスのボウルに4を移し、パイナップル、ピーナッツ、ゴマをくわえてから、野菜を入れて、よく混ぜる（このとき、ピクルス液にすべての野菜が浸からなくても、時間が経つにつれて液が上がって、野菜が漬かる）。

6. すぐに食べないときは、ガラス容器のまま、冷蔵庫で保管する。食べるときには、しっかり混ぜあわせてから、皿に盛る。

コージーブックス

アジアン・カフェ事件簿《じけんぼ》①

プーアール茶《ちゃ》で謎解《なぞと》きを

著者　オヴィディア・ユウ
訳者　森嶋《もりしま》マリ

2015年　10月20日　初版第1刷発行

発行人　成瀬雅人
発行所　株式会社　原書房
〒160-0022 東京都新宿区新宿1-25-13
電話・代表　03-3354-0685
振替・00150-6-151594
http://www.harashobo.co.jp
ブックデザイン　atmosphere ltd.
印刷所　中央精版印刷株式会社

落丁・乱丁本はお取り替えいたします。
定価は、カバーに表示してあります。
 ISBN978-4-562-06044-3 Printed in Japan